KB043227

붉은 노을

민이언 지음

붉은 노을

난 너를 사랑해, 이 세상은 너뿐이야!

다반
일상을 채움

차례

1

난 너를 사랑하네. 이 세상은 너뿐이야!
소리쳐 부르지만, 저 대답 없는 노을만 붉게 타는데….

아침 7시. 내 영혼의 작은 친구, 미니 콤퍼넌트 오디오에서 흘러나오는 경쾌한 멜로디. 얼마 전에 구입한 '이문세 골든 베스트'의 9번 트랙 〈붉은 노을〉, 내 알람 전용 음악이다. 져 가는 계절 끝에서 이젠 제법 쌀쌀해진 창가로 스미듯 밀려들고 있는 하루. 아직은 푸르스름한 잔어둠이 남아 있는 내 방 안 가득히 울려 대는 〈붉은 노을〉.

깨기를 거부하는 육신에게 기상과의 타협을 종용해 보지만, 이불 속의 온기를 조금이나마 더 느끼고 싶은 나태한 영혼은, 언제나 그랬듯 반사적으로, 머리맡에 놓인 리모컨을 집어 들어서 오디오를 끈다. 난 지금 학교생활에 너무 지쳐 있다. 오늘 하루만이라도 나에게 평온한 휴식을…이란 명분으로 뭉그적댐을 정당화하며 스스로를 설득해 보지만, 이대로 조금 더 뭉그적대고 싶은 의지는 합리의 명분 너머에서 들려오는 좀 더 솔직한 내면의 소리에 귀를 기울인다.

'아~! 학교 가기 싫다.'

아무리 밥 먹듯 지각을 하는 놈이지만, 오롯이 잠으로만 늦잠을 실현해 낼 정도로 양심이 없지는 않다. 나름대로는 본능의 욕구와 교칙의 윤리 사이에서의 내적 갈등으로 눈을 감고 누워 있다가 결국엔 늦잠이 되는 것뿐이다. 아주 잠깐만 더 누워 있으려고 했던 것인데, 무심하게도 무정하게도 빨리만 흘러가는 아침나절의 시간은, 굳이 우주로 나가서 실험을 하지 않더라도 일상에서 체감할 수 있는 상대성 이론이다. 시간은 상황에 따라 다르게 흐른다.

어느덧 환히 밝아 온 창가, 아직 충분히 채우지 못한 수면의 욕구를 밀어내며 얼굴로 쏟아져 내리는 아침 햇살. 잠이 덜 깬 흐릿한 두 눈에 맺히는 눈부심이 여느 날의 아침과는 다르다. 하지만 언제고 느껴 본 적이 있는 것 같은 너무도 따사로운 이 빛의 감촉. 그리고 언젠가 그랬듯이 몸에 와 닿은 조도照度의 의미를 파고드는 순간의 각성, 아울러 스며드는 당황과 더불어 새어 나오는 탄식.

"시발! 좆됐다!"

이런 사태를 대비해서 시계의 알람까지 맞춰 놓았건만, 자신은 알람의 의무를 다 했다며 시치미를 떼고 있는 듯한 시계는 이미 9시를 가리키고 있다. 내가 들을 수 있어야 그도 알람이지, 네가 그러고도 알람이냐며 녀석의 시치미를 성토해 보지만, 알람 스위치는 애초부터 off쪽으로 기울어져 있었다는 사실을 확인하고 나서야, 성토의 방향을 스스로에게 돌린다.

"에휴~! 이런 병신!"

우리 학교는 이미 2교시가 시작되고 있을 시간이다. 나는 이 지역에서 최고의 서울대 진학률을 자랑하는, 소위 지방 명문고라 불리는 학교를 다니고 있다. 어쩌다 내가 이 학교로 진학을 하게 되었는지는 아직까지도 미스터리이지만, 결코 나의 염원이었던 학교는 아니었다. 하긴 학교라는 공간에 무슨 염원까지 들먹일 이유가 있겠냐만, 집에서 가까워 지망했던 1순위가 덜컥 걸려 버린 것뿐이다. 그런데 이렇듯 맨날 지각이다. 명문대를 들어가는 학생들이 존재 이유인 것만 같은 이놈의 명문고, 그렇다고 학생이나 교사가 명문인 것 같지도 않은 이 명문고는 등교시간이 비상식적으로 이르다. 분명 명문대는커녕 대학 진학조차 힘든 학생들도 함께 다니는 학교이건만, 그들의 생활패턴은 전혀 존중해 주지 않는 이 통탄을 금치 못할 교육의 현장, 나는 그 비인간적인 제도의 폭력에 맞서고자 늘 지각을 한다…고 둘러대기에는 오늘은 늦어도 너무 늦었다. 다른 학교들도 이미 1교시 수업이 진행되고 있는 시간이다.

교복부터 주섬주섬 걸치고 엄마에게 왜 깨우질 않았느

원망을 늘어놓을 심사로 방문을 열어젖히지만, 집 안에는 아무도 없다. 엄마가 어디 갔을까보다는 담탱이가 어쩌고 있을까의 궁금이 앞서는 이 시점, 어쩔 수 없이 엄마를 용서하고 학교를 향해 궁극의 속도…로 내달리고 싶지만, 어차피 지각이냐 아니냐를 따지는 결정적 순간은 이미 지나 버렸다. 1시간을 지각하나 2시간을 지각하나 담탱이의 지랄 정도는 같으니, 내 입장에서는 전혀 서두를 필요가 없다. 차라리 담탱이에게 아작이 날 것에 대비해 마음의 여유를 되찾는 편이 더 낫다는 것이, 쿠폰을 모으는 듯, 마일리지를 쌓는 듯, 지각을 해대는 나의 글러 먹은 생활신조이다.

아침은 조금만 먹는다. 과도한 섭취로 인해 자칫 3교시 끝나고 먹어야 할 도시락이 맛이 없어질 수 있기 때문이다. 학교에서의 지루하고도 따분한 하루 중에 그나마 활기찬 순간, 배가 고플 때 도시락을 까먹는 즐거움을 방해받고 싶지 않은 나름의 안배이며 배려이다. 나름의 설득력을 지닌 논리를 펼치고 있다는 사실이 기특하면서도, 이 늦은 와중에도 목구녕으로 밥이 넘어가는 비합리적인 인생관으로 살아가는 나란 놈이다.

버스비도 아낄 겸 어슬렁어슬렁 걸어가면서 배를 꺼트린다. 가방에 들어 있는 것이라고 해야 달랑 도시락 2개, 점심용과 저녁용 하나씩. 야간 자율학습은 왜 자율적으로 할 수가 없는 것인가에 대한 질문도 이젠 지친다. 원래 그냥 다 해야 하는 것이다. 그래서 내가 이 나라의 교육과 타협을 본 자율학습에 대한 정의는, 그냥 저녁 도시락을 배불리 먹고, 불편하게 책상에 엎드려 〈박소현의 FM 데이트〉를 청취하는 시간, 그 이상의 의미는 없다.

이런저런 상념들과 함께 걷다 보니, 어느새 도착해 버린 학교 앞. 이젠 서서히 마음이 졸여 온다. 오늘은 과연 몇 대를 처맞을 것이며, 몇 분 동안이나 쿠사리를 먹게 될 것인가? 지각을 어쩌다가 하는 편도 아니고, 이제는 익숙해지고 무뎌져질 만도 하건만, 담임과의 대면은 늘 어색하고 익숙하지 않다. 어슬렁어슬렁 걸어온 발걸음은, 학교 정문을 불과 50미터 앞두고서는 더욱더 어슬렁거려진다. 마치 물속에서 수압을 가로지르며 걷고 있는 것마냥, 힘에 겨운 걸음걸음을 내딛으며 다가선 정문 앞에서, 땅이 꺼져라 한바탕 몰아쉬는 한숨. 확인한들 지금의 상황이 변할 리도 없건만, 교정 가운데 우뚝 솟은 시계탑을 물끄러미 바라본다. 마침 교내에 울려 퍼지기 시작하는 3교시 시작종, 젠장! 담임에게 실컷 욕을 먹다가 도시락을 못 먹게 생겼다.

마음을 다잡고 가까스로 교문으로 들어서려는 찰나, 나의 지각을 가로막은 광경은 칭칭 감긴 굵은 쇠사슬 끝에 달린 큼지막한 자물쇠이다. 잠긴 교문 가운데에는 더 큼지막한 공지문이 한 장 붙어 있다. 오늘부로 이 학교를 폐교하게 되었단다.

뭐야? 대체 무슨 일이지? 아니 이럴 수도 있나? 아무리 밥 먹듯 지각을 하고, 말썽을 많이 부리는 학생이라지만, 학생에게 폐교에 대한 일언의 정보도 알려 주지 않은 상태에서 폐교라니…. 종례시간에 담임의 전달사항을 귀 기울여 듣는 편은 아니지만, 이런 규모의 사건을 기억하지 못할 정도로 무심하지는 않다. 어제는 분명 땡땡이도 치지 않았는데…. 하지만 학교는 나 몰래 폐교가 되어 있었다.

어찌된 영문인지를 몰라 그저 학교 담벼락에 기대어 그 너머를 두리번거리고 있다. 그 순간 갑자기 어디선가 나타난 수위 아저씨가 다가와 굳이 호통을 치면서 말한다.

"너희 학교는 여기가 아니잖아! 다른 교복을 입고 와야지!"

뭐래? 분명 여기가 우리 학교가 맞는데…. '너희 학교로 돌아가!'도 아니고, 게다가 폐교된 학교에 다른 교복을 입고 오라니 이건 또 무슨 소린가? 고개를 들어 다시 넘어다본 교정은 정말로 우리 학교의 풍경이 아니다. 방금 전에 시간을 확인했던 시계탑도 온데간데없다.

하지만 이 말도 안 되는 황당의 순간에 여지없이 고개를 드는, 말도 안 되는 나의 긍정적 인생관. 나에겐 지각을 변명할 수 있는 핑계가 생겨 버렸다. 학교에 도착해 보니 우리 학교는 폐교가 되어 있었는데, 그 폐교된 학교가 우리 학교가 아니었다는…. 그런데 지금 이게 말이 되는 이야기인가? 더군다나 이 변명을 위해, 먼저 변명해야 할 우리 학교를 다시 찾아다녀야 할 판이다. 도대체 이게 뭐야? 비합리적 긍정으로도 도저히 어찌해 볼 수 없는, 이 비합리적 순간에 찾아든 합리가 짜증이 날 지경이다.

12

나는 어디 있는지도 모르는 우리 학교를 찾아 발길을 돌렸다. 어디로 가야하는 것인지도 알지 못한 채, 다시 어디론가 어슬렁어슬렁 걸어간다. 몇 걸음을 가지 않아 들려오기 시작하는 귀에 익은 멜로디.

난 너를 사랑해, 이 세상은 너뿐이야!
소리쳐 부르지만, 저 대답 없는 노을만 붉게 타는데….

학교 앞 레코드 가게에서 길가로 내놓은 외부 스피커로부터 흘러나오고 있는 〈붉은 노을〉이다. 그런데 여기에 레코드 가게가 있었나? 언제 생겼지? 의구심을 밀어내며 점점 더 선명하게 들려오는 기억 속의 멜로디, 그런데 이문세가 아니라 빅뱅의 〈붉은 노을〉이다. 지금은 1995년, 내가 왜 이 노래를 '기억'으로 간직하고 있는 것에 대한 의심 없이, 레코드 가게로부터 멀어져 가는 더딘 걸음. 하지만 계속 나를 따라오는 듯한, 볼륨이 더욱 커지고 있는 듯한 빅뱅의 〈붉은 노을〉.

2

난 너를 사랑해, 이 세상은 너뿐이야!

알람이다. 빅뱅의 〈붉은 노을〉로 설정되어 있는 내 핸드폰의 알람. 어려서부터 나는 이 노래를 무척이나 좋아했다. 그렇다고 내가 가수 이문세를 '밤의 대통령'으로 기억하는 세대인 건 아니다. 우리 학창시절의 아이콘은 문화 대통령이라 불리던 서태지였다. 〈광화문 연가〉의 감성을 이해하지 못하는 세대이기에, 광화문 네거리를 지나치면서도 어떤 감흥이 일어나지는 않는다. 그렇다고 내게 어떤 사연으로 남아 있는 〈붉은 노을〉인 것도 아니지만, 이문세의 노래 중에 이 곡을 유독 좋아한다. 얼마 전에 빅뱅이 이 노래를 리메이크 했다. 여전히 좋다. 늘상 진동모드로 되어 있는 내 핸드폰 벨소리가 유일하게 울리는 아침 기상시간, 방 안 가득 울려 퍼지는 〈붉은 노을〉로 창밖에 터오는 푸른 새벽을 맞이한다.

차범근 감독의 현역 시절을 말하는 어른들의 이야기가 역사 교과서에나 나올 법한 개화기 시절의 일들처럼 느껴지던 때가 있었다. 하지만 이젠 내가 기억하는 모든 월드컵에서 스트라이커로 활약했던 황선홍이 프로팀 감독이 되어 있다. 서태지의 교실 이데아로 자라나던 학생들은 어느덧 서른이 넘어 버렸고, 양현석은 직접 발굴해 키운 빅뱅으로 성공적인 세대교체를 이루어 냈다. 질풍노도를 핑계 삼아, 이유 없는 방황으로 여가를 즐기듯 했던 개념 없는 고삐리는, 학창시절에서부터 학창시절만큼의 시간으로 멀어진 지금엔 선생질을 하며 살아가고 있다. 내가… 선생이 되었다.

오늘은 3월 2일, 개학날이다. 개학은 학생들에게만 죽겠는 날은 아니다. 방학 동안 밤낮의 사이클이 뒤바뀐, 아침잠 많은 청춘의 교사에게도 변경된 기상시간에 다시 적응을 해야 하는 힘든 날이다. 새벽까지 잠을 이루지 못하다가, 잔 건지 안 잔 건지를 도통 모르겠는 애매한 잠결 속에서 다시 학창시절로 돌아가는 꿈을 꾸었다. 꿈속에 보았던 학교는 내가 졸업한 모교가 아니다. 지금 일어나 출근을 해야 하는 학교이다. 남자들은 제대한 지 오래되어도 다시 군대에 끌려가는 꿈을 꾸곤 한다. 학창시절의 꿈을 꾼다는 것, 적어도 내게는 그런 의미이다. 그나마 제대하는 꿈에서 깨어나 내무반 천장을 마주한 이등병에게, 현실이 악몽처럼 느껴지는 경우보다야 낫지만 말이다.

10여 년의 세월이 훌쩍 지나 버린 지금도, 억지스레 뜬 눈으로 하루를 맞이하는 아침나절의 곤란함이 학창시절과 별반 다르지 않다. 다만 어린 시절의 게으름이 이젠 사회생활의 피곤함으로 바뀌었을 뿐이다. 그놈의 돈이 뭔지, 이제는 지각 한 번 하지 않는 성실한 태도로 교육서비스업에 종사하는 어른이 되어 있다. 하지만 마음속 깊은 곳으로부터 새어 나오는 내면의 소리는 여전히 그 시절과 같다.

'아~! 학교 가기 싫다.'

내 이름은 하열아河熱兒, 32세의 4년 차 고등학교 교사. 나는 원래 고삐리들을 아주 싫어했다. 주변 공터 어디에서나 볼 수 있는 껄렁껄렁한 고삐리들, 뻑 하면 모든 이유를 '사춘기'에서 찾고, 할 말 없으면 '질풍노도'를 들먹이며, 저 자신을 정당화하려 드는 가증스럽고도 비겁한 치기에 대해서는 아직도 부정적이었다. 더군다나 내 자신이 그보다 더한 질풍으로 학창시절을 질러왔기에, 그들의 심리가 어떤 것인지에 대해서는 누구보다 잘 안다…고 생각한다. 그런 내가 지금 고등학교의 학생부에서 근무를 하고 있다. 어떻게 교사가 되었는지는 어렴풋이 기억이 나는데, 도대체 왜 교사가 되려고 했는지에 대해서는 도통 기억이 나지 않는다. 교사이지만 나의 관심사는 교육과 학생이 아니다. 교사가 되고자 했던 그 이유를 찾고자 날마다 학교에 나가고 있는 것 같기도 하다. 그 이유를 찾는다고 해서 내 삶이 달라질 것 같지도 않지만, 그런 이유라도 없이 이 지랄 맞은 생활을 지속하다간 자칫 정신병에 걸릴지도 모를 일이다. 어쩌면 지금도 제정신은 아닐지 모른다.

아직 어둠이 다 가시지 않은 3월의 쌀쌀한 아침, 개학 첫날이지만 정문지도를 하기 위해 7시 30분까지는 출근을 해야 한다. 갓 입학한 신입생들은 초장부터 길을 들이지 않으면 안 된다는 학생부장의 강력한 의지이다. 하지만 보통 때도 7시 30분까지 와서 정문지도를 해야 하는 필요성을 종용한다. 출근 시간은 이래저래 7시 30분이다. 인권조례니 뭐니 해서 교육청에서는 정문지도를 하지 말라고 했다더만, 전시행정의 신봉자인 우리 부장놈은 전혀 아랑곳하지 않는다.

항상 같은 시각의 출근길에 마주치게 되는 낯익은 얼굴들, 방학 동안 보지 못했던 얼굴들이 하나둘 다시 내 곁을 스쳐간다. 물론 그들 입장에선 한동안 보이지 않던 내가 다시 나타난 것이겠지만…. 오랜만에 다시 스쳐 지나는 그 면면들이 그렇게 반갑지는 않다. 정말로 개학날이 되었다는 사실을 증명하는 것 이외에는 아무것도 아닌 마주침이다. 학창시절의 등굣길에는 같은 노선의 버스를 타고 다니는 예쁜 여학생을 오늘도 만날 수 있을까 하는 설렘이라도 있었건만, 이젠 빨리 버스에 올라타 잠깐이나마 창가에 기대어 불편한 잠을 청하고 싶은 생각뿐이다.

오랜만에 들어선 학교 정문…이라고 말하기에는, 요즘은 교사들에게 봄방학이 딱 일주일이다. 방학이라기보단 조금 긴 명절 연휴를 보내고 오는 느낌이다. 이래저래 개학이 전혀 반가운 상황일 리 없건만, 정문을 들어서자마자 전혀 반갑지 않은 인물이 반갑다며 인사를 건넨다.

"하선생! 방학 잘 보내셨어?"

오늘도 남들보다 먼저 출근해 교문을 지키고 있는 학생부장. 인사는 반갑게 하는 척해도, 젊은 놈이 왜 이렇게도 게을러 먹었냐는 듯한 눈초리다. 지금 시각이 7시 20분인데도 저 지랄이다.

두터운 외투로도 가려지지 않는 풍만한 뱃살, 중력을 이기지 못하고 흘러내리는 얼굴살, 목이 돌아가는 게 신기할 정도로 두터운 목살, 살들이 잡아당기는 것인지 늘 아래로 처져 있는 입꼬리. 가뜩이나 희고 성긴 머리카락을 뽀마드로 정성껏 빗어 넘겨, 머리에도 살만 가득해 보이는, 마치 어릴 적 반공 포스터에서 본 듯한 돼지 같은 김일성의 무습. 내 짝

속상관인 학생부장 이운기 되시겠다.

이 학교 교장보다도 나이가 많은, 정년이 얼마 남지 않은 부장교사는, 자신의 처지에 대한 열등감인지는 몰라도 학생부장이란 타이틀에 상당한 집착을 보인다. 학생부실에서도 자신의 자리에 앉아 있는 시간보단, 중앙에 놓여 있는 소파에서 거드름을 피우는 시간이 더 많다. 명예욕은 강하지만 일을 잘해낼 만한 수완은 갖추지 못한, 그러면서도 부지런히 일을 만들어 내는, 전형적으로 피곤한 상사 스타일이다.

물욕이 강해 초과근무 수당에도 상당한 집착을 보이며, 분 단위로 계산해 따지고 드는 통에 행정실에서도 피곤해하는 교사상이다. 누가 수학선생 아니랄까 봐 계산에 그렇게 밝다. 그렇게 평생을 모아 서울 변두리에 작은 원룸 건물을 소유하고 있으면서, 아직까지도 그 푼돈에 눈이 뒤집어진다. 학교의 근무 시스템은 아침 정문지도 시간도 시간 외 근무로 쳐준다. 아침잠을 잃어버린 수전노에게는 겸사겸사 좋은 건수가 아닐 수 없다.

"제가 할게요. 그만 들어가세요."

부장에게 들어가 쉴 것을 권하는 이유는 '그래도 젊은 것이 해야지' 하는 마음이라기보단 그냥 혼자 있는 게 더 편해서이다. 말 같지도 않은 말에 일일이 대꾸하는 것도 귀찮고, 내내 마주 보며 서 있을 만큼 호감형의 얼굴도 아니다. 어차피 매일같이 교문을 통과하는 놈들이 그렇게 모난 복장으로 오는 경우는 별로 없다. 모난 놈들은 학생부교사들보다 일찍 오거나, 아예 정문지도 시간이 끝난 후에야 등교를 한다. 한 시간 동안 애들 인사나 받아 주며 그냥 멍 때리고 있으면 된다. 그 멍 때림의 여유와 자유마저 저 부장 노인네에게 방해받고 싶지 않다.

정말로 개학인 건가? 혹 방학 중에 개학하는 꿈을 꾸고 있는 것은 아닐까? 나비의 꿈속을 살아가는 장자인지, 장자의 꿈속을 살아가는 나비인지에 대한 철학적 고민은, 이 순간엔 아무런 도움이 되지 않는다. 눈앞에 너무도 생생하게 펼쳐지고 있는 '개학'이라는 상황에, 어지간히 개학이 싫었던 교사는 그저 죽고 싶은 심정이다.

'아~! 학교 다니기 정말 싫다.'

이렇게 한 학기가 시작되었다.

불량교사

1

새 학기의 첫날, 첫 교무회의. 평소에도 짧지 않은 교감선생님의 당부 사항은 오늘도 무척이나 길고 따분하다. 평교사로서 관리자의 마음을 이해할 도리는 없겠지만, 그래도 제 앞가림을 할 줄 아는 어른들을 모아 놓고 너무 시시콜콜한 사안까지 일일이 신경을 쓴다. 학창시절에 느꼈던 교감선생님에 대한 이미지는 교사가 된 지금에도 별반 다르지는 않다.

회의가 길어지는 또 다른 이유는 교감선생님의 브리핑에 대한 질문과 이의가 많을 때이다. 그 질문과 이의는 대개 일부 전교조 선생님들의 몫이다. 물론 그들은 나 같은 날라리와는 비교도 할 수 없는 소명의식과 사명감으로 살아가는 훌륭한 교사들이다. 하지만 너무 시시콜콜한 사안까지 일일이 물고 늘어지는 것이 교감과 별반 다르지 않다.

볼펜을 돌리는 각종 기술들이 있다. 나는 그 모든 기술들에 익숙하다 못해 이젠 왼손으로도 볼펜을 돌린다. 지난 3년간 겪은 지루한 교무회의 시간 동안 이루어 낸, 우뇌나 발달시켜 보겠노라 시작한 일종의 자기계발이다. 우뇌는 언어능력을 담당하고 있다던데, 늘 말없이 볼펜만 돌리고 있다 보니, 느는 건 돌리는 능력뿐이다. 하지만 가끔씩은 볼펜보다 내가 더 돌아 버릴 지경이다. 나는 지금 당장 이 지루한 회의가 끝나기만을 고대하고 있지만, 저들은 단 한 번도 나의 지루함을 배려하지 않는다. 왜 저런 사안들이 우리에게 문제가 되는 것인지 이해가 가지 않을 때도 많다. 나도 그들이 말하는 '우리'이건만….

'마지막으로 당부하고 싶은'이라는 거짓 희망으로 학생들을 기만하며 끝없이 이어지던 교장선생님의 훈화. 학교에서 아침 조회라는 것 자체가 사라진 요즘에는, 그도 거의 마주칠 수가 없는 풍경이다. 교장선생님의 훈화 도중에 쓰러지는 학생들도 구전으로 전해 오는 전설이 되어 가고 있는 마당에, 그 지겨운 훈화가 현재진행형인 사람들이 있다. 바로 내가 그렇다. 내 일과 중 하나는 간간이 교장실에 불려 가 욕을 들어주는 것이다. 정말이지 가끔씩은 쓰러지고 싶을 지경이다. 학생 때는 교사들에게 그렇게 욕을 먹더니만, 교사가 되어서는 교장한테 욕을 먹어야 하는 이 사나운 팔자. 도대체 어디서부터 잘못된 것일까?

나는 학교에서 불량교사로 불리고 있다. 그렇다고 내가 딱히 불량한 짓을 하고 다니는 것도 아니다. 그냥 이미지가 그렇단다. 친하게 지내는 여교사들은 농담 삼아 나를 '아치'라고 부른다. '양아치'의 줄임말이다. 이런 내 이미지를 관리자들이 마음에 들어 할 리 없다. 그중 가장 지적을 많이 당하는 것이 복장이다. 학생부교사가 복장불량이라…. 교장은 교사들에게 정장을 입고 다닐 것을 권고한다. 하지만 나에게는 강요를 한다. 그것이 학생에 대한 예의란다. 사실 학생들은 전혀 개의치 않는 문제이다. 선생들이 뭘 입고 다니는지에 대해 관심도 없다. 교장의 본심은, 학생에 대한 예의라기보단 관리자에 대한 예의란 말이 하고 싶은 것이다.

청바지 입고서 회사에 가고 깔끔하기만 괜찮을 텐데, 이~히

DJ. DOC 형님들의 철학처럼, 나도 내 나름의 예의를 갖춰서 입고 다니는 편이다. 다만 정장이 아닐 뿐이다. 사실 남자들에게 정장이란, 특별한 날에 입거나 뭐 마땅히 입을 게 없을 때 입는 옷이다. 그 자체로 시류에 대한 무관심과 게으름이기도 하다. 그런데도 관리자들은 그렇게도 정장을 좋아한다. 획일적이고 단조로운 그 디자인을 품위라고 생각한다. 청바지를 입고선 나이트클럽을 드나들지만, 정장을 입고선 룸살롱을 드나드는 남성들의 문화를 비추어 본다면, 그 정장이란 게 그토록 우리에게 고상하고 우아한 표상이란 말인가. 학생들에게 모범이 되어야 하는 교사로서, 나는 학생들이 정장의 문화로 자라나길 바라진 않는다. 이 나라를 좀먹고 있는 이들이 죄다 정장을 입고 다니지 않던가.

2

새로운 학년이 되어, 새로운 교사들을 맞이하게 되는 학생들에게는 어떤 스타일은 어떤 과목 교사일 것 같다는, 각 과목 선생님에 대한 이미지라는 게 있다. 한번은 학생들이 느끼는 나의 이미지가 궁금해 그들에게 물었다.

"나는 무슨 과목을 가르치게 생겼니?"

돌아온 학생들의 맹랑한 대답,

"뭐 가르치게 안 생겼어요!"

학생들에게서도 나는 그다지 준수한 교사의 이미지는 아니다. 나도 내가 교사를 하게 될 줄은 꿈에도 생각해 보지 않았다. 나의 꿈은 액션배우 성룡의 존재로부터 시작한다. 어린 시절에는 그가 영화에서 보여 준 액션을 현실에서 따라 하다가 여기저기 까지고 멍드는 게 일상이었다. 이런 관심은 운동으로 이어졌고, 성인이 된 나는 액션배우나 액션영화 감독이 되어 있을 줄 알았다. 그런데 난… 고등학교에서 학생들을 가르치는 선생이 되어 있다.

나는 원래 공부랑은 인연이 없었다. 중학교 때까지는 학교 운동부였다. 고등학교 2학년 때까지 가장 친근한 석차가 바에서 37등, 내 뒤로는 축구부랑 야구부밖에 없었다. 축구와 야구가 그나마 인원이 많은 종목이기에 37등도 가능한 등수였다. 하지만 축구부는 축구나 잘하고, 야구부는 야구나 잘하지, 나는 야구도 못하고 축구도 못하는 게 공부까지 못하는, 진로에 대해서는 무념무상으로 일관하는 그저 그런 놈이었다. 막연하게나마 액션영화에 대한 꿈이 있었을 뿐, 그것을 위해 어떤 노력도 하지 않는, 꿈이라고 내뱉어 놓기 했지만 또 그것에 그렇게 열정적이지도 않았던, 그냥 성룡을 좋아하는 학생이었다.

'공부가 가장 쉬웠어요'

그때 그 시절, 가장 많이 팔린 베스트셀러 제목이 항간의 유행어이기도 했다. 마음만 먹으면 못 할게 없다는 희망으로 많은 학부모들을 동요시켰지만, 공부를 못하는 학생들 입장에서는 그 존재 자체로 절망인 불온서적이었다. '공부가 가장 쉬운' 능력도 공부에 취미가 있는 학생들에게나 부러움이 되지, 당시의 나에게는 요술램프의 지니가 나타난다 해도 빌고 싶은 소원 목록에는 들어 있지 않았던 능력치다.

그러던 내가 무슨 대오각성을 겪은 것인지, 고3이 되자마자 공부를 하기 시작했다. 그리고 재수시절을 거쳐 대학에 들어갔다. 그것도 서울에 있는 4년제 대학을 말이다. 하지만 고3 시절과 재수시절을 어떻게 보냈었는지가 잘 기억나지 않는다. 모든 걸 잊을 정도로 공부에만 전념했던 것일까? 10년도 더 지난 시점이라고는 하지만, 어쩜 이다지도 깨끗하게

24

기억이 없는지 모르겠다.

　수능 점수에 맞춰 겨우겨우 들어간 대학, 지금은 사범대의 위상이 조금 나아졌지만 내가 입학할 시에는 점수가 제일 낮은 과였다. 솔직하니 사범대가 뭐하는 곳인지도 모르고 지원했었다. 학교 다닐 때는 선배들에게 '우리 과 스타일이 아니다'란 소리를 많이 들었었고, 실제로도 그랬다. 중간에 그만두고 싶은 적도 있었지만, 그렇다고 딱히 다른 전공으로의 열망이 있는 것도 아니어서 그냥 다닌 경우이다. 교사로서의 삶을 꿈꿔 본 적이 없었는데, 어쩌다 보니 전공을 살려 운 좋게 한문교사가 되었다. 내 스스로도 내가 한문을 가르치고 있다는 사실이 신기하기도 하다. 가끔씩은 칠판에 한자를 적고 있는 내 자신이 낯설게 느껴지기도 한다. 내가 도대체 이런 글자들을 어떻게 알고 있는 건가 싶어서…. 더군다나 뭘 가르치게 생기지 않은 교사에 의해 진행되는 한문수업이다 보니, 학생들 입장에서도 신기할 판이다.

　그래도 나름 조직의 풍토와 타협을 한 선에서 옷을 입고, 일상의 언행에도 신경을 많이 쓰고 있건만, 그냥 내 스타일은 어느 과목에도 끼지 못하는 선생답지 않은 경우로 분류가 된다. 이런 이유로 교장, 교감에게 주의를 많이 받는 편이다. 솔직히 내가 뭘 그렇게 잘못하고 다닌다는 것인지 도통 이해할 수가 없다. 더군다나 다른 교사들한테 관대하면서 나한테만 지랄이다. 학생 때나 선생 때나, 이놈의 학교는 나를 존중해 주지 않는다. 한번 진짜 제대로 잘못된 모습을 보여 줄까

하는 생각도 없진 않지만, 언제나 '네!'라는 지키지도 않을 대답으로 아랫사람으로서의 도리를 다할 따름이다. 자신들의 통념에서 벗어난 나의 모습은 언제나 '틀림' 되어야 한다. 그래서 지금은 그냥 틀린 대로 살아가고 있는 중이다.

1

　성장드라마 〈반올림〉에서 보았던, 낙엽이 아름다운 교정
벤치에 앉아 도란도란 사제지간의 정감 어린 대화를 나누는
장면이 모두 픽션이었다는 사실을 알아 버린 4년 차 교사. 그
아름다운 낙엽은 감상하는 것이 아니라 징계받는 학생들이
치워야 하는 것이란 사실을 알아 버린 학생부교사. 내게 새
로운 해, 새로운 학기, 새로운 학년과의 만남이 더 이상은 설
레지 않는다.
　매년 첫 수업시간에 어김없이 반복되는 학생들의 질문과,
매년 똑같은 레퍼토리로 진행되는 교사의 대답은, 교사의 첫
사랑에 관한 것이다. 남자들은 첫사랑을 못 잊는다는 말이
있지만, 못 잊을 만큼의 사랑으로 각색이 되는 것이기도 하
다. 적어도 나는 이런 사랑을 했고, 그런 사랑을 받았노라는,

지극히 자기애적인 편집임에도 학생들은 그 뻔한 이야기를 듣고 싶어 한다. 정말 듣고 싶어서 들려 달라는 것인지, 아니면 수업하는 것보다는 낫기 때문에 듣고 앉아 있는 것인지야 알 수 없지만, 나 역시 첫 시간은 으레 수업 준비를 해가지 않는다. 이젠 기계적으로 터져 나오는 그 오래된 첫사랑 이야기로 대충 때우고 나올 생각부터 한다. 오히려 수업에 관한 질문이 나오면 당황스러워 그 학생을 미워할 판이다.

매년 여러 반을 돌면서 진화를 거듭한 첫사랑 이야기이다 보니, 스토리 전개도 상당히 매끄러워지고, 구성도 탄탄해졌다. 정말 내게 그런 사랑이 있었나 싶을 정도로 미화가 된 러브스토리는, 이야기를 늘어놓는 매번 스스로 뭉클함을 느껴버릴 정도로 감동적이다. 실상 내 사랑은 너무도 밋밋하다 못해 초라했으며, 감동을 자아낼 만한 극적인 우연들은 모두 나를 피해 갔다. 그 빗겨 간 우연들의 합을 맞춰 보니 꽤나 아름다운 사랑이야기가 되어 있다. 그러고 보면 나도 아름다운 사랑을 할 뻔했던 것이다. 하지만 그 시절엔 왜 그리도 모든 타이밍이 어긋나기만 하던지….

모든 지나간 사랑은 왜곡된 기억으로나마 슬프도록 아름답지만, 진행형의 사랑은 언제나 아쉬움으로 빗겨 가기만 한다. 나는 지금도 그런 사랑을 하고 있다. 정작 내게 일어나지 않았던 첫사랑의 애절한 기억들로 기만하고 있는 이 학생들의 담임교사가 그 주인공이다. 학교라는 공간에서 생활하는 청춘의 남녀가 학생들뿐만은 아니다. 처녀, 총각인 교사들도 모여 있다 보니 종종 사랑이 싹트고 결혼까지 이어지는 일들도 있다. 나는 작년에 이 학교로 전근을 왔고, 이 학교로 첫 부임을 한 수학교사 민은정을 만났다.

학생들이랑 생활하다 보면, 담임에게는 차마 하지 못하는 별 시시콜콜한 이야기들까지 서슴없이 나에게 털어놓는, 유독 나랑 잘 통하는 학급이 있다. 작년에 민은정이 담임을 맡은 반이 그랬다.

"우리 담임선생님 어때요?"

작년 학기 초, 민은정의 반 아이들이 뜬금없이 내게 던진 질문이다. 내가 끌리는 스타일의 여성상은 아닌 터라, 질문을 받았을 당시에는 그다지 관심이 없었다. 눈여겨보지도 않았던 터라, 내 대답은 단지 '예의상'에 머문 식상함이었다.

"예쁘셔."

학생들은 이런 틈을 놓치지 않는다.

"그럼 대쉬해요!"

학생들의 논리는 늘 이런 식이다. 그리고 나와 나누었던 이야기를 지들 편한 대로 담임선생님한테 전해 버렸다. 처녀와 총각이라는 이유만으로 둘 사이를 이어 주려는 학생들의 노력 끝에, 그날 이후로 나는 이 학교에서 공식적으로 민은정을 좋아하는 남자가 되어 있다. 그리고 어느 순간부터, 학생들에 의해 세뇌가 된 것인지는 몰라도, 그녀가 눈에 들어오기 시작했다. 그렇듯 남녀 사이에 강렬한 첫인상보다 조심해야 할 것이 오래 봐온 '정'이라는…. 지금 그 '정'이 민은정에게 향하고 있다.

2

"늑대가 나타났다."

학생들의 거짓말이다.

"늑대가 나타났다."

또 학생들의 거짓말이다.

"늑대가 나타났다."

정말로… 늑대가 나타나 버렸다. 내가 민은정을 좋아한다는 학생들의 억지스러운 풍문은 이젠 사실이 되어 버렸다. 민은정은 내게 늑대가 되어 버렸다. 늑대가 나타났다. 사랑하는 사람이 나타났다. 원래도 없었던 사람은 아니었지만, 그렇게 '나타났다'.

'은정'이란 이름과는 꽤 인연이 있는 편이다. 사춘기의 방황이 시작되던 중학교 2학년 때, 담임교사 이름이 박은정. 방황의 끝을 달리던 중학교 3학년 때, 내 싸대기를 참혹하게 유린하던 담임교사 김은정. 그리고 처음으로 사귀어 본 여자친구였지만, 결국 내 친구와 눈이 맞아 나를 저버렸던 최은정. 꽤 오랫동안은 자모의 조합만 눈에 들어와도 소름이 끼칠 정도로, '은정'은 내겐 달갑지 않은 이름이었다. 하지만 세상엔 왜 이리도 은정이가 많은지, 다시 내 앞에 나타난 또 하나의 은정에게 마음을 혹사당하고 있다.

나는 수학을 유달리 싫어하기도 하고 못하기도 했다. 하지만 무슨 바람이 불어서였는지, 고3이 되자 대학을 가겠노라 마음먹고 집어 든 것은 수학책이었다. 남들은 수학을 포기할 즈음부터 나는 시작을 한 것이다. 어차피 다른 과목들은 공부를 해도 그 점수, 안 해도 그 점수이니, 차라리 백지 상태의 것으로 쇼부를 보자는 계산이었다. 결국 고3과 재수를 거치면서 수학점수만 올랐고 나는 대학에 갈 수 있었다. 그렇게 열심히 수학공부를 해서, 결국 한문선생이 되었다. 뭐지?

이 나라는 수학을 배우고 싶은 학생들이 수학과를 가는 것이 아니라, 이미 수학을 잘해야만이 수학과를 갈 수 있다. 더 웃긴 건, 우리 때까지만 해도 수학과를 가고 싶어도 수학을 잘해야 했고, 한문과를 들어가려 해도 수학을 잘해야 했다. 뭐 지금이라고 별반 달라진 것은 없는 입시제도이긴 하지만…. 잘 기억나지 않는 고3과 재수시절이지만, 그래도 어렴풋이 기억나는 사실은 그 2년 동안 수학을 정말 열심히 했다는 것이다. 그러나 필요로 다가섰던 경우였을 뿐, 끝내 수학과는 친해지지 못했다. 아직도 수학이란 말만 들어도 진절머리가 난다.

나는 여교사에 대한 안 좋은 기억도 지니고 있다. 대학시절까지 사귀었던 여자후배는 졸업과 동시에 교사가 되었고, 나는 졸업식날 이후로 백수가 되었다. 그 이유가 전부는 아니었겠지만, 이별의 간접적인 원인이 되었다는 사실만으로도, 우리는 선후배 관계조차 유지할 수 없는 거리로 멀어졌다. 당시 그녀의 마음이 어땠는지야 여전히 알 길이 없다. 영원히 알고 싶지도 않고…. 분명한 것은 내가 꽤나 못나게 굴었다는 사실이다. 그 못남에 걸맞는, 초라하고도 비참한 이별을 감당해야 했다. 아마도 어떤 복수심에서 반드시 교사가 되겠노라 다짐을 했었나 보다. 그 이듬해에 나 역시 교사가 되었고, 그 후배는 첫 발령지에서 만난 남선생과 결혼을 했다.

수학교사 민은정은 그 자체로 내게 트라우마 덩어리이다. 하지만 그래서 더 좋아하고 있는 것 같기도 하다. 상처받았던 곳에서 그 상처가 치유되어야 한다는 어떤 숙명론을 완성하고자 하는 의지가 아예 없는 것 같지는 않다. 언젠가부터 나의 일상은 그녀로 인수분해가 되고, 일상의 미분값이 민은정이 되어 가고 있다. 돌아보면 중학교 때 여선생님을 좋아해 본 이후, 근 20년 만에 나는 다시 여선생님을 좋아하게 되었다. 조금은 늙은 사춘기 소년의 모습으로….

그리고 올해 다시 마주한 민은정의 새로운 아이들. 누군가를 좋아하게 되면 그 사람의 모든 것이 좋아지지 않던가. 마치 사랑하는 사람의 마음을 얻기 위해 사랑하는 사람의 주변 사람들에게 점수를 따려 하듯, 첫날부터 그녀의 반 학생들을 즐겁게 해주면서 무한한 애정을 쏟아 내고 있다. 내 첫사랑 이야기를 해대면서…. 뭐지?

3

개학 첫날, 첫 수업을 성공적으로(?) 마치고서 교실 문을 열고 나오는 순간, 마침 옆 반에서 수업을 끝내고 나오는 민은정과 마주쳤다.

"하샘! 우리 반 수업이었나 봐요? 우리 반 애들 예쁘죠?"

'내 눈엔 니가 더 예뻐!'

오늘도 차마 못한 가슴속 한마디…를 가슴으로 돌려보내고 대신에 내뱉는 뻔한 대답,

"네, 예뻐요!"

"또 담배 피러 가죠? 좀 끊어요! 그러니까 여자 친구가 안 생기는 거예요."

담배를 끊지 않아서 여자 친구가 생기지 않는 거라니, 도대체 이게 맞는 논리인가? 그리고 이 여자는 항상 이런 식으로 말을 한다. 학생들에겐 이미 내가 자신을 좋아하는 남자로 되어 있는데, 내게 여자 친구가 생겨도 절대로 자신이 아닌 다른 누군가일 거라는 전제를 깔고 말하는 듯하다. 일부러 그러는 건지, 정말 진심인 건지, 대화를 하고 있으면서도 서로 다른 이야기로 대화를 겉도는 느낌이랄까? 그것이 헷갈려서 아직까지 제대로 된 대쉬를 못 하고 있기도 하지만, 저런 태도 때문에 아직 불편하기도 하다. 그렇다고 내가 껄떡대면서 귀찮게 하는 것도 아닌데 말이다. 그렇게 좀 하라는 의미인가? 아! 모르겠다. 하여튼 나에게 여자란 존재는 평생

을 두고도 이해할 수 없는 난제이다. 학창시절이나 지금이나 이 수학선생들은 왜 이렇게 내 머리를 어지럽히며 괴롭히는 것인지….

사실 담배를 피러 갈 생각이 없었다. 민은정과 대화를 나누며 걷다 보니 담배를 피러 가는 길이 되었다. 마침 그녀는 1층에 있는 행정실에 볼일이 있단다. 같이 1층까지 내려와 그녀는 행정실로 들어갔고, 나는 내려온 김에 담배를 피러 간다. 젠장! 아까도 폈는데, 저 여자 때문에 담배 한 가치를 더 피우게 됐다. 가뜩이나 니 생각으로 피워 무는 담배가 몇 가치인데….

1

학교에서는 절대 금연이다 보니, 흡연을 하는 선생님들은 원래 교문 밖으로 나가서 피고 들어와야 한다. 오히려 학교 밖에서도 피지 말아야 할 학생들은 교내에서 피는데 말이다. 하지만 선생인들 꼼수가 없으랴. 학교 안의 후미진 곳, 특히나 흡연을 하는 학생들에게 안전한 장소로 여겨지는 지정학적 위치는 선생들에게도 좋은 아지트가 된다. 물론 학생들이 숨어들 만한 포인트를 애초에 점거로써 봉쇄한다는, 되도 않는 나름의 이유가 있긴 하지만, 목적은 오로지 담배이다.

학생들은 웬만해선 그곳 근처에는 얼씬도 하지 않는다. 하지만 갓 들어온 신입생들이라면 이야기는 달라진다. 지들이 보기에는 완벽한 장소라고 생각하겠지만, 선배들이 쌓아 놓은 수많은 데이터로 선생들에게 선택된 성지聖地에서 입학 첫

날부터 담배를 피우다 적발이 되는 경우가 거의 100%이다. 더군다나 자신들이 완벽하다 생각한 외진 곳은 퇴로가 없어 도망을 갈 수도 없는 막다른 곳, 완벽함은 학생들의 것이 아니라 학생부교사의 것이다.

올해도 그곳에선 어김없이 담배 연기가 피어오른다. 사각死角의 모퉁이를 돌자, 한쪽 손을 바지주머니에 찔러 넣은 채 짝다리를 짚고서 다른 손에는 담배를 쥐고 있는 똥폼의 무리들과 마주쳤다. 담배를 쥔 매무새로 보아 담배를 배운 지는 제법 된, 중학교 내내 학생부 좀 들락거렸을 스타일들이다. 나와 눈이 마주치자 놀란 표정으로 채 뱉지 못한 연기를 꿀꺽 삼키며, 다 태우지 못한 장초를 밟아 끈다. 그 와중에도 기특하게시리, 초면인 내가 선생이란 사실을 직감하고서 무의식적으로 고개를 숙여 인사를 건넨다.

"안녕하세요!"

하지만 예의를 지키려 하기엔, '요'에서 콧구멍으로 새어 나오는 연기를 지들도 어찌할 수 없다.

한 청년이 랍비에게 물었다.

"탈무드를 읽으면서 담배를 피우는 것은 어떻습니까?"

랍비가 대답했다.

"지양되어야 하네."

그 청년이 다시 랍비에게 물었다.

"그렇다면 담배를 피울 때도 탈무드를 읽는 것은 어떻습니까?"

36

랍비가 다시 대답했다.

"지향되어야 하네."

인사를 하면서 담배 연기를 내뿜는 무례로 봐야 할지, 아니면 담배 연기를 내뿜으면서도 인사를 잊지 않는 예의로 봐야 할지…. 여하튼 교칙을 위반한 경우이기에 합당한 처벌이 있어야 하겠지만, 그래도 입학 첫날이고, 어차피 내 업무만 늘어나는 것이다 보니, 나는 그들과의 거래를 시도한다.

"맞고 끝낼래? 학생부로 갈래?"

중학교 때부터 피워 온 놈들이기에 향후 일정이 얼마나 짜증 나는지에 대해선 익히 알고들 있다. 그래서 모두가 매를 택한다. 이런 경우가 한두 번이 아니다 보니 이 장소에는 아담한 몽둥이도 상비가 되어 있다.

모두 5대씩, 퍽! 퍽! 퍽! 퍽!

"자! 라스트 한 대"

마지막은 풀 스윙이다. 이 순간을 잊지 말라는 의미로, 퍼-억

"윽!"

이 순간에는 학생인권조례니 뭐니 하는 것들은 문제가 되지 않는다. 나는 학생들에게 선택권을 주었고, 그들의 선택을 존중한 것뿐이니 말이다. 나는 체벌의 행위에 찬성하지는 않는 입장이다. 그렇다고 반대하는 입장도 아니다. 물론 그동안 그것을 남용해 온 교권의 철저한 반성이 있어야 하는 것은 사실이지만, '체벌'이 아닌 '회초리'라는 단어는 학생과 교사의 인간적인 관계로 설명될 수 있는 부분이기도 하다 만

썽 부리는 모든 학생들을 교칙에 따라 처벌한다면, 이 학교 같은 경우는 많은 학생들이 권고전학 혹은 퇴학처리가 되어야 한다. 그래서 나온 타협안이 학생들의 동의하에 적절하게 '때리는' 것이다.

"다음부터는 장소 선택에 신중을 기하도록. 니들이 보기에 괜찮다 싶은 곳은 선배들이 다 역사를 남겼던 곳이야."

나 역시 담배를 일찍부터 배운 편이다. 그래서 흡연을 '도덕'적으로 비난받아야 할 문제라고는 생각하지 않는다. 다만 학생들과의 협의를 거쳐 만들어진, 교칙이 존재하는 조직에서의 '윤리'적인 문제일 뿐이다. 그래서 피지 말라는 소리는 하지 않는다. 끊으라고 타이르고, 금연교육을 보내고, 보건소에 가서 금연침을 맞히고, 아무리 몽둥이찜질을 해봤자, 개구리에게 물고문을 하는 꼴이다. 안 끊는다.

청소년 흡연율 세계 1위의 금자탑은 이미 우리 때 달성한 것이지만, 요즘 학생들 피워도 너무 피워 댄다. 특히나 이 학교는 교사들의 동선 패턴을 미리 파악한 흡연꾼들이 쉬는 시간마다 각 층의 화장실에서 동시다발적으로 선수를 치고 빠지는 신기神技를 발휘한다. 단 몇 분 사이에 자욱한 연기로 뒤덮이는 복도의 모습은 가끔 몽환적이기까지 하다. 산신령이 나타나 라이터 불을 빌리며 "이 금라이터가 네 라이터냐? 혹 내 것은 아니더냐?"라고 물을 것 같은…. 담배에 교육세가 붙는다는 사실로 본다면, 흡연을 하는 학생들은 자신들의 권리와 의무를 동시에 이행하는 이상적인 국민상이기도 하다.

다만 학교가 그 이상향이 되어 주지 않을 뿐이다.

"들키지 않게 피는 것도, 꽁초 처리 확실히 하는 것도 예의다. 알았냐?"

녀석들은 멋쩍은 웃음으로 '네에~' 하고 대답은 하지만, 장담하건데 저 녀석들은 오늘이 가기 전에 나와 학생부에서 다시 대면하게 될 것이다. 하루 종일 최적의 장소를 찾아다니며 담배를 피우다가 결국엔 적발이 되는 시행착오 끝에 내가 기다리고 있을 것이다.

2

나중을 기약하며 녀석들을 들여보내고 나의 원래 목적으로 돌아간다. 담배에 불을 댕긴 후, 잠깐의 상념에 젖는다. 꽃으로도 때리지 말라고? 꽃으로 왜 때려? 그 예쁜 꽃이 뭔 죄라고…. 정말이지 꽃병으로 찍어 버리고 싶은 학생들도 비일비재한 교육의 현장이기도 하다. 교직 경력을 늘려 가고 있는 와중에 가끔씩은 그때 그 시절의 선생님들이 왜 그렇게 때렸는지를 이해하기도 한다.

이제는 함부로 학생들에게 매를 들 수 없는 시절이다. 아니 원래부터 그러면 안 되는 것이었다. 하지만 문제를 자주 일으키는 학생들도 아직까지는 무서운 캐릭터의 선생님과의 마찰을 꺼려한다. 때문에 여전히 무서운 캐릭터가 교사 생활을 하기에는 편한 방법론이기도 하다. 그러니 때리면 그냥 맞는 것이었던 그 시절에는 더더욱 효율적인 방법으로 여겨졌을 게다.

중학교 2학년 때 일이었다. 쉬는 시간에 다른 반 친구가 나를 찾아와 학생부장에게 가보란다. 학생부에 갔더니 학생부장은 자리에 없었다. 운동부였던 나는 오전 수업을 마치고 체육관으로 가기 전에 한 번 더 학생부에 들렀다. 학생부장은 보이질 않았다. 할 수 없이 나는 그냥 체육관으로 발길을 돌렸다.

다음 날, 수업시간 도중에 학생부로 불려 갔다. 학생부장은 나를 보자마자 대뜸 화를 내며 따져 물었다.

"어제 왜 안 왔어?"

영문도 모른 채, 당황부터 해야 했던 나는 말끝을 흐렸다.

"어제 두 번이나 왔는데 안 계셔서…."

부장은 단호했다.

"그럼 기다려야 했을 거 아냐?"

나 역시 단호하고 싶었다.

"체육관에 늦게 가면 코치님한테 혼나서…."

나는 그날 이래저래 누군가에게는 혼이 나야만 했었나 보다.

"엎어!"

그 시절 선생들의 유행어인 듯했던 명령문과 함께 매타작이 시작되었다. 중학교 2학년, 고작해야 15년의 인생. 그때까지 나는 가장 잘못을 해서 맞는 대수가 10대인 줄 알았다. 하지만 잘못이 무엇인지도 모르는 상황에서, 잘못이 무엇인지 가르쳐 주지도 않은 상황에서, 부장의 스윙은 도통 멈출 기미가 보이지 않았다. 한 30대를 맞은 것 같다. 15대가 넘어가면서부터는 아픈지도 모를 정도로, 허벅지엔 이미 감각이 없었다. 그저 막대기로 툭툭 건드리는 듯한 느낌으로 와 닿을 뿐이었다. 50대를 맞고, 100대를 맞았다는 옛 어른들의 이야기가 이래서 가능했던 것이구나 하는 깨달음이 찾아왔을 즈음, 학생부장의 가학이 멈췄다.

난 지금까지도 그날 내가 학생부장 앞으로 불려 간 이유를 알지 못한다. 학생부장 새끼는 끝내 입을 열지 않았다. 시발! 고문은 내가 당했는데…. 자신을 기다리지 않았다는 이유로 내가 그렇게 맞아야 했던 것인가? 서러움에 북받치는 가슴을 꾹꾹 눌러 가며 교실로 돌아가는 길에 결국 울음이 터져 나왔다. 내가 그 선생을 어떻게 할 힘은 없고, 마음은 억울하고, 그렇다고 내가 평소 사고를 저지르고 다니던 학생도 아니었건만, 이제는 도리어 사고를 저지를 판이었다. 비행을 선도해야 할 학생부장이 도리어 비행을 조장하고 있던 것이 아닌가?

당시에는 운동부 학생들에 대한 교사들의 인식이 좋지 않았던 것도 사실이다. 학교의 문젯거리인 것처럼 노골적으로 싫어하는 교사들도 적지 않았다. 우리도 그 학교의 학생인데, 학교의 명예를 생각하는 경우는 다른 학생들보다 우리가 더 많았는데, 우리는 그런 취급을 받았다.

그날은 신체적으로나 정신적으로나 도저히 운동을 할 수 있는 상황이 아니었다. 코치에게 내 안타까운 사연을 말하러 갔더니, 한바탕 욕지거리부터 해댄다. 엉덩이를 까고 피가 새어 나오는 멍 자국을 보여 주었더니, 그제서야 어쩔 수 없다는 듯 하교를 허락한다. 집으로 돌아오는 길에 또 울음이 터졌다. 왜 매를 맞아야 하며, 왜 바지를 내려야 하는 것인지, 이 무슨 개 같은 어른들의 개 같은 경우인지, 도저히 이해할 수가 없었다. 그리고 그날 이후 운동을 그만둘 생각을 하게 된 것 같다. 지금도 집으로 돌아오는 길 내내 걱걱대며 울음을 삼키던 그 중삐리를 생각하면, 너무 가엽고 불쌍해 눈물이 난다. 그런데 그 중삐리가 이제 학생부교사가 되어 있다. 하지만 학생부장을 비호감으로 바라보는 시선은 여전하다.

누구든 다 들먹이는 '왕년'이지만, 이야말로 우리 때나 가능했던 일이다. 처음 교직에 나올 때부터 이미 체벌은 사회적 문제로 다루어지고 있었고, 어린 시절의 트라우마인지는 몰라도, 여간해선 매를 들지 않는다. 어차피 이젠 교사 의지대로 할 수 있는 일도 아니지만 말이다. 하지만 체벌에 반대하는 입장은 아니다. '사랑의 매'라는 식상한 이유가 아니더라도 반론할 이유는 많다. 하지만 자세히 말하고 싶지는 않다. 그렇게 논리적인 편도 못 되고, 설득에 대한 혹은 반박에 대한 변론에도 자신은 없다.

학생부로 돌아오는 길에, 입이 찢어져라 하품을 해대며 이제서야 출근하는 자유로운 영혼을 만났으니, 같이 학생부에서 일하고 있는 체육교사 김정훈이다.

"아이고! 하선생, 방학 잘 지냈어?"

하여튼 별로 반갑지 않은 인간들이 왜 이렇게 반가운 척들은 잘하는지 모르겠다. 이 인간은 내 고향 선배이다. 그 사실이 죽어 버리고 싶을 만큼, 그리고 죽여 버리고 싶을 만큼 창피하다. 학연과 지연을 따지는 작태가 촌스러운 행동이란 생각을 이 인간 때문에 처음 해보게 되었다. 어느 조직이든 간에, 제 적량의 또라이를 소유하기 마련이다. 교단이라고 예외일 수는 없다. 그도 사회의 한 표집이기에, 사회가 지니고 있는 모든 퍼센테이지를 다 지니고 있다. 인성교육을 부르짖는 교육계이지만 정작 인성을 가르쳐야 할 교사의 인성을 제대로 판단할 수 있는 선발 기준이란 게 마련되어 있지 않다. 나역시 그 덕에 행운을 누리고 사는 날라리 교사일지도 모르고….

긴 세월을 살지 않았지만, 그는 내가 본 최고의 또라이이다. 막 50줄에 들어선 체육교사는, 그야말로 지 꼴리는 대로 산다. 자기가 나오고 싶을 때 출근을 하고, 가고 싶을 때 퇴근을 한다. 일과 시간을 이용하여 개인 용무를 해결하러 밖으로 나돌거나, 그마저도 없으면 체육관에 짱박혀 있기 일쑤이기 때문에, 같이 근무하는 학생부교사들도 얼굴 보기가 힘들다. 교장, 교감에게 늘 욕을 먹으면서도, 근무평점에 미련이 없는 인생이라 전혀 개의치 않는다.

요즘의 체육시간은 농구공과 축구공만 내어 주면 장땡이던 시절과는 달리 체계적으로 운영이 된다. 하지만 '김정훈의 체육시간'은 자습이나 다름없다. 선생이 나오질 않아 아이들끼리 놀고 있는 경우가 태반이다. 그래서 아이들은 그 시간을 좋아한다. 수업도 제대로 하지 않는 인간이 일이란 걸 할 리가 없다. 그래서 나머지 계원들이 그의 업무를 조금씩 나누어 맡고 있는 실정이다. 불만의 목소리가 왜 없었겠는가. 하지만 어떤 지랄도 통하지 않는 인간이다.

이 인간은 원래 이 지역으로 발령이 날 대상이 아니다. 전에 있던 지역에서 징계 조치를 받아 이 학교로 옮겨 오게 되었다. 전 학교의 교장이 자신을 하도 괴롭혀서 체육관 창고에 불을 질렀단다. 비상식은 거기서 그치지 않는다. 여학생을 성추행한 경력도 지니고 있다. 이 사실은 술자리에서 자신이 대놓고 떠들어 대는 바람에 알게 되었다. 그의 말을 빌리자면, 자기를 너무 좋아하는 학생이 있어서 한 번 기회를 준 것뿐인데, 부모가 학교를 찾아와 지랄을 해댔단다. 저번 학교에서는 어떤 여선생들을 따먹었다는 둥, 어떤 학부모를 따먹었다는 둥 굳이 교사여서가 아니라 정상적인 직장인으로서는 입에 담을 수 없는 이야기들도 서슴없이 하고 다닌다.

미처 생각해 보지 않았던 가능성으로 전개되는, 누구도 장담할 수 없는 상황으로 미끄러지기도 하는 남녀 간의 사랑이라지만, 어느 정도 납득이 될 만한 스토리로 엮어야 속아 주기라도 할 것이 아닌가. 게다가 여선생은 눈이 없고, 학부모가 눈이 없는 게 아닐 텐데…. 작달만한 키에 새까만 피부, 쌍꺼풀이 짙은 커다란 눈은 느끼하다 못해 음흉해 보인다. 무슨 이유에서인지 코는 휘어져 있고, 역삼각형 머리에 턱은 또 주격턱이다. 무슨 자신감에 그런 헛소리를 해대는 것인지는 모르겠지만, 스스로는 꽤나 스마트한 용모와 위트 있는 화술의 소유자인 줄 아는 상당히 자기애적인 인물이다. 사이코패스들은 공감능력이 떨어질 뿐, 이성적인 대인관계와 사회생활에는 문제가 없다고들 하는데, 이 인간은 어느 것 하나 정상적이지 못한, 병신 중에서도 상병신이다. 하지만 징계는 늘 가볍고 그마저도 정권이 바뀔 때마다 말소가 되는 행운을 누리고 있다.

그래도 나한테 피해를 주거나 하는 일은 없기 때문에 겉으로는 한 번도 트러블이 없었던 사이이다. 김정훈은 자기보다 강해 보이는 캐릭터들은 건들지 않는다. 같은 과목의 체육선생님들과 일부 남선생들이 그 범주에 속한다. 여선생님들에게는 늘상 비상식적인 언행으로 무례를 범하는 게 그의 취미이다. 그런 마인드로 도대체 뭘 어떻게 따먹었다는 것인지…. 그래도 학생들에겐 살가운 편이라 따르는 학생들이 제법 많이 있지만, 가끔씩은 학생들에게도 미친 척을 해댄다. 징계보다도 치료가 필요한 사람이다.

입만 열면 교장 욕이다. 틈날 때마다 내게도 잔소리를 쏟아 내는 교장이 근무태만의 교사에게 관대할 리 없다. 하지만 전혀 자신이 뭘 잘못했는지를 모른다. 동료교사들이 자신을 싫어한다는 사실조차도 모른다. 다른 체육선생님들마저도 등을 돌린 지 이미 오래이지만, 그조차도 모른다. 정신승리법이라고 해야 하나? 정말이지 세상 쉽게 사는 캐릭터, 가끔씩은 그가 부럽기도 하다. 어쩜 저렇게 지 편한 대로 생각 없이 살 수가 있는 것일까?

올해도 이 인간과 같은 부서에서 일을 하게 되었다. 또 앞으로의 1년이 걱정이다. 이젠 좀 알아줬으면 하는데, 내가 널 싫어한다는 사실을…. 굳이 고백을 해야 하는 것일까?

4

"아이고, 형님! 방학 잘 보내셨습니까?"

"정훈이, 이제 출근하는 거야?"

학생부로 들어선 김정훈이 학생부장과 인사를 나눈다.

"오늘 아침에 볼일이 있어서, 거기 들렀다 오느냐고…."

"일찍일찍이 좀 다녀!"

부하 직원의 지각을 너그럽게 넘어가 주는 척하고 있는 또 한 명의 또라이, 이운기 학생부장. 김정훈과는 형님, 동생 하면서 친분을 유지하고 있지만, 김정훈이 없을 때는 그의 뒷담화를 엄청나게 쏟아 낸다. 남들이 보기엔 똥 묻은 개가 똥 묻은 개를 질타하며 서로에게 묻은 똥의 퀄리티를 따지고 있는 것에 지나지 않건만, 김정훈의 뒷담화를 늘어놓을 때만큼은 상당히 상식이 있는 척을 한다. 모든 교사들이 이부장을 싫어한다. 김정훈과의 차이라면, 학생들도 이부장을 싫어하고, 이부장은 사람들이 자신을 싫어한다는 사실을 알고 있다는 점이다.

그에 대한 학생들의 증오심을 단편적으로 보여 주는 사건이 작년에 발생했다. 이운기 부장이 차를 새로 뽑은 날에 일어난 일이었다. 초과근무수당 몇 푼에 눈이 뒤집히는 수전노가 자기 자신을 꾸미는 데는 아낌이 없다. 옷도 절대 싸구려는 입지 않는다. 남들이 보기에 비싼 옷인 줄 모르게 입는 패션 감각이 문제여서 그렇지, 죄다 명품이다. 차 역시 이 학교 교사들 중에서는 좋은 차를 몰고 다니는 축에 속했었다. 그리고 그날 이부장은 학교에서 가장 좋은 차를 몰고 다니는 드라이버가 됐다. 하루 종일 싱글벙글 자신의 세단에 대한 자랑이 끊이질 않을… 뻔했다. 2교시 전까지는….

2교시 수업을 마치고 학생부로 돌아와 보니, 안절부절못하며 씩씩거리던 이부장이, 학교엔 설치되어 있지도 않은 주차장 CCTV를 들먹이며 어딘가로 전화질이다. 대충 이야기를 들어 보니 어떤 학생이 이부장의 새 애마를 긁었단다. 좋은 구경을 놓칠 새라, 옆자리의 동료교사와 함께 주차장으로 달려갔다. 어떤 놈인지는 몰라도, 아주 제대로 긁어 놓았다. 본

닛으로부터 트렁크까지, 차를 정확히 반으로 가르는 거친 선이 그어져 있다. 어머, 정말 이 쿨한 새끼!

이미 범인은 밝혀진 상태였다. 범인은 범죄의 현장에 다시 나타나는 법, 하지만 이 사건은 범인이 범죄의 현장을 떠나가면서 밝혀진 경우이다. 그 즈음에 부장이 집중적으로 괴롭히던 문제 학생 하나가 학교를 때려치울 작정을 하고 감행한 보복성 테러였다. 그리고 친구들에게 이 사실을 당당하게 알리고 십자가를 진 영웅의 모습으로 학교를 떠나갔다. 화가 난 부장이 물증도 없는 상태에서 학생의 부모에게 전화를 걸어, 설치되어 있지도 않은 CCTV를 들먹였던 것이다.

학생의 집은 가난했다. 대형 세단의 수리비를 물어내기에는 턱없이 부족한 살림, 하지만 이 수전노 영감은 적어도 돈에 관한 한 '포기를 모르는 남자'이다. 철두철미한 표적수사로 증언을 해줄 것 같은 반 학생들을 불러 모으기에 이른다. 그런데 그 취조 과정이 졸라 유치하다. '니들이 말 안 하면 니들이 물어내야 한다'이다. 그런데 이 유치한 윽박에 순진하게 넘어간 같은 반 친구들이 사실을 털어놓았고, 부모는 그 적지 않은 돈을 물어 주기로 했다.

60이 가까워 오는 나이, 이순耳順의 경지는 공자와 같은 성인聖人에게만 해당하는 경우인 줄 알았는데, 이부장 같은 성인成人도 곧잘 구현해 낸다. 자기 귀에는 다 순하게 들리는지, 남의 귀에 역겹게 들리는 이야기들만을 골라 내뱉는다. 나이를 항문으로 처자시는 꼰대의 전형은, 항상 사람을 그런 식으로 대한다. 그러니 어린 학생들을 대하는 방식은 오죽하겠는가. 물론 학생에게도 잘못은 있다. 하지만 옆에서 듣고 있노라면 학생의 잘못이 무엇인가에 대한 궁금증보다는, 이부장이 교육자의 훈계랍시고 지껄이는 말 같지 않은 말에 짜증이 밀려오는 경우가 대부분이다.

더군다나 감수성이 한창 예민한 나이, 치밀어 오르는 분노에 차를 그어 버린 정도가 오히려 학생 입장에서는 많이 참은 것이다. 수리비를 물어 줄 집안 형편이 아님을 스스로 모르는 것도 아니다. 서럽기는 한데, 자신이 어떻게 할 힘이 없다는 또 하나의 서러움. 학생은 결국 학교 밖으로 뛰쳐나갔다. 나를 기억하라는 듯 자신의 흔적을 부장 차에 남기고⋯. 며칠 후 학생은 자퇴를 했다. 학생부장이 학생을 학교 밖으로 내몬 것이나 다름없다. 그렇다고 정신적 피해와 어긋난 인생에 대한 보상을 이부장이 해줄 것도 아니다. 이런 무책임하고 못된 사람들이 교육을 말하고 학교를 말할 때는 또 입에 거품을 물고서 나댄다. 그러면서도 주일마다 꼬박꼬박 성당에 나간다고 한다. 양심도 없는 노인네가 또 천국엔 가고 싶은지⋯. 세례명이 아마 도베르만일 것이다. 이런 개새끼!

다음 세상에 무엇으로 태어나고 싶은가에 대해서 진지하게 생각해 본 적은 없었다. 그러나 최근 들어 윤회에 대한 인식이 바뀌기 시작했다. 다시 태어난다면, 이부장과 김정훈과 같은 나이의 급우로 태어나고 싶다. 확 죽여 버리게⋯. 어른이 되어서도 초능력자로서의 삶을 꿈꿔 보기도 하다 하지만 더 이상은 지구를 지키기 위해서가 아니다. 공권력을 감당할 힘만 있다면, 저들을 싹 다 죽여 버리고 싶은 심정이다.

올해 이 꼴통 2명과 또 같은 부서이다. 앞으로의 일 년이 차라리 암담했다면 덜 미쳐 버릴 것 같았을 것이다. 이미 훤히 내다보이는 일 년에 정말이지 돌아 버릴 지경이다.

1

다른 부서들도 마찬가지이지만, 3월 한 달은 학생부도 바쁘다. 특히나 안전한 흡연 장소와 적절한 시간대를 찾기 위한 신입생들의 반복되는 시행착오로 인해 학생부는 미어터질 지경이다. 내 업무는 징계를 내리는 것이다. 학교에서 일어나는 모든 사건 사고의 처리를 내가 해야 한다. 내 책상 옆에는 항시 반성문과 경위서를 쓰는 학생들이 교내봉사에 대기 중이다. 첫날 5대의 아량을 베풀었던 신입생 녀석들도 결국 다른 교사들에게 걸려 들어와, 그 반성의 기록에 동참하고 있다. 그래도 며칠 동안 용케 안 걸리고 잘 버티는가 했더만 결국엔 이렇게…. 이런 풍경이 그나마 이 학교에선 평화로운 학생부의 일상이다.

개학한 지 일주일도 안 된 시점이건만, 순찰차가 하교 오동장으로 들어와 주차할 만한 장소를 물색하고 있다. 이제는 교사들에겐 놀랍지도 않은 풍경이고, 경찰들에게도 더 이상 당황스러운 경험은 아니다. 사건의 개요는 대충 이렇다. 1학년 여학생이 화장실에서 담배를 피웠다. 화장실 앞을 지나가던 여교사가 현장을 적발했고, 학생부로 데려오는 과정에서 여학생이 여교사에게 욕을 했다. '씨발년'이라고…. 여교사가 올려붙인 귀싸대기는 '씨발년'의 모멸감에 대한 정당방위였다. 그러나 여학생에게는 정당한 신고 사유였다. 나이가 50이 넘으신 이 여교사는 평소에도 히스테리컬한 면이 있으며, 아이들을 꾸중할 때는 그야말로 '쥐 잡듯이'이다. 학생이 느꼈을 그 짜증이 이해 못 할 일도 아니지만서도, '씨발년' 소리에 눈이 뒤집어진 노교사의 입장이 더 이해가 간다.

학생부에 와서도 울고불고 난리를 피워 대는 여학생을, 되레 경찰들이 어르고 달래며 설득하고 있다. 경찰들의 얼굴에는 이런 일에 이골이 난다는 듯 피곤하고 지친 기색이 영력하다. 수업 중에 이 소식을 전해 들은 담임교사가 학생부로 내려와 학생을 진정시켜 본다. 그래도 담임교사 말은 곧잘 듣는다. 담임교사와 경찰들의 노력 끝에 학생이 조금은 안정을 되찾고 나서야, 담임교사는 다시 수업에 들어갔고 경찰들도 운동장에 주차되어 있던 순찰차에 시동을 걸었다. 노교사는 그냥은 못 넘어가겠다며 노발대발 열을 내다가 일찍 조퇴를 했다. 꽤 충격이었나 보다. 며칠간의 병가로 이어졌다. 하긴 그 까탈스러운 성격에 그런 상스러운 말까지 듣고서 화병

이 안 나는 게 이상한 일이다. 어쨌거나 담배를 피운 학생에게는 합당한 징계가 내려져야 하는 상황, '씨발년' 사태의 장본인이 지금 내 옆에 앉아 있다.

"왜 그랬니?"

나도 어지간히 할 말이 없었나 보다. 왜 그랬냐니? 열 받아서 그랬겠지. 하지만 나는 이 생각조차 말로 표현하고 말았다.

"너무 답답한 질문이지? 왜 그랬냐니? 열 받아서 그런 걸, 그치?"

언제 난리를 피웠냐는 듯 다소곳이 앉아 있는 학생은 아무 말이 없다. 나 혼자서만 말을 잇고 있다.

"그 선생님은 왜 그랬을까? 이것도 답답한 질문 아니냐? 그 선생님도 열 받아서 그런 걸 테지. 아무리 엿 같아도 그렇지, 선생님이기 전에 너보다 한참 나이가 많은 어른인데, 그런 욕을 하면 어떡하냐? 그리고 네가 먼저 교칙을 어긴 거잖아."

"그냥 혼잣말이었어요."

억울하다는 듯 내민 변명은, 아니 진심이었을지도 모르지만, '혼잣말'이었다. 진정된 이후의 말투로 보아서는 그렇게 막 나가는 놈은 아닌 것 같다. 사실 평소에 그 선생님의 성격을 그다지 좋게 보지 않았던 내 일방적인 판단일 수도 있다. 하지만 혼잣말이었다는 그 이유도 그다지 성실해 보이지 않았다.

"아냐, 이 씨발년이…."

내 뜬금없는 욕설에 화들짝 놀란 여학생. 녀석뿐만이 아니라 학생부에 있던 사람들 모두가 일제히 숨을 죽였다.

"어머! 놀랐니? 선생님 혼잣말한 건데…."

내 나름대로는 의미를 담아 낸 퍼포먼스였지만, 가슴은 조마조마했다. 경찰이 가던 길을 돌려 다시 이곳으로 와야 할지도 모르는 상황, 학생의 반응이 어떨지에 대해서는 나 역시 불안했다. 그래도 다행히 무슨 말인지를 알아듣는 눈치다. 이미 전교생이 다 아는 양아치 캐릭터의 선생이 욕 한 번 내지른 걸 가지고, 또 뭘 그렇게까지 문제 삼을 일도 아니다. 이럴 땐 양아치 캐릭터가 정말 편하다.

"동네 꼬마놈들이 너한테 그런 욕을 했다고 쳐봐. 침착하게 잘잘못을 가려 주기가 쉽겠냐? 반 죽여 버리고 싶은 생각부터 들지 않을까? 그래서 걔들을 니가 반 죽여 놨어. 그럼 너한테도 잘못은 있는 거지? 감정적으로 손찌검을 했다는 건 그 선생님한테도 분명 잘못은 있는 거야. 하지만 학생한테 욕 들어 처먹은 그 선생님 기분은 어땠겠어? 더군다나 동네 꼬마랑 고등학생의 나이 차도 아니고…."

내 말이 끝나기도 전에 이 녀석 또 울음을 터뜨린다. 아까 그 여교사 같은 경우, 이런 상황에서 선택하는 질문은 '니가 뭘 잘했다고 울어?'이다. 악에 바친 아이들이 선택하는 대답은 '억울해서 울어요. 왜요?'이다. 여교사가 잇댈 질문도 뻔하다. 십중팔구 '니가 뭐가 억울해?'이다. 애들도 환장할 노릇이지만 옆에서 듣고 있는 사람에게도 짜증이 파도처럼 밀려온다. 그래서 애들 목구녕까지 '씨발년' 소리가 차오르는 것이다.

책상에 놓여 있는 크리넥스 몇 장을 뽑아 주며, 교사로서 할 수 있는 최선의 대안을 건넨다.

"세상 뭐 그렇게 피곤하게 사냐? 아무리 엿 같아도 그냥 '죄송합니다' 한마디면 끝났을 일인데…. 담배는 처음 걸린 거니까 교칙대로 교내봉사 3일이다. 그리고 내키지는 않겠지만, 요번 기회에 인내심 기른다는 생각으로 선생님께도 사과 드려. 이제 1학년인데, 졸업할 때까지 불편해서 어떡할래?"

내 말에 마음이 동한 것인지, 아니면 그냥 이 순간을 빨리 모면하고 싶은 것인지, 눈물을 훔치면서 고개는 끄덕거린다. 정말로 사과를 할런지도 의문이지만, 그 여선생이 사과를 받아 줄지가 더 의문이다. 내가 괜히 한 번 더 불란만 일으키는 게 아닐까 걱정스럽기도 하고….

내가 지금 근무하고 있는 학교는 소위 '똥통'이라고 불리우는 곳이다. 이런저런 사건 사고로 해가 바뀌면 한 학년에서 한 클래스가 사라진다. 나는 교사 발령 이후 줄곧 학생부에서 근무, 게다가 줄곧 징계를 내리는 업무를 맡아 보고 있다. 내 손으로 결재를 맡아 정학을 내리고, 전학을 보내고, 퇴학을 시키고, 학교에서 일어나는 사건 사고의 웬만한 경우는 다 겪으면서 이런저런 학생들을 많이 봐왔다. 물론 내 상식으론 도대체 어찌할 수 없는 학생들이 있는 것도 사실이다. 하지만 대부분의 아이들은 자신의 잘못을 이해시키고 처벌을 내리면, 개과천선까지는 아니더라도 그것이 잘못이었음을 애써 수긍하는 편이다. 나중엔 학생부교사들과 친해져서 돌아가는 놈들도 더러 있다. 이 녀석도 그런 놈들 중에 하나인 것 같다. 아니 그런 놈이길 바란다.

그럭저럭 잘 마무리를 짓고 학생을 교실로 돌려보내자, 학생부의 또라이 두 분께서 참을 수 없는 존재들의 그 가볍고도 상스러운 입을 사뿐히 털어 주신다.

"저 년은 엄마가 뭐 하는 작자인지 몰라. 저런 걸 낳고 미역국은 챙겨 먹었을 것 아냐?"

또라이1, 이운기 부장 되시겠다. 이 노인네가 입에 달고 사는 레퍼토리 중 하나는 '너희 엄마 뭐 하시니?'이다. 왜인지 모르겠지만, 그토록 학생 엄마의 직업에 집착을 한다. 도대체 당신 어머니 직업은 무엇이라서 당신 같은 걸 낳아 기르셨는지….

"저 지지배, 하고 다니는 꼬라지 좀 봐 봐요. 어디 술집 나가는 거 아니야?"

또라이2, 김정훈이다. 그런 술집을 많이도 다녀 보셨는지, 어쩜 그리도 눈썰미가 좋으신가? 니 꼬라지부터 반성을 좀 해보시던지….

교육심리학에서 배운 지식대로라면, 언어는 사고의 반영이다. 하지만 저 두 또라이들의 언어를 분석해 보자면 도대체 사고능력을 지니고 있기는 한 것인가가 의심스럽기도 하다. 아무리 생각이 없어도 그렇지, 어떻게 저런 맥락에 닿지 않는 말들만 지껄일 수가 있을까? 아무래도 뇌의 작용은 아닌 것 같다. 말 같지 않기로는 입에서 나오는 트림과도 별반 차이가 없으니, 내장의 독자적인 작용으로 봐야 할 것 같다.

2

조무래기들을 모두 해치우고 드디어 이운기와 마주했다.

"낄낄낄, 어린놈이 제법이구나. 혼자서 여기까지 오다 니…. 너희 엄마 뭐 하시니?"

눈을 내리깔며 지어 보이는 비열한 웃음, 교활한 말투로 쉴 새 없이 이죽거리고 있는 저 처진 입꼬리. 어린 시절 기억 에 담았던 이운기의 모습 그대로이다.

"부모의 원수 놈이 할 말은 아닌 것 같구나."

방심하는 듯했던 틈을 타, 품에 지니고 있던 단도를 꺼내 어 이운기의 심장을 향해 날렸다. 하지만 어디선가 날아온 무언가에 단도가 튕겨져 나갔다. 지금 이곳에는 이운기와 나, 단 두 사람뿐이다. 이운기는 아무런 미동도 없었거늘, 내 단 도가 어떻게? 이곳에 또 다른 누군가가 있다. 그러나 모습은 보이질 않는다.

"당황하는 모습이 영락없는 풋내기로구나. 정훈이 나오거 라!"

"존명尊命!"

이운기의 한마디에, 내내 모습을 드러내지 않고 있던 그 누군가가 날아들어 그의 앞에 한쪽 무릎을 꿇는다. 소문으로만 들어 왔던, 이운기의 최측근들도 그가 누구인지에 대해 전혀 알지 못한다는, 비밀 호위무사 김정훈의 실체를 내 눈으로 확인하는 순간이었다. 얼굴의 반이 가면에 가려져 있었지만, 드러난 반에서 풍기는 살기殺氣만으로도, 그의 내면이 지닌 잔혹성을 짐작하기에는 충분했다.

김정훈이 땅에 칼을 끌며 달려온다. 내 얼굴을 향해 휘두른 칼날을 가까스로 피했지만, 칼끝에서 이는 흙먼지에 시야를 잃었다. 재빨리 빼어 든 검심의 바람으로 흙먼지를 갈랐지만, 그 균열의 순간을 치고 들어온 김정훈의 칼끝에 어깨를 내주고 말았다. 이어지는 매서운 공격에 정신이 없을 지경이다. 검을 휘두르는 속도가 워낙 빨라, 흡사 여러 명이 가해 오는 칼날과 합을 겨루고 있는 것만 같다. 이것이 말로만 들었던 무영검무無影劍舞. 공격은커녕 막아 내는 일조차 버거운 상황 속에서, 계속 뒤로 밀리다가 이젠 담벼락을 등에 지고 있다. 이대로는 끝장이다.

어차피 죽기를 각오하고 온 터, 목숨이 아까울 것은 없지만 여기서 이렇게 죽을 수는 없다. 부모님의 원수가 내 눈 앞에서 저렇듯 비열한 웃음을 지어 보이고 있는데, 저 웃음을 갈기갈기 찢어 놓기 전에는 내가 먼저 죽을 수 없다. 김정훈의 칼끝이 미간을 노리고 들어오는 순간, 몸을 낮추어 측면으로 빠져 돌아 나온 후, 다시 놈의 목을 노리며 검무의 잔영 사이를 파고들었다. 김정훈이 쉽사리 빈틈을 허락할 리 없다.

순식간에 몸을 돌려 여유롭게 내 공격을 받아치려던 찰나, 나의 칼은 방향을 바꿔 목이 아닌 발목을 그으며 그가 예상한 동선을 빗겨 갔다.

김정훈이 그 자리에 주저앉는다. 지금이 아니면 다시는 기회가 없을지도 모른다. 온 힘을 다해 그를 내려친다. 그는 가까스로 내 공격을 막아 냈지만 손에서 칼을 놓치고 말았다. 그리고 내 칼끝에 스친 김정훈의 가면이 '쩍' 하고 갈라진다. 이런! 너무도 못생겼다. 쌍꺼풀이 짙은 커다란 눈은 느끼하다 못해 음흉해 보인다. 무슨 이유에서인지 코는 휘어져 있고, 역삼각형 머리에 턱은 또 주걱턱이다. 가면으로 자신의 정체를 숨겨야 했던 이유는 별 다른 것이 아니었다.

마지막 일격을 가하려는 순간, 김정훈은 합장合掌의 자세를 취한다. 두 손바닥으로 내 칼날을 잡아 내겠다는 심사인 듯하다. 병신! 어디서 본 건 있어서…. 합장의 타이밍은 내 칼의 속도보다 한참을 늦었다. 검심이 이미 두 손바닥을 지나 두 개골에 박힌 후에야 합장이 이루어졌다. 풍운의 무사 김정훈의 마지막 순간은 그렇듯 어이없는 객기로 스러져 가는 것이었다.

이제 저 심술궂은 노인네만이 남았다. 칼을 휘둘러 묻은 피를 털어 내면서 터벅터벅 이운기에게로 걸어간다. 내가 기특하기라도 한 듯, 먼 시선으로 내리까는 거만한 눈빛과 비열한 웃음 사이로, 교활하고도 재수 없는 저 특유의 말투.

"낄낄낄, 어린놈이 제법이구…,"

그 웃음과 말투가 너무도 짜증이 났던 나머지, 그냥 홧김에 휘두른 한 칼에 목을 베어 버렸다. 한 초식도 되지 못하는 존마니가, 그간 자신의 지위와 재물을 무기로 백성들의 피고름을 빨아먹고 살았던 것이다. 데굴데굴 굴러가던 머리통이 내 쪽을 바라보며 멈추어 섰다. 아직 신경이 살아 있는지, 몸에 붙어 있을 때 다 하지 못한 말을 기어이 지껄이고 만다.

"너희 엄마 뭐 하시니?"

비로소 부모님의 원수를 갚았다. 하늘도 슬펐던지 갑자기 비를 뿌린다. 순간 빗방울에 섞여 내려오는 천상의 멜로디,

난 너를 사랑해, 이 세상은 너뿐이야!

핸드폰 알람이다. 이젠 현실로 돌아가야 할 때이다. 이 꿈에서 깨어나면 다시 현실의 이운기와 김정훈이 있는 곳으로 출근을 해야 한다. 정신분석에 따르면, 꿈은 현실에 억눌려 있던 무의식이 펼쳐지는 공간이란다. 나는 의식만으로도 충분히 이운기와 김정훈을 싫어한다. 내 무의식은 싫음을 넘어선 '죽임'에 관해 말하고 있었다. 나는 내가 생각하는 것보다 훨씬 더 그들을 싫어하고 있는 것 같다. 하지만 죽여 버릴 수도 없는 현실에서 여전히 그들을 마주해야 한다는 사실에 죽어 버리고 싶은 심정이다.

1

'피그말리온 효과'라는 심리학 이론이 있다. 아름다운 여인의 모습을 조각한 피그말리온은, 자신이 만든 조각상을 너무 사랑한 나머지, 조각상을 사람으로 만들어 달라고 신에게 기도를 올렸다. 이 애절한 기도를 가엾이 여긴 아프로디테가 조각상에 숨을 불어넣어 인간으로 만들었다. 이 신화는 교사가 학생을 사랑하면 학생도 교사를 사랑하게 된다는 교육이론으로 통하고 있다.

나는 이 이론을 경험하고 있다. 지금 민은정이 담임을 맡고 있는 반이 그 검증의 사례다. 담임을 향한 내 애정이 반 학생들에게까지 은혜를 베풀고 있는 것이다. 녀석들도 나를 좋아하는지야 알 수 없는 일이고, 분위기를 주도하는 몇몇 학생들의 애교로 나에 대한 애정도를 착각하는 스타일도 되지 못한다. 그러나 내 일방적인 시선 안에서 그들 모두가 예뻐 보인다. 딱 한 녀석만 빼고….

2학년 12반 백설희라는 놈이다. 녀석을 처음 보았을 때, 나는 녀석이 이 학교의 여학생들 중에 짱인 줄 알았다. 예쁘장하게 생겼지만 어딘가 모르게 그늘이 져 있는 얼굴, 첫 수업 시간부터 교실의 후미진 곳에서 풍겨 오던 시니컬한 포스가 아직도 기억에 생생하다. 나이가 들면서 조금은 비굴해지기도, 다소 겁이 많아진 것도 사실이지만, 여학생에게 쫄아 보긴 처음이었다. 녀석을 향한 마음의 소리는 '쟤는 건들지 말자!'였다. 때문에 수업시간 내내 엎어져 자고 있는 모습을 보고서도, 그냥 못 본 척 넘어가기 일쑤였다.

어느 날 점심시간, 교직원 식당에서 합석을 하게 된 민은정에게 넌지시 설희에 대해 물었다.

"설희요? 얌전하고 착한 아이인데, 왜요?"

더 이상 묻지 않았다. 착하단다. 괜히 쫄았네.

"할머니랑 둘이서만 살아요. 집안 형편 때문에 학교 끝나고 밤늦게까지 아르바이트를 해요. 수업시간에 좀 많이 졸죠?"

물어보지도 않았는데, 민은정은 무슨 이야기인 줄 안다는 듯, 녀석에 대한 변호를 이어 간다. 그렇게까지 자세히 알고 싶은 학생도 아니었지만, 내 시간엔 조는 정도가 아니라 대놓고 디비 자고 있건만…. 하긴 내가 먼저 다가가 깨운 적도 없으니 할 말은 없다.

5교시, 2학년 12반 수업이다. 수업이 끝나려면 아직 15분이나 남은 시점이지만, 식곤증과 사투를 벌이는 용사들이 안쓰러워 그들에게 15분의 은혜를 베풀었다.

"애들아, 그냥 자라!"

기다렸다는 듯 모두가 책상 위로 엎어졌건만, 한참 전부터 꼼수신공을 펼치며 처자고 있던 놈들에겐 나의 복음이 아직 전해지지 않았다. 여전히 불편한 자세를 유지하고 있는 그들에게 몸소 다가가, 편한 잠을 허하고자 잠을 깨우는, 조금은 어이없는 역설이 이어진다.

"야! 그냥 편히 자라!"

아이들에게 잠깐의 휴식을 허락하고 나면 교사는 딱히 할 일이 없어진다. 교탁 앞에서 빈둥거리거나, 교실을 어슬렁거려야 한다. 세상에서 가장 힘든 일 중 하나가 오롯한 빈둥댐과 어슬렁거림으로 정량의 시간을 때우는 것이다. 오늘은 설희의 짝이 조퇴를 했다. 오늘도 설희는 일찌감치 숙면 모드, 그냥 빈둥대고 어슬렁거리는 게 힘들어 별 생각 없이 설희 옆의 빈자리에 앉았다. 기척을 느낀 설희가 잠에서 깬다. 옆에 와 앉아 있는 교사를 발견하고는 멋쩍은 듯 인사를 건넨다. 수업 시작한 지가 이미 35분이 지나간 시점이건만….

"굿 모닝!"

설희에게 처음으로 말을 걸었다. 뭐 딱히 할 이야기가 없어서 발휘한 센스가 이 짝이다. 그런데도 설희가 웃는다. 녀석, 유머 감각 하곤⋯. 녀석의 얼굴에도 표정이 있다는 사실이 신기하기도 했지만, 실상 얼굴 자체를 자세히 볼 수 있는 기회가 몇 번 없다. 늘 책상에 엎어져 자고 있었으니⋯.

"설희야, 밤새워 공부하니?"

학생에게 무심했던, 더 솔직히는 내 맘 편하자고 학생을 방치했던 교사는, 설희의 맑은 웃음에 미안한 생각부터 든다. 그래서 딱히 할 말이 없으면서, 굳이 말을 잇대고 덧대고 있다. 방과 후에 아르바이트를 한다는 사실을 이미 민은정에게 들어서 알고 있었지만, 아무것도 모른다는 듯 물었다. 교사들 사이에서 자신에 대한 어떤 정보가 오갔다는 사실이 학생 입장에서는 불쾌할 수도 있지 않은가.

"아니요."

멋쩍은 웃음, 멋쩍은 기지개와 하품으로 애써 내 시선을 피한다.

"그런데 왜 이렇게 매 시간 자?"

"아니에요, 가끔씩 들었어요."

내가 늘 자는 걸 봤는데 이렇게 억지를 쓴다. 그리고 '가끔씩'은 도대체 뭐야?

"뭐라고? 가끔씩?"

"아니, 맨날 들어요. 엎드려서⋯."

생각보다 날 어려워하지 않는다. 그리고 이 녀석, 생각했던 것보다 귀여운 구석이 있다. 하긴 귀여움의 기대치가 아예 없었으니….

"뭐? 맨날? 너 거짓말할래? 일주일에 한문 2시간 들었는데?"

웃겨 죽을라 그런다. 그 웃는 모습에 나도 웃음이 난다. 왜 그동안 이 친구를 배제의 시선으로 바라봤는지 모르겠다.

"나는 매 시간 설희 얼굴을 출석부로만 보고 가. 한 달이 지나도록 얼굴 제대로 본 게 오늘 처음이야."

꺄르르르, 아주 좋아 죽을려고 한다. 어쩜 저렇게 예쁘게 웃을 수가 있지? 그런데 녀석의 웃는 모습이 어딘가 모르게 익숙하면서도 어렴풋하다. 아주 오래전에 어디선가 본 적이 있는 듯한, 삶의 어느 순간에 두고 온 순수함인 듯한, 마냥 좋은 그런 느낌. 내게서도 연신 실없는 웃음이 터져 나온다.

설희는 다음 시간부터 잠을 자지 않았다. 그렇다고 늘 나와 눈을 마주치며 수업을 듣는 것도 아니다. 적어도 내 수업 시간에 깨어 있는 학생이 되어 있었다.

얼마 뒤 설희의 짝이 결석을 한 날, 다시 그 자리에 앉아 녀석에게 물었다.

"백설희! 요즘엔 수업시간에 안 자더라!"

다소 까칠하게 돌아온 녀석의 대답,

"자지 말라면서요."

뭐야? 내가 말하면 다 듣는 거야? 사실 나는 그렇게 말을 한 적은 없었는데, 그냥 왜 수업시간 내내 자고 있는지에 대해서만 물어봤을 뿐인데….

3

영화 〈친구〉가 남긴 명대사들,

"니가 가라, 하와이."

"그마해라! 마이 묵었다 아이가?"

"내는 니 시다바리가?"

하지만 그중 단연 최고는,

"느그 아버지 뭐 하시노?"

이미 질문 자체가 학생의 생활태도와 학부모의 직업 간의 상관을 전제하고 있다. 학생 입장에선 충분히 불쾌할 수 있는 질문이지만, 요즘에도 학생들에게 이런 전근대적인 질문부터 던지는 교사들이 더러 있다. 특히나 이운기 부장에게는 습관적으로 내뱉는 발어사發語詞와도 같은 의미이다. 자신의 마음에 들지 않는 학생들과의 대화는 어김없이 이 질문으로 시작된다.

"너희 엄마 뭐 하시니?"

영화랑 다른 점은, 부모의 성별이 바뀌었고, 아직 부모의 직업이 건달인 학생이 없었다뿐이다. 담배를 소지하고 있던 여학생 하나가 이부장에게 걸려 들어왔다. 이부장은 오늘도 특유의 레퍼토리를 거르지 않는다.

"너희 어머니 뭐 하시니?"

학생은 아무런 대답이 없다.

"어머니 뭐 하시냐고?"

학생은 여전히 대답하지 않는다.

"너 말 못 해? 특수반이야?"

이부장은 특수반 아이들까지 비하하는 발언에도 주저하는 법이 없다. 확실히 저 인간의 언어는 뇌의 작용이 아니다.

"너 내일까지 어머니 모시고 와!"

하루에도 담배 피우다 적발되는 학생이 한 보루인 학교에서, 뭐 그깟 일로 어머니를? 하여튼 지 꼴리는 대로 뇌까린다.

"안 계신데요."

퉁명스럽게 내뱉은 학생의 한마디가 이부장의 심기를 건드렸다.

"이 새끼! 너 지금 개기는 거야? 그럼 아버지라도 모시고 와!"

"안 계신데요."

이부장은 인성도 글러 먹었지만, 눈치도 없다.

"안 계셔! 안 계시면 다야?"

안 계시면 다지. 질문에 대한 대답을 하고 있을 뿐인데, 자기 분에 못 이긴 부장 놈은 또 억지를 써대기 시작한다.

"돌아가셨는데요."

서러움에 북받친 학생이 내뱉은 한마디, 남들 앞에서 차마 꺼내고 싶지 않은 한마디가 울분으로 터져 나왔다. 낯익은 목소리에 고개를 들어 보니 부장 앞에 서 있는 학생은 다름 아닌 설희다.

실상 이부장의 마수에 걸려든 학생이 설희란 사실은, 녀석이 학생부로 끌려 들어오는 순간부터 알고 있었다. 하지만 일부러 설희를 바라보지 않았다. 학생들은 자신과 친하게 지내는 교사의 눈앞에서, 다른 교사에게 욕을 들어 먹고 있는 자신의 모습을 들키고 싶어 하지 않는다. 비단 학생과 교사와의 관계에서만 그런 것도 아니다. 혼자일 때는 몰라도, 그나마 모르는 사람 앞에서면 몰라도, 아는 사람들 앞에서는 굴욕적인 모습을 보이고 싶지 않는 마음. 많은 교사들이 이런 심리적 도식을 간과한 채 저 자신의 훈계에만 전념한다. 다른 직원들이 지켜보는 앞에서 결재 맡으러 온 직원의 서류철을 집어 던지는 상사들과 별반 차이가 없는 몰상식이다.

내 나름대로는 무관심을 가장한 배려였지만, 설희에게 무슨 일이 벌어지고 있는지가 궁금해 정신은 온통 저쪽에 쏠려 있다. 이부장은 어린 마음에 담고 있던 상처를 건드린 것이 마음에 걸리긴 했던지, 일말의 미안함을 표하기는 한다.

"그럴수록 더욱 바르게 살아야지, 이러면 되겠어?"

그러는 교사 자신의 언행은 왜 그리도 돼먹지 못한 것인지…. 그러게 부모님의 직업은 뭣하러 물어봐.

"부모님이 너 이러고 사는 모습 보면 얼마나 가슴이 아프시겠니?"

이부장, 또 너무 갔다. 잔잔히 떨려오는 설희의 어깨, 그 감정의 파고가 곁눈질의 시야에도 들어온다.

"너 지금 우는 거야? 이게 울 일이야? 이 지지배 웃기네."

"왜요? 울면 안 돼요?"

설희가 약이 오를 대로 오른 모양이다. 내게는 뒷모습밖에 보이지 않았지만, 아마도 표독스러운 눈빛으로 부장을 노려보고 있었나 보다.

"어허! 이것 봐라! 너 지금 선생님을 그런 눈빛으로 쳐다보면 어쩌자는 거야? 어디다 대고 눈을 부라려?"

부라릴 만하니까 부라린 걸 갖고서 뭘 또 그렇게까지 노발대발 하시는지, 학생이 영특하구만…. 내 마음의 소리는 설희의 편을 들고 있었지만, 계속 저대로 놔두었다간 일이 더 커질 것 같다.

"백설희! 너 지금 뭐 하는 거야? 너 원래 그런 놈 아니잖아."

짐짓 이부장의 편을 드는 척, 부장과 설희의 설전에 끼어들었다. 이운기 부장은 지가 싸지른 곤욕스러움의 실마리가 찾아지면 책임을 떠넘기고 자리를 피한다. 저질러만 놓지 뒷감당에는 적잖이 당황하며 뒤로 물러서는 인간형이다. 주변 사람 입장에서는 차라리 그게 편하기도 하다. 저 똥기 충만한 노인네가 문제를 더욱 키우기 전에, 예우를 가장해 문제 밖으로 밀쳐 내는 것이 최선의 방책이다.

"부장님, 이 녀석 제가 알아서 할 테니까, 수업 들어가십시오."

"하선생! 아는 놈이야? 이 지지배 눈 치켜뜨는 것 좀 봐. 아주 돼먹지 못한 놈이야. 나 수업 들어갈 테니까, 하선생이 맡아서 수고 좀 해줘."

기다렸다는 듯, 주섬주섬 교재를 챙겨 들고 교실로 올라간다. 마침 수업시작을 알리는 종이 울리고 있다. 학생부의 모든 교사들이 수업 속으로 사라지고 학생부에는 설희와 나 단둘이만 남았다.

"설희야! 이쪽으로 와서 앉아 봐."

일단 옆자리에 앉히고 표정부터 살핀다. 고개를 돌려 눈물을 훔치는 설희에게, 책상에 놓여 있던 크리넥스를 박스채 건넸다.

"야! 이 멍충아! 부장님 원래 저런 성격인 거 몰랐냐? 대충하고 넘어가야지 거기서 꼬박꼬박 대들면 답이 나오냐? 뭐하러 피곤하게 상대를 하고 있어?"

아무 말 없이 눈물만 닦아 내는 설희, 그래도 자기 편이 있다는 사실에 위안이 되는 눈치다. 교사 생활하면서 간간이 맞닥뜨리게 되는 이런 순간이 내겐 가장 행복하다. 약자를 위하는 것이 내 존재의 이유가 되어 버리는 순간, 내가 마치 키다리 아저씨라도 된 듯한 느낌이라고나 할까?

"다 울었어?"

대화를 이어 가기 위해 건넨 농담이었는데, 설희는 그 농담에 굳이 고개를 끄덕인다.

"하루에 담배 몇 가치나 피니?"

대답이 없다.

"학교에도 교칙이란 게 있잖아. 선생님도 담배를 피니까 이해할 수는 있지만, 허락할 수 없는 건 알지?"

"학교에선 안 펴요."

"그럼 오늘 왜 걸려 들어온 거야?"

"교문에서 조퇴증 보여 줬는데, 갑자기 가방을 뒤지려고 해서 싫다고 했더니 여기로 끌고 오잖아요."

"부장님이…, 뒤질 뻔했네."

분위기를 조금 바꿔 보려고 한 농담을 설희가 못 알아들은 것인지, 농담 자체가 재미없었던 것인지 안 먹힌다. 교사 생활하면서 간간이 맞닥뜨리게 되는 이런 순간이 내겐 가장 당혹스럽고, 내 자신이 싫어지기까지 한다.

노인네가 부지런도 하지. 가끔씩 쉬는 시간 10분을 이용해 교문을 지키고 서 있기도 한다. 이부장은 일찍 조퇴를 하는 학생들을 일단 의심부터 하고 본다. 정말로 피치 못할 사정이 있어서 조퇴를 하는 학생도 있겠지만, 대부분이 수업 듣기 싫어서 부리는 꼼수라는 게 부장의 논리이다. 그래서 이따금 교문에서 조퇴하는 학생들의 가방을 '뒤진다'. 그런 학생들의 가방에는 무언가 학생답지 못한 물건들이 들어 있을 거라는 그만의 가설이지만, 또 자기가 예뻐라 하는 학생들은 그 가설에서 철저히 배제되어 있다. 결국 베테랑 형사의 육감인 양, 자기가 뒤지고 싶은 학생만을 표적으로 삼아 뒤지는 것. 그런데 그 지랄 옆차기의 뻑싸리가 후루꾸로 들어맞을 때가 있다. 학생부실로 끌려온 설희의 가방에선 담배와 라이터가 나왔다. 교칙상 소지만으로도 징계 사유에 해당한다.

"내일부터 3일간 수업 마친 후에 청소해야 한다. 반성문도 쓰고…."

"저 아르바이트 가야 하는데요?"

맞다. 이 녀석의 딱한 사연을 이미 민은정에게 전해 들은 바이다.

"그럼 어떡할래? 아무것도 안 할 수는 없잖아."

"점심시간에 하면 안 돼요?"

"다른 애들은 수업 끝나고 2시간 동안 교내봉사 하고 가는데, 형평성에 어긋나잖아."

설희는 또 아무런 대답이 없다.

"무슨 아르바이트 하니?"

"편의점이오."

"그럼 항상 바쁜 건 아니겠네?"

"……"

"내일부터 3일 동안 점심시간에 학교 구석구석 돌아다니면서 쓰레기 줍고, 선생님이 책 한 권 줄 테니까 읽고서 감상문 써와. 편의점에서 일하는 중간중간 읽으면 되잖아."

내 책상 위에는 이외수 작가의 《청춘불패》가 꽂혀져 있다. 학생부 근무를 하면서 생긴 버릇 중에 하나가, 페이지 수가 많지 않은 절망에 관한 에세이들을 사 모으는 것이다. 꼴에 선생이라고 학생들 앞에서 희망과 긍정을 입버릇처럼 떠들어 대곤 하지만, 학생들 중에는 그 희망과 긍정 자체가 불가능해서 절망을 살아가는 녀석들이 부지기수다. 내가 막상 그런 처지에 놓이면 나는 내가 말한 대로 살아갈 수 있을까? 자신은 정작 겪어 보지 못한 크기의 아픔과 상처를, 마치 그 크기를 다 아는 양 위로하려 드는 어른들, 나도 그들과 다를 게 없는 어른이 아닐까라는 생각이 어느 순간부터 들기 시작했다.

가끔씩은 그런 주제로 글을 쓰는 작가들이 정말로 절망이 무엇인지를 알고서나 그런 입에 발린 말들을 떠벌리고 있는 것인지, 그 진정성에 대한 의심이 들기도 한다. 그래서 나름의 기준으로 선별한 책들 중 하나가 이외수 작가의 것이었다. 몰랐으면 모르겠는데 설희의 사정을 알고 있는 이상 뭐라도 해주고 싶었다. 선생들의 뻔하디뻔한 멘트보단 유명 작가의 화법이 더 효과적일 거란 생각에 책을 건넸다.

4

누구나 한 번쯤은 생각해 봤을 자살에 대해서도 정말 공감이 됐다. 우리는 어려서 그런지 모르겠지만, 뜻대로 안 되고 맘에 드는 일을 망치면 쉽게 자살하고 싶다고 많이들 그런다. 그러나 이 책을 보고 다른 사람들에 비하면 우리는 정말 아무것도 아니라는 걸 깨달았다. 자살한 사람들이 한심하다는 생각밖에는 들지 않았다. 물론 그 사람들은 참을 수 없을 만큼 정말 힘들어서 그런 것이었겠지만, 슬퍼할 주변 사람들을 생각지 않은 무책임한 짓이라는 생각이 든다.

며칠 뒤 설희가 써온 감상문의 일부이다. 살면서 '죽고 싶다'는 말을 얼마나 많이 내뱉었을까? 하지만 '자살하고 싶다'는 표현과는 뉘앙스 자체가 조금 다르지 않나? 요즘 학생들은 '자살'이란 단어를 우리 때보단 쉽게 사용하는 것 같다. 요즘 학생들이 우리 때보다 더 힘든 시절을 살아가고 있는 것일까? 그저 힘들다는 표현의 시대 차일까?

싱그러운 녹음 사이로 비치는 따스한 햇살이 학생부 창가에 내려앉은 어느 봄날. 아라비카 원두의 풍부한 맛과 향은 전혀 느낄 수 없는, 진한 설탕맛으로 즐기는 자판기 커피 한 잔을 들고서 창가에 기대어, 이 아름다운 계절의 너무도 평화로운 풍경에 넋을 놓고 있다. 오늘 아침, 1학년은 수련회를, 2학년은 수학여행을, 3학년은 졸업여행을 갔다. 비담임들은 학교에 남아서 학생들이 사라지고 고요만이 남은 교정의 평온을 만끽한다. 야호! 학생들이 없어야만 아름답게 느껴지는 학교, 그 역설 속에서 마음마저 맑아지는 느낌이다.

물론 담임들 입장에선 죽을 지경이다. 학생들을 관리하면서 모든 일정을 소화해 내기가 '여행'이란 이름만큼 간단치는 않다. 우리 학교는 교장 직권으로 학생부교사 1명이 수학여행을 따라가야 하는데, 작년에 그 1인으로 따라갔다가 2박 3일 내내 심심해 죽는 줄 알았다. 빡빡하게 짜여진 일정대로 둘러보는 명소들이 뭐 기억에 남기나 하던가? 빡빡함에 떠밀리는 무료한 걸음은 학생 때나 교사 때나 별반 차이가 없다.

수학여행의 백미, 낯선 타지에서 친구들과 지새웠던 낯선 밤. 특히나 첫 일탈을 경험해 본 이들에겐 평생 잊혀지지 않는 밤으로 기억되고 있을 것이다. 어찌 보면 진정한 '여행'의 의미는 그 일탈의 순간들이 부여하는 게 아닌가 싶기도 한데, 나는 그 낯선 밤을 익숙하게 만들기 위해 파견이 되었었다. 그런데 요새는 수련회 관련업체 사람들을 고용하기 때문에 따라간 비담임교사들은 딱히 할 일이 없다. 담임들은 힘들어 죽을 지경이었던 반면, 내가 심심해 죽을 지경이었던 이유이다.

내 학창시절 때만 해도, 저녁식사 이후 주어진 잠깐의 자유 시간을 이용해, 낯선 도시의 일상을 둘러보기라도 했었다. 영화 〈신라의 달밤〉에서처럼 그 지역 학생들과의 조우 내지는 트러블도 이 시간에 발생했었는데, 이젠 그 가능성 자체를 미연에 차단하겠노라, 업체 사람들이 숙소 곳곳에서 불침번을 서며 학생들을 단속한다. 물론 선을 지키지 못하는 학생들이 저지르는 사건 사고들이 문제인 것도 사실이지만, 그래도 '여행'인데 군대처럼 10시에 소등을 강요하는 것은 조금 심하다 싶다.

학생들 방에 불이 꺼지면, 늘 학교에서 보던 교사들끼리 마주 앉아 제주산 다금바리 회 한 접시에 또 학교 이야기와 학생 이야기로 술잔을 기울인다. 학교 근처 횟집에서 만났어도 별 다를 게 없는 상황이지만, 잠시나마 가정에서 벗어난 기혼의 남선생들에게는 밤늦게까지 술을 마실 수 있다는 사실만으로 큰 위안이다. 나는 총각인데, 별로 그러고 싶은 생각이 없었는데, 그들의 말벗이 되어 새벽까지 술을 마셨다.

올해는 그 따분한 수학여행에서 면제가 되었다. 더군다나 올해는 이부장이 따라갔다. 학생부장이 없어야만 아름답게 느껴지는 학생부, 그 진리 속에서 마음마저 맑아지는 느낌이다.

'멈추어라, 순간이여! 넌 너무나 아름답구나!'

파우스트가 멈추고 싶었던 아름다운 순간이 이렇지 않았을까? 제발 가지 마라, 이 3일이여!

이 기간 중에 내가 해야 할 일은, 수학여행을 따라가지 못한 2학년 학생들을 한 교실에 모아 놓고서, 오전 내내 자습을 시킨 후에 하교시키는 것이다. 그냥 재택학습을 권고하는 게 교사나 학생 입장에서도 편하련만, 어차피 자습이 될 리도 없고…. 그런데 또 뭐 어쩌겠는가? 다 이유가 있는 방침이라는데…. 그 학생들 중에는 경제적 부담 때문에 수학여행을 가지 못하는 학생들도 있다. 이런 학생들은 더더욱 재택학습을 권고하는 게 그들의 자존심을 지켜 주는 처사일 텐데 말이다. 학생의 사정을 모르는 선생들이 마주칠 때마다 물어볼 것이 아닌가. '너 수학여행 안 갔어?'라며…. 눈치를 밥 말아먹은 선생들이 마주칠 때마다 물어볼 것이 아닌가. '왜? 안 갔어?'라며….

지금의 제주도는, 과거의 경주가 그랬던 것처럼, 수학여행을 오는 학생들이 큰 손님이란다. 작년에 내가 탔던 전세버스의 기사 아저씨가 말해 준 사실이다. 이렇듯 제주도가 일반적인 수학여행지가 되면서부터 경비는 다소 비싸졌다. 그래도 자식들의 추억인데, 그 돈이 부담이 되어 보내지 못하는 집의 부모들은 얼마나 미안한 마음이겠는가? 부담이 되더라도 보내는 경우에는, 부모의 마음을 아는 어린 마음이 또 얼마나 미안하겠는가 말이다.

"요새 밥 굶고 다니는 학생들이 어디 있습니까?"

한 토론 프로에 나온 공교육 살리기 학부모연합 대표란 작자가 한 말이다. 그러게 말이다. 밥 굶고 다니는 학생들을 찾아보기 힘든 시절에, 분명 그런 학생들이 존재하는 대한민국이며, 그 표집이 우리 학교다. 그래서 아이들 자존심 생각해 무상급식을 좀 하자는데, 일부 국회의원들은 굳이 그걸 복지 포퓰리즘으로 몰아가며 비난을 한다. 세금은 복지국가 수준으로 잘만 올리면서….

확실한 사실인지는 모르겠으나, 들리는 소문에 의하면, 여행사를 선정하는 과정에서 교장, 교감에게 여행사 측의 로비가 들어오는 경우가 있다고도 한다. 아예 단란주점을 지정해 놓고 그 로비를 낙으로 즐기는 관리자들도 있단다. 몇 시간 동안 먹고 마실 돈이면 가난한 아이들 3일 동안의 경비로 뒤집어쓰고도 남을 게다. 교사들은 여행경비가 무료다. 도리어 출장비가 나온다. 차라리 그 돈 조금씩 아껴서라도 어려운 형편을 학생들을 보내 주는 게 맞지 않나? 뭐 이도 형평성의 논리인가?

교실 한 켠에 설희가 외로이 엎드려 있다. 저 녀석은 돈과 관련된 모든 사안에 예외로 분류가 된다. 오늘은 시市에서 지원해 주는 급식도 나오지 않는다. 오늘도 세상모르고 잔다. 어느 순간부터 책상에 엎드려 있는 설희를 바라볼 때마다 드는 생각, 저 녀석은 정말로 자고 있는 걸까? 결코 자신이 선택한 적은 없지만, 또한 자신에겐 선택권도 없었던, 어쩔 수 없이 받아들여야 하는 암담한 현실 앞에서, 차라리 학교에서만이라도 눈을 감고 싶은 것이 아닐까?

교문 밖에서 담배 한 가치를 피고 들어오다, 오전 자습을 마치고 교문을 나서는 설희와 마주쳤다.

"집에 가니?"

가방 메고 교문을 나서는데, 집에 가는 중인 걸 모르겠는가? 마땅히 할 말이 없어서, 그런데 또 무슨 말이라도 건네고 싶어서 내뱉은 말이다.

"담배 좀 적당히 펴요. 수업 들어올 때마다 담배 냄새 나요."

지도 할 말이 없는지, 애꿎은 담배로 대화를 잇는다.

"알았어! 너 담배 끊으면…."

순간, 이놈의 지지배가 고개를 반쯤 치켜들고 째려본다. 처음 설희를 보았을 때 느꼈던 그 어두운 포스 그대로이다.

"어머! 이 지지배, 선생을 야리는 거 좀 봐! 눈 안 깔아?"

백설희, 빵 터졌다. 하여튼 애처럼 웃기기 쉬운 애도 없다.

"요즘엔 안 피워요. 그러니까 선생님도 끊어요."

웃음기가 가시지 않은, 그러면서도 퉁명스러운 표정으로 뒤돌아서 가려던 설희를 다시 불러 세웠다.

"설희야, 바빠? 선생님하고 점심이나 먹자."

"지금요?"

"이따가 먹으면 그게 점심이니? 오늘 같이 밥 먹을 사람이 없어서 그래. 친한 선생님들 죄다 수련회랑 수학여행 따라갔어."

학교 근처에는 학생들이 좋아할 만한 분식점들뿐이다. 가끔씩 퇴근길에 마주치는 학생들의 성화에 못 이겨 분식점을 들르기도 하지만, 계산만 해주고 나오기 일쑤이다. 싫어하는 건 아니지만, 그렇다고 일부러 찾아서 먹지도 않는 음식, 떡볶이. 난 어릴 때도 그것의 존재 이유에 대해 납득을 하지 못했다. 남자여서 그런가? 지금이라고 한들 그것들이 맛있을 리 없다. 가끔씩 대학교 후배들과 만나는 술자리에서도 해물떡볶이를 안주로 고르는 년놈들이 가장 싫다. 하지만 오늘 나는 떡볶이를 먹으러 왔다. 메뉴에 대한 잠깐의 고민도 없었던 설희를 따라 들어온 분식점에서 라볶이와 김밥을 주문했다.

지금도 떡볶이를 좋아하니? 요즘도 가끔씩 생각하니?
자율학습 시간에 둘이 몰래 나와 사먹다 선생님께 야단맞던 일.

문득 떠오른 〈산다는 건 다 그런 게 아니겠니〉의 가사. 남학교만 다녀 봐서 그런지, 여학생들의 감성이 어떤 것인지가 궁금한 적도 있었다. 그러나 첫 발령지였던 여자고등학교에 근무하면서, 막연하게 지니고 있던 에버그린에 대한 환상은 산산조각이 나버렸다. 더군다나 여학교에서도 맡은 업무가 학생부, 앙증맞은 가방에서 수필집과 시집이 나온 경우는 없었고, 가증스러운 가방에서 담뱃갑이 나오지 않으면 다행이었다. 이 또한 낭만을 잃어버린 학생부교사의 편향된 기억이리라.

어른들이 보기에는 '젓가락질을 못하는' 방식으로 쥔 젓가락, 무슨 이유에서인지 여학생들은 다 저렇게 쥐는 것 같은 그 전형의 젓가락질로 라볶이와 김밥을 집는 설희에게서, 아주 오래전에 그려 봤던 여학생의 표상을 잠깐 느껴 버렸다. 서러움에 눈을 부릅뜨고 이부장에게 대들던 걸크러쉬가 상당히 작은 어깨와 하얀 손을 지니고 있었다는 사실을 오늘에야 알았다.

'너도 천상 여고생이구나!'

하지만 낭만을 잃어버린 학생부교사의 제 버릇. 저 녀석 가방에 지금 무슨 담배가 들어 있을까, 저 작고 하얀 손마디마다에 담배 냄새가 배어 있지는 않을까라는 의구심도 머릿속에서 떠나질 않는다.

"잘 먹었습니다."

잘 먹긴, 그저 라볶이랑 김밥이었는데….

"저 이제 가볼게요."

다소곳이 인사를 건네는 학생에게, 이 몹쓸 선생은 끝까지 시비다.

"식후 땡은 집에 가서 해라!"

백설희, 조금 전의 다소곳함은 온데간데없고, 또 다시 고개를 반쯤 치켜들고 째려본다.

"설희야, 그렇게 쳐다보지 좀 마! 선생님 얼굴 뚫리겠다."

백설희, 요번에는 빵이 안 터졌다. 계속 째려본다. 여차하면 선빵을 날리겠다는 표정이다.

 수학여행을 마치고 다시 그들이 돌아왔다. 3일간의 평화가 이토록 후딱 지나가 버렸다. 정작 평화가 찾아오면 늘어나는 것은 빈둥댐과 어슬렁거림이다. 그 소리 없는 아우성도 지루함이긴 하지만, 지루함을 느낄 새도 없이 흘러가는 빠듯함은 더 싫다.

 "애들이 돌아오니까 너무 반갑다. 역시 학교에는 학생들이 있어야 해."

 여간해선 학생부에 모습을 드러내지 않는 학생부 소속, 김정훈이 어느새 내 옆에 다가와 헛소리를 늘어놓고 있다. 이 인간은 학생들을 너무 사랑하는 체육교사이다. 그래서 자신이 가르치던 학생이랑 결혼을 했다. 더군다나 자신이 담임이었고, 와이프의 졸업식 몇 개월 후에 결혼식을 올렸단다. 교사와 학생의 신분을 초월한, 자기들끼리는 그 얼마나 숭고한 사랑이었겠냐만, 나로선 조금 이해가 되지 않는 대목이기도 하다. 그 어리디어린 여학생한테 성적 욕구가 일어날까 하는 의구심. 내가 그들의 플라토닉 사랑을 이해하지 못하는 것일 수도 있겠지만, 김정훈의 성향 자체는 플라토닉 사랑보다는 포르노틱한 수작에 가깝다. 온갖 음담패설로 여학생과 여교사에 대한 품평을 늘어놓는 게 김정훈의 취미이다. 게다가 여학생 성추행 경력도 지니고 있다. 물론 김정훈의 젊은 시절이 어땠는지야 알 수는 없지만, 나이 먹어서도 저토록 또라이 짓을 하고 다니는데, 젊은 날에는 오죽했을까? 그 제자는 이 사람의 어딜 보고 결혼까지 결심한 것인지? 그 제자도 정상은 아니리라.

물론 나도 여느 남자들만큼이나 여자를 좋아한다. 그렇지만 어린 여성에 대한 일부 남성들의 욕정은 나의 상식을 벗어나 있는 범주이다. 남자는 원래 20대 중반 정도의 여성을 평생의 여성상으로 알고 살아간단다. 남자들이 나이를 먹어서까지 젊은 여자를 좋아하는 이유는 그녀들의 젊음을 욕망하는 것 이전에 자신들의 이상을 욕망하는 것이기도 하다. 남자의 입장을 떠나서, 여자에게 있어서도 가장 아름다운 시절이 아니던가. 그렇다면 로리타적 취향을 지닌 남자들의 심리는 어떻게 설명해야 하는 것일까? 아무리 발육이 좋은 요즘 시대라지만, 아직 솜털이 뽀송뽀송한 여학생들에게서 왜 그런 더러운 욕정을 충족하려 드는 것인지, 나로선 도통 이해할 수 없는 노릇이다. 쭉쭉빵빵함을 과감하게 드러내는 육감적인 숙녀들이 거리에 차고 넘치는 시절인데 말이다.

김정훈은 여고생에 대한 찬양론자이다. 여학생들의 교복이 그렇게 예쁘단다. 이 변태새끼는 결혼식 때도 와이프에게 교복을 입혔을지 모른다. 부부관계 시에도 아내에게 코스프레를 요구할지 모른다. 내게나 비상식적이지, 이 사회의 수많은 남성들이 어린 여자들의 성을 가지고 싶어 한다. 그리고 그 욕망이 범법으로 이어지는 경우도 적지 않고…. 개중에는 결코 적지 않은 선생의 무리들도 포함되어 있을 것이라는, 이 웃기지도 않는 시대상을 채우고 있는 웃긴 이야기들. 성에 대한 독특한 취향을 지닌 군집으로 분류하기보다는 그냥 일반적인 성향의 차이라고 인정을 해야 하는 것일까?

　담배 한 가치를 피러 나가는 길에, 김정훈이 같이 가자고 따라 붙는다. 이 사람은 내가 자기를 싫어한다는 사실을 여전히 모른다. 그 사실이 더 미칠 것 같다. 동행이라는 건, 친한 사람들끼리나 하는 행동인데 말이다. 복도 끝 모퉁이를 도는 순간, 친구들과 장난을 치며 계단을 달려 내려오던 여학생과의 가벼운 충돌, 넘어질 정도는 아니었는데 김정훈은 굳이 여학생의 팔을 부축하면서 등을 토닥인다.

　"이 녀석들, 조심해야지!"

　꽤나 훈훈함을 가장한 그의 한마디에, 여학생은 창피하다는 듯 다시금 계단을 뛰어 올라간다. 그리고 김정훈은 그 멀어져 가는 뒷모습들을 흐뭇하게 지켜본다. 김정훈은 교사들에겐 참을 수 없는 존재의 몰상식이지만, 학생들에게는 인기가 있는 교사이다. 가끔씩은 애들한테도 또라이짓을 해대긴 하지만, 대체로 학생들에게는, 특히나 여학생들에게는 특유의 또라이적 넉살로 쉬 다가가는 캐릭터이다. 그 껄떡거림에 좋아 죽는 학생들을 보고 있노라면, 자기 와이프를 어찌 꼬셨는지 이해가 되기도….

나는 학생들을 살갑게 대하지는 못하는 편이다. 나를 어려워하는 학생들도 꽤 있다. 학생들 사이에서 한창 동방신기식 이름이 유행을 했던 적이 있었는데, 학생들이 붙여 주는 교사들의 별명도 그 유행을 피해 가지 않았다. '버럭 윤수', '쑥맥 지선', '답답 승희' 등등. 그리고 내 별명은 '까칠 열아'였다. 그렇다고 내 캐릭터에 불만이 있는 것은 아니다. 그냥 그것이 나인 걸 뭐 어쩌겠는가? 하지만 가끔씩 김정훈의 살가움에 질투를 느끼기도 한다. 어쩌면 내가 할 수 없는 것들에 대한 욕망인지도 모르겠다. 하지만 학생들을 바라보는 그의 살가움 이면에 음흉함과 사특함이 도사리고 있다는 사실을 나는 안다.

"이 녀석들, 수업 시작한다. 빨리 들어가!"

훈훈한 멘트에 이어지는 느끼한 눈빛, 교실로 들어가는 여학생들의 뒤태를 감상하고 있는 게 분명하다. 그 기름진 시선을 곁에서 지켜보며 있노라면, 정말이지 눈깔을 확 파버리고 싶다.

우
연

학교의 하루는 길다. 하지만 일주일은 짧다. 어느덧 금요일 오후, 지인들과 술 약속이 있어서 오랜만에 교사다운 칼퇴근을 해본다. 지루한 일상 중에 그나마 잠깐 만끽하는 기쁨, 서서히 노을이 내려앉기 시작하는 퇴근길에 스쳐 지나가는 모든 풍경이 아름답다. 그 노을 사이로, 강남역에서의 불타는 금요일을, 지금 만나러 갑니다.

지하철역으로 가기 위해 멈춰 선 버스정류장엔 익숙한 얼굴이 먼저 도착해 있었다. 설희다. 이 지지배랑은 우연히 만나는 일도 잦다.

"아르바이트 가니?"

힐끔 내 쪽을 둘러본 설희가 천천히 귀에서 이어폰을 뺀다.

"네?"

"아르바이트 가는 중이냐고?"

"네."

그럴 때가 있다. 내가 먼저 반가운 척 말을 걸어 놓고는 괜히 걸었다 싶을 때, 오늘이 바로 '그럴 때'이다. 오늘따라 할 말이 너무 없다. 그다지 궁금하지도 않은 것들에 대해 나는 물어보고, 설희는 대답을 한다.

"어떤 아르바이트?"

"편의점이오."

고등학생의 아르바이트란 대개 주유소와 편의점 아니면, 햄버거 프랜차이즈이다. 예상에서 벗어나지 않은, 게다가 설희다운 짤막한 대답. 대답을 듣고 보니 저번에 이미 물어본 질문이다. 나는 설희가 편의점에서 일한다는 사실을 이미 알고 있었다. 기억하고 있지 않았을 뿐이지…. 대화를 억지스레 잇고자 덧댈 질문들도 어쩌면 이전에 물어봤던 것들인지 모른다는 생각에, 대화는 아무 진전 없이 뚝뚝 끊긴다. 어색하도록 성실한 문답에 서서히 지쳐 가고 있건만, 버스는 좀처럼 올 생각을 하지 않는다. 원래 이럴 때는 버스가 잘 오지 않는다. 나와 설희 둘 중에 한 명이 목적지로 가지 않는 아무 버스에 올라타야 비로소 벗어날 수 있을 듯한 이 숨 막히는 어색함.

'오! 하늘이시여! 감사합니다.'

어색한 대화가 침묵으로 이어지려던 찰나, 내가 타야 할 버스가 도착했다. 그저 제시간에 맞춰서 도착하는 버스일 뿐인데, 적절한 타이밍이 이다지도 고맙게 느껴질 수가 있다니….

"월요일날 보자!"

설희를 향해, 내가 할 수 있는 최대한의 살가움으로 손을 흔들며 버스에 올랐다. 창밖으로 보일 설희에게 다시 한 번 손을 흔들어 인사를 하려고 정류장을 바라봤더니, 어라? 설희가 없다. 설희가 어디로 갔을까? 정류장 여기저기를 두리번거리다가 내 뒤에 서 있는 설희를 발견했다. 녀석이랑 같은 버스를 탄 것이다.

맨 뒷좌석에 어색하게 떨어져 앉아 있다. 금요일 오후의 퇴근 시간, 하필 오늘따라 길은 더 막힌다. 평소에는 15분이면 도착할 수 있는 지하철역이지만, 15분이 넘어가도록 버스는 정류장 근처를 벗어나지 못하고 있다. 그리고 우리는 여전히 어색함에서 벗어나질 못하고 있다. 아르바이트 시간이 촉박했던 것일까? 내가 불편했으면 다음 버스를 타도 됐을텐데…. 하긴, 나보다 먼저 와서 버스를 기다리고 있었던 사람은 설희였고, 제시간에 도착한 버스를 탄 것뿐이다. 녀석은 내가 불편하지는 않은가 보다. 나만 불편해하고 있다. 오늘 도대체 왜 이러는 거지?

"아르바이트는 어디서 하니?"

아르바이트 어디서 하는지 알아서 무엇 하려고? 가르치는 제자에게 이렇게도 할 말이 없는지, 딱히 궁금하지도 않은 질문을 또 다시 잇대고 있다.

"지하철역 근처예요."

지하철역이란다. 역까지 이러고 가는 거다.

"집에 가시는 거예요?"

지도 답답했는지, 이젠 설희가 먼저 질문을 한다. 역시 궁금해서 하는 질문 같지는 않다.

"나 집에 갈 땐 광역버스 타야 돼. 오늘은 친구들이랑 약속이 있어서, 지하철 타고 강남역으로 가려고…."

"또 술 마시러 가요?"

"또라니? 누가 들으면 내가 맨날 술만 마시는 줄로 알 거 아니야."

"맨날 마시면서…."

"백설희! 왜 말끝을 흐리는데?"

이제 좀 대화가 터지기 시작했다.

"수업시간에 그랬잖아요. 퇴근 후에 술 마시러 갈 때가 가장 행복하다고…."

"그게 뭘 맨날 마시는 거냐?"

"그게 그거지 뭐."

"근데 왜 반말이야?"

설희가 터져 나오는 웃음을 손으로 가린다.

"술 좀 적당히 마셔요."

"자주 안 먹는다니까!"

내가 애한테 왜 이런 변명을 하고 있는지는 모르겠지만, 내 걱정을 해주는 사람을 아주 오랜만에 만난 것 같다.

"가끔씩 술 덜 깨서 1교시 수업 들어오곤 하잖아요."

"저번에 어쩌다 한 번 그런 거다. 장례식장에서 밤새우느냐고….”

“밤새는데 왜 술을 마셔요? 그리고 한 번 아니거든요.”

듣고 보니 내가 말한 그 '한 번'이 의심스럽기는 하다.

“설희야, 너 원래 이렇게 말 잘했니?”

또 손으로 입을 가리고 웃는다. 저번부터 느낀 것인데, 이 녀석 웃는 모습이 낯설지가 않다. 얘가 흔한 얼굴인가?

“내가 술을 마셨다 하면 끝장을 보는 성격이라서…. 그렇다고 내가 수업을 제대로 안 했냐? 교사로서의 양심과 책임을 다하고 살아가는…”

“으이그….”

으이그? 어린 학생 놈이 내가 살아가는 모습이 걱정스럽다는 듯, 사람 말을 잘라먹으면서 '으이그'란다.

“설희야, 내가 그래도 명색이 선생인데, 니가 걱정할 정도로 막 살지는 않아.”

“하여튼 조금만 마셔요. 나이 생각하셔야죠. 결혼도 하셔야 하고…”

“갑자기 나이는 왜 들먹이는데? 그리고 그게 결혼이랑 뭔 상관이야?”

“맨날 술만 마시러 다니니까 여자 친구 사귈 시간도 없죠.”

“내가 여자 친구 있는지 없는지 니가 어떻게 알아?”

“수업시간에 자기가 그랬으면서?”

“뭐? 자기?”

어이없다는 듯, 다시 한 번 손으로 입을 가린 채 웃더니, 입을 가리지 않은 손바닥으로는 내 어깨를 찰싹 때린다. 지가 생각해도 너무 세게 때렸다 싶었는지 그 손마저 입가로 모아, 연신 터져 나오고 있는 웃음을 틀어막느냐 아주 난리다.

"아파! 자기야!"

교사의 장난질에 한 번 더 자지러지다가도 짜증 난다는 듯 다시 한 번 내 어깨를 때린다. 요번엔 '퍽' 소리가 날 정도의 세기로….

"아프다고 자기야!"

"어우, 하지 마요. 짜증 나!"

"지지배 지랄도…. 니가 먼저 시작한 거잖아."

"어우, 됐어요!"

되긴 뭐가 됐다는 것인지, 또 지 마음대로 말을 잘라먹는다. 버스 뒷좌석에 나란히 앉아 아웅다웅하는 사이, 버스는 역에 닿아 가고 있었다. 어색하기만 하던 설희와의 동승이 헤어지기가 아쉬울 정도로 재미있어지기 시작했는데…. 꼭 재미있어질 만하면 스탑모션이 걸린 후 '다음 이 시간에'의 자막을 띄우는 주말 드라마처럼, 설희와의 다음을 기약하고 있는 이 알 수 없는 마음은 무엇일까?

"선생님, 전화번호 알려 주세요."

"전화번호? 왜?"

"그냥요."

"010 ⋯."

번호를 불러 주는 사이, 버스가 멈추어 섰다. 버스에서 내려지하철역을 향해 뒷걸음을 치며 다시 설희에게 손을 흔든다.

"월요일날 보자!"

선생님을 향한 인사였음에도, 설희는 고개를 숙이지 않았다. 작은 웃음 앞으로 내민 작은 손을 가볍게 흔들고 있다.

"안녕! 선생님."

뉘엿뉘엿 져가는 하늘을 등지고, 아직 불을 켜지 않은 채 꾸벅꾸벅 졸고 있는 듯한 가로등 아래에서, 설희가 그렇게 나를 바라보고 있었다. 그 모습이 너무 귀여워 끝내 참지 못한 철없는 선생의 마지막 장난질,

"안녕! 자기야!"

돌아서던 녀석이 다시 몸을 돌린 채, 뾰로통한 표정으로 발을 동동 구른다. 그런데 귀여운 저 모습이 한편으론 왜 이렇게 짠해 보이는 것인지. 그나저나 왜일까? 설희의 얼굴에 와 닿은 저 노을을 언제고 어디선가 본 것만 같은 이 느낌은…. 도통 기억이 나질 않는데, 생생하다고까지 느끼고 있다. '데자뷰'라는 단어가 떠오르질 않아 '랑데뷰'를 되뇌이고 있던 머릿속에서, 그 '랑데뷰'와 함께 맴돌고 있는 단어는 '슬픔'이었다. 생생함으로 전해져 오던 그 슬픔의 정체는 노을빛이었을까? 아니면 설희의 얼굴이었을까?

'안녕! 설희야.'

노을 속의 설희를 뒤로 한 채, 불타는 금요일 밤을 향해 달려갈 전철에 올랐다. 창밖으로 스쳐 지나가는 풍경이래야 거의 다가 지하의 어둠이지만, 그 어둠을 배경으로 계속 설희

의 얼굴을 떠올리고 있다. 생각해 보니 조금 미안한 생각이 들기도 한다. 학생은 아르바이트를 하러 가기 위해, 선생이란 놈은 술을 마시러 가기 위해 올라탄 버스. 함께 딛고 있는 일상의 작은 순간에도 삶과 삶은 그렇게 나뉜다. 각자의 차이를 담지한 채 다음 순간을 향해 있다.

그 작은 어깨에 이고 있기엔 너무도 무거운 삶의 무게. 학교는 꿈을 꾸어라, 너의 길을 가거라, 말만 늘어놓을 뿐이다. 꿈은커녕 하루를 버텨 내는 것 이외에는 아무것도 할 수 없는 현실, 방과 후에는 돈을 벌기 위한 생존으로 돌아가야 하는 현실, 피곤함으로 다시 돌아온 집은 가장 현실적인 현실이다. 설희에게는 모든 게 현실이다. 쳇바퀴 돌 듯 돌아가는, 언제나 변함없이 반복되는 현실 속에서 미래에 대한 꿈을 꾸기에는, 세상은 꿈을 꿀 수 있는 깊은 밤이 되어 주지 않는다. 언제나 현실을 직시하고 깨어 있어야 하는 낮, 낮, 낮이다. 그래서 설희는 학교의 낮에서나마 꿈을 꾸고 싶은 것인지도 모른다. 지긋지긋한 현실에서 벗어나기 위해 애써 잠을 청하는 것인지도 모른다.

'술 조금만 드세요! 그리고 오늘 너무 재미있었어요.'

설희가 보내온 한 통의 문자메시지. 드라마나 영화 같았으면 스토리 전개상, 지하철역으로 들어서고 있던 걸음의 방향을 바꾸었어야 한다. 편의점 맞은편 멀찍이에서 한참 동안 설희의 일상을 관찰하다가, 이런저런 상념 속에 돌아서는 교사의 모습이 멋있는 건데…. 나는 그냥 강남역으로 술을 마시러 간다. 꿈을 살아가기보단 그저 현실을 꾸역꾸역 살아가는 것은 나 또한 마찬가지이다.

'나도 재미있었어.'

뒤에 무슨 말을 더 쓰고 싶었지만, 다시 지웠다.

그날 이후부터 설희의 문자메시지가 점점 잦아지기 시작했다.

'힘내세요! 그리고 수업시간에 화 좀 내지 마요! 얼굴에 주름져요.'

마치 내 여자 친구라도 되는 양, 별 시덥지 않은 이야기까지 실어 나르는 문장은 조금 오바다 싶기도 하다. 하지만 어느 순간부터 녀석의 문자메시지를 기다리고 있는 나도 오바이기는 매한가지이다.

1

경찰서에서 우리 학교 학생의 사고 소식을 알려 왔다. 오토바이로 자동차를 들이받은 사고다. 이운기 부장은 일단 학생이 입원해 있는 병원으로 찾아가 보라고 성화다. 두 시간 동안 내리 수업을 하고 왔건만, 잠깐의 쉴 틈도 없이 무거운 발걸음으로 교문을 나서고 있다.

'이 새끼, 조심히 좀 타지. 출제 기간이라 바빠 죽겠건만….'

오늘까지는 중간고사 시험문제를 제출해서 연구부에 넘겨야 하지만, 오늘까지도 완성하지 못할 예정이다. 왜인지는 모르겠는데, 시간적 여유가 있을 땐 출제 작업이 잘 이루어지지 않는다. 게으른 자의 변명이겠지만, 코앞에 닥쳐야 비로소 의지가 불타오른다. 닥치기 전까지는 왜 이렇게 짬이 나지 않는지 모르겠다. 그래서 항상 마감을 앞두고 바쁘다. 그런데 항상 그 바쁜 와중에 또 예상치 못한 사건들이 발생하곤 한다. 내일 있을 연구부의 재촉을 각오하고 오늘은 병원으로의 발걸음을 재촉한다.

고삐리들의 스피드에 대한 광적인 숭배는 예나 지금이나 변한 게 없다. 다만 머신의 기능이 더욱 향상되었으며, 튜닝의 미학이 더욱 화려해졌다는 차이뿐이다. 내 고등학교 친구 중에도 머신에 일찍 눈을 뜬 놈이 있다. 방학기간 동안 아르바이트를 해서 모은 돈으로 구입한 중고 오토바이가 그의 보물 1호였으며, 중학교 때부터 어머니의 차로 틈틈이 운전 연습을 해온 터라 이미 자동차에도 익숙했던 친구다. 녀석 덕분에 오토바이와 자동차의 작동법과 운행법을 일찌감치 배울 수가 있었다. 특히나 오토바이는, 녀석만큼은 아니더라도 바람을 가르며 달려가는 그 쾌감을 모르지 않는다.

홍콩 느와르 세대의 로망이었던 영화 〈천장지구〉. 어둠이 내려앉은 도시의 슬픈 가로등 불빛 아래로, 코피를 쏟아 내며 질러가던 유덕화. 그 명장면의 잔상을 청춘의 표상으로 가슴에 간직하고 있는 세대. 또한 당시에 제일 흥행했던 한국영화가 정우성 주연의 〈비트〉였으니, 말 다한 거다. 맞바람을 그대로 눈에 담으며 달려가다 보면 눈물이 흘러나온다. 눈이 시려서 흘러나오는 눈물이건만, 흘러나온 김에 마치 유덕화가 된 양, 우수에 찬 눈빛으로 어둠이 내린 강변도로를 가르는 한줄기 바람이 된다. 그리고 클라이맥스에서는 정우성의 두 손 놓기 신공으로….

'훗'

잠깐의 상념을 비집고 터져 나온 코웃음. 그 시절에는 그 가로등 불빛들이 왜 그렇게 슬퍼 보였을까? '질풍노도疾風怒濤의 시기', 실상 그 시기의 나와 친구들에겐 질풍노도의 아무런 이유가 없었다. 없다는 그 사실 자체가 우리를 '이유 없는 반항'으로 이끄는 억지스러운 원인이었던 것 같다. 애써 길을 잃은 척, 방황하는 척. 지금에 와서 돌아보면 참 치기 어린 감성으로의 일탈이었지만, 그때는 또 그 시절대로의 멋이 있었다. 그 시절을 살아가는 고삐리로서 마땅히 갖추고 있어야 했던 미덕 같은 것이었다고나 할까?

학창시절의 일부로 기억하고 있는 그 일탈의 날들이 학생들과의 생활에 적지 않은 도움이 되곤 한다. 일탈의 개별적 이유를 전부 공감할 수는 없겠지만, 그로부터 발생하는 대략적인 서사들에 대해서는 익숙하기 때문이다. 나는 오늘도 한 마리의 길 잃은 어린 양에게 손을 내밀어 주기 위해 병실 문을 두드리고 있다…고 생각했었다. 녀석의 잘려 나간 다리를 보기 전까지는….

내 수업을 듣는 학생은 아니다. 학생부에서의 대면한 적이 있던 학생도 아니다. 얼굴과 이름, 모든 것이 낯선 그 학생은 한쪽 무릎 아래 부위가 없는 상태였다. 뭐가 어떻게 된 일인지를 조사하러 간 것이었지만, 정말로 뭐가 어떻게 된 영문인지를 알 수 없었다. 어릴 적에 알고 지내던 친구들 중에는 오토바이 사고로 죽은 경우도 있었다. 내가 생각하는 오토바이 사고의 범주에는 사망까지도 포함되어 있었지만, 이런 경우는 단 한 번도 생각해 본 적이 없었다. 짧아진 다리에 굵게 동여맨 붕대, 절단면의 두터운 거즈 사이로 스며 나온, 진물인지 소독약인지 모르겠는 얼룩. 다가선 나를 향해 소리 없이 눈물만 흘리는 학생, 이미 많이 우셨는지 애써 침착해하며 비타민 음료 하나를 건네시는 어머님. 무슨 말을 어떻게 건네야 할지 몰라서, 갈마드는 탄식과 침묵 사이에서 마냥 그 얼룩을 바라보고 있었다.

학생은 피자 배달 아르바이트를 하고 있었다. 집안 형편이 그다지 어려운 편은 아니다. 하지만 구태여 아르바이트를 했다. 무엇 때문에 돈이 필요했는지는 몰라도…. 그런데 가해자는 다리가 잘린 저 학생이었다. 무리하게 반대 차선을 넘나드는 폭주를 일삼다가, 멀쩡히 잘 가고 있던 자동차와 부딪힌 후, 그 밑에 깔린 채로 자동차의 제동거리만큼을 밀려간 것이다.

그냥 화가 났다. 왜 그 순간 차선을 넘어야 했는지, 피자 배달이 그렇게 급했나? '빨리빨리'를 입에 달고 사는 한국이라고는 하지만 그 몇 분의 기다림에 야박할 정도로 상식이 없는 사람들만 모여 살고 있는 나라인가? 아니면 아르바이트생의 안전을 담보로 시간엄수의 미덕을 유지하고자 하는 악덕 업주가 화근이었을까? 배달 아르바이트를 하는 어린 친구들은 속도를 내서 달릴 수밖에 없는 나름의 고충을 토로하기도 한다. 하지만 정말로 그 이유밖에 없었는가를 묻고 싶다. 나도 오토바이를 좋아하던 시절이 있었고, 도로 위에 앞서가던 자동차를 따라잡는 일을 탁월한 개인기쯤으로 여기던 적도 있었다. 그런 마음이 전혀 없었다고 말할 수 있을까? 배달 아르바이트를 하는 어린 학생들이 도로 위에서 펼치는 곡예 운전을, 단지 속도의 효율성을 위해서 감행하는 '부득이'라고 단언할 수 있을까?

사고가 발생하는 다양한 이유가 있을 것이다. 내 편향적인 시각이 틀리다면 물론 다행이다. 하지만 내 예상에서 벗어나지 않는 많은 학생들이 도로 위를 질주하고 있는 것도 사실이다. 이는 다년간 학생부에서 근무한 교사로서의 경험이 아니다. 언제고 질주본능에 목말라하던 학생으로서의 기억이다. 질주를 즐기면서도 돈을 벌 수 있는 세계, 그곳이 바로 배달의 세계이다. 언론매체에서 조명하는 속도의 문제는 학생 자신의 선택인 경우가 더 많다. 건당 받는 인센티브를 더 많이 챙기고 싶은 욕심도 있거니와, 그들이 공유하고 있는 문화 내에선 얌전한 운전은 미덕이 아니다. 생활비를 벌기 위해 그런 무모함을 감행하는 아이들은 많지 않다. 대부분이 유행 아이템을 사기 위해서 혹은 유흥비를 벌기 위해 당기는 액셀이다.

한 테이블에 놓인 4잔의 파르페, 그 위로 오가는 대화는 한창 미팅 중인 남녀 고등학생들의 질문과 대답이다. 4명 모두가 일탈과 방황을 일삼던 학생들이었기에, 평소에 자주 가는 한 술집으로 자리를 옮겼다. 헤어질 시간이 다가올 즈음, 한 녀석이 드라이브를 제안한다. 술에 취한 모두가 그 제안에 솔깃해한다. 운전자는 미팅에서 만난 두 여학생과 다른 한 친구를 태우고서 외곽도로를 질주한다. 질풍노도? 오늘은 취풍난도醉風亂道이다. 그러나 이미 만취한 상태의 몸이 말을 듣지 않는다. 차는 이미 도로를 벗어났지만 핸들을 돌릴 정신도 없고, 브레이크를 밟기에는 너무 늦었다. 차는 외곽도로의 내리막 경사 끝에 비상 정지용으로 쌓아 놓은 폐타이어 더미를 전속력으로 들이박는다. 차에 탄 모두가 정신을 잃었고, 운전자는 그 자리에서 즉사를 했다. 우연히 근처를 지나던 내가 사고의 현장 가까이로 다가간다. 다급히 차 문을 열고서 핸들에 기대어 있는 운전자를 흔들어 깨워 본다. 운전자의 몸이 힘없이 옆으로 뉘여지면서 그의 얼굴을 확인할 수 있었다. 그 사람은 바로, 나였다.

친구를 먼저 떠나보내고 얼마 되지 않은 어느 날에 꾸었던 꿈이다. 18살이던 해의 늦은 가을 날, 나는 처음으로 사람의 시체를 보았다. 영안실에 창백한 얼굴로 누워 있는 친구의 마지막 모습을⋯. 어머니의 차 열쇠를 몰래 복사해서 가지고 다니던 녀석은, 가끔씩 가족들이 잠든 새벽에 어머니 차를 몰래 끌고 나오곤 했었다. 그날도 어머니 차를 몰래 끌고 나와 외곽도로를 질주하다 사고가 났고, 그것이 녀석의 마지막 질주가 되었다. 동승했던 두 여학생은 온몸이 으스러져, 오랜 시간동안 재활치료를 받아야 했다. 또 다른 한 친구는 지금까지도 목발을 짚고 다닌다.

영화나 소설에서처럼, 죽음을 맞닥뜨리게 되는 순간에 정말로 육신에서 빠져나온 영혼이 죽어 있는 자신의 육신을 보게 되는 것이라면, 녀석은 얼마나 운전대를 잡기 전의 순간으로 돌아가고 싶었을까? 아니 술을 마시기 전으로, 미팅을 하기 전으로…. 미용실에 가서 한 스타일링이 마음에 들지 않아도, 미용실 문을 열기 전의 순간으로 돌아가고 싶은 게 사람 마음인데, 생과 사를 가로지르는 시간의 경계 너머에서는 얼마나 후회를 하고 있었을까? 그리고 얼마나 무서웠을까?

그런데 그날 그 미팅은 내가 주선을 한 것이었다. 그리고 한 친구가 늦게 나오는 바람에, 그 친구가 올 때까지 내가 대신 빈자리를 채우고 있었다. 이왕 이렇게 된 거 그냥 함께 놀자는 제안을 사양하며 빠져나왔다. 함께 술자리까지 갔더라면, 나 역시 음주운전을 말리지 않았을 것이다. 위험하다는 사실을 모르는 것도 아니지만, 다음 날 학교에 가서 떠벌일 그 스릴 넘치는 영웅담이 얼마나 재미있는 것인지도 잘 알고 있었기 때문이다. 나도 그 음주의 질주를 함께 했을 것이다. 그날의 사고는 나의 몫이었을 수도 있다.

무모함과 도전정신을 헛갈리는 나이대가 있다. 그 무모함을 돌이킬 수 없는 후회로 깨닫는 경우도 있다. 요행히 날 빗겨 갈 수는 있다. 이 말은 요행이 내 편이 아닐 수도 있다는 이야기도 된다. 그날 이후였던 것 같다. '까불며 살지 말자'라는 각성과 반성이 찾아든 때가…. 그 시절에 함께 일탈과 방황을 일삼던 다른 많은 친구들에게도 그 사건은 하나의 계기였다. 어떤 경우에는 내가 될 수도 있다는 사실을 처절하게 깨달은…. 친구의 죽음이란 너무도 혹독한 대가를 치루고서야 조금은 어른이 될 수가 있었다. 녀석은 그렇듯 온몸으로 부딪혀 우리를 깨우치고 떠나갔다.

학창시절 나의 우상 DEUX. 내가 그토록 닮고 싶었던 김성재가 죽기 일주일 전, 내 친구가 죽었다. 그 충격 때문이었을까? 나는 김성재가 죽던 날에 느꼈을 쓸쓸함과 공허함이 잘 기억나지 않는다. 아니 그 이후 한동안의 시간 모두가 잘 기억이 나지 않는다. 나는 운전면허를 이른 시기에 딴 편이다. 하지만 아직도 운전을 잘 하지 않는다. 조금은 겁이 난다. 어느 지나간 날의 그 영안실로부터 한 발자국도 걸어 나오지 못하고 있는 듯하다.

1

29살이 되던 해 봄, 나는 길고 지루했던 백수 생활에서 탈출했다. 고생 끝에 낙이 온다고 했던가. 첫 발령지는 여자고등학교였다. 아직은 쌀쌀한 기운이 물러가지 않은 3월이었지만, 불타는 청춘 하열아에겐 이미 세상은 열정의 계절이었다.

그 상큼한 교정으로 처음 발을 디디던 날, 이미 머릿속엔 수잔 잭슨의 〈에버그린〉이 BGM으로 흐르고 있었다. 새 학기를 맞이한 어수선한 풍경 사이로 오가는 여학생들, 마치 슬로모션에 걸려 있는 듯한 그녀들의 몸짓 하나하나가 아득하고 아련하다 못해 아름다웠다. 신임 교사를 소개할 때 강당을 울리던 우레와 같은 함성과 박수, 총각이란 이유만으로 내게 쏟아지는 과분한 관심. 정말로 이것이 현실인지 꿈인지, 꿈이라면 절대로 깨고 싶지 않았다. 내가, 이 하열아가, 모든 사랑이 지랄 맞게 떠나갔던, 여복 하나는 지지리도 없었던 이 비운의 팔자가, 여자들로 인해 멍들고 지쳐 있던 영혼이 도리어 여자들로 인해 치유가 될… 줄 알았다. 딱 거기까지였다. 여고생에 대한 나의 환상이 깨지는 데에는 한 달도 차고 넘치는 시간이었다. 여류작가의 수필집을 팔에 끼고 다니는 여고생들은 이미 이 시대에 없다.

이런 우스갯소리가 있다. 남녀 공학에 쥐가 나타나면, 여학생들은 책상 위로 올라가고 남학생들이 쥐를 쫓아낸다. 여학교에 쥐가 나타나면, 잡아서 기른다. 남녀 공학에서는 당번 여학생 둘이서 우유박스의 양쪽 손잡이를 사이좋게 나누어 잡는다. 여학교에서는 한 여학생이 옆 반 우유박스까지 양손에 사이좋게 나누어 든다. 남녀 공학에서의 체육대회는 주로 남자들이 운동을 하고, 여자들은 응원을 한다. 여학교 체육대회의 하이라이트는 그녀들의 힘이 빛을 발하는 줄다리기다.

여자는 약하지만 어머니는 강하다고? 어머니들은 원래 여학생일 때부터 강했다. 여자들의 강인함끼리 맞붙을 경우, 어쩔 수 없는 힘의 차이로 상해를 입는 정도가 남자들의 싸움만 못할망정, 사운드와 액션의 스펙타클은 결코 뒤지지 않는다. 오늘 그 강인함들의 중심에서 '멈춤'을 외치고 있었던 교사가 바로 나였다.

중간고사 마지막 날, 마지막 시험이 끝났다. 교사들에겐 가만히 서 있는 시험 감독이 도리어 중노동이다. 수업시간에도 50분 동안 서 있기는 마찬가지인데, 별 다른 움직임 없이 한

곳에 서 있는 것이 그렇게 고되다. 마지막 시험 감독을 끝내고, 담배 한 가치로 힘들었던 시간을 위로받고자 계단을 내려가던 중이었는데, 건물 밖으로 우르르 몰려 나가던 학생들의 흐름이 어느 곳에서 정체되어 있는 느낌이다. 아래층에서 벌어지고 있는 일이었지만, 이미 절정에 달한 시끌벅적함만으로도 싸움이란 걸 직감할 수 있었다. 인파를 헤치며 싸움을 말리려 다가가는 도중에 알게 된 사실, 싸우고 있는 녀석 중에 한 놈이… 설희다.

덩치 큰 3학년 여학생이랑 붙었다. 그런데 그 3학년 녀석은 이 학교에서 유명한 일진이다. 작년 한 해 애 때문에 미쳐버리는 줄 알았는데, 3학년이 된 후엔 잠잠하다 싶더니 다시 부활의 신호탄을 쏘아 올리고 있었다. 설희는 이미 교복 상의가 풀어헤쳐져 있고, 입가는 터진 입술에서 흘러나온 피로 뒤범벅이다. 3학년도 교복 상의가 찢어져 있고, 얼굴엔 손톱으로 할퀸 자국이 선명하다. 학생부교사가 그만두라 소리를 치는데도 이 녀석들 내 말을 씹고 계속 싸움질이다. 가운데에 끼어들어 서로를 떨어뜨려 보지만, 내 얼굴 옆으로 손톱과 주먹이 쉴 새 없이 오고 있다. 얼떨결에 설희한테 한 대 맞았다. 순간의 황당함에 치밀어 오르는 화를 엄한 방향으로 내질렀다. 곁에서 싸움구경을 하고 있던 학생들에게….

"야! 너넨 보고만 있냐? 말려야 할 거 아니야."

하긴 말릴 수 있는 상황이었으면 벌써 말렸을 것이다. 하나는 3학년 일진이고, 설희도 녹록한 상대는 아니니…. 나도 뭘 기대하고 그런 건 아니다. 설희한테 한 대 얻어맞은 분한 마음이 그냥 그렇게 소리를 내지르고 있었던 것뿐이다.

분통이 극에 달하자, 급기야 3학년 여학생의 손목을 관절기 기술로 제압하는 지경에 이르렀다. 그리고 다른 한 팔로 설희의 목을 등 뒤에서 끌어안았다. 설희가 내 팔을 뿌리치려다 얼굴을 내 쪽으로 돌렸다. 아등바등하고 있는 설희를 끌어안은 모양새가 되었다.

"설희야, 그만해라!"

지친 목소리로 이젠 부탁을 하고 있지만, 지금 녀석의 귀에는 내 말이 들리지 않는다. 바짝 약이 오른 두 눈으로 3학년 여학생을 흘겨보며, 자꾸 내 손에서 벗어나려고만 한다.

마침 그곳을 지나가던 3학년 담당교사가 3학년 여학생을 떼어 내어 다른 층으로 끌고 갔고, 나는 여전히 전의를 불태우고 있는 설희의 목을 끌어안은 채 복도 한 켠으로 끌고 왔다.

"쟤가 먼저 때렸단 말이에요."

나 때문에 제대로 싸워 보지 못했다는 듯, 주먹 바닥으로 내 어깨를 때리며 서럽게 울어 댄다. 충분히 징계 사유인 짓을 저질러 놓고서, 내 원망을 하듯 울어 댄다. 교칙에 충실해야 할 학생부교사는 또 그 모습을 가만히 지켜만 보고 있다. 뭔가 이상하게 돌아가고 있는 상황이었지만, 나는 그냥 그 이상함에 충실하고자 했다.

다소 진정이 된 두 학생을 학생부에 앉혀 놓고서, 싸움의 자세한 경위에 대해 물었다. 마땅한 이유가 없이 벌어지는 싸움이 대개 그렇듯, 이 싸움도 기분 나쁜 시선에서 비롯된 것이었다. 3학년 여학생의 말에 따르면, 설희가 먼저 기분 나쁘게 쳐다봤단다.

"어떻게 쳐다보는 게 기분 나쁘게 쳐다보는 거니?"

말을 하면서도, 순간 속으로는 움찔했다. 내가 너무 대놓고 설희의 편을 들고 있는 것이 아닌가 해서….

"지나가고 있는데, 째려보잖아요."

옆에서 같이 듣고 있던 설희가 어이없다는 듯 고개를 돌리며 코웃음을 친다. 하지만 더 이상 갈등을 유발할 만한 제스처는 없었다. 설희를 학생부로 데려오기 전에 이미 충분한 주의를 주었다. 원래 말이 안 통하는 애니까, 그냥 상대를 하지 말라고…. 나름대론 싸움을 더 키우지 않겠다는 명분으로 설희를 달랜 것이었지만, 작년 한 해 겪어 본 경험으로 보자면 사실이 그렇기도 했다. 무엇보다도 그냥 설희의 편이 되어 주고 싶은 마음으로 건넨 신신당부였다.

교사는 편애를 하면 안 된다. 하지만 교사도 사람인지라 그게 쉽지가 않다. 더군다나 나처럼 여러모로 부족한 교사라면 더욱더…. 나는 편애를 한다. 나도 나에게 호감으로 다가오는 학생들이 좋다. 단지 교사로서의 양심을 지키기 위해, 미워하지 않는 척을 할 뿐이다. 그것이 여러모로 부족한 교사로서 발휘할 수 있는 최대의 역량이다.

피그말리온 효과라는 것이 있다. 아름다운 여인의 모습을 조각한 피그말리온이 조각상을 너무 사랑한 나머지 신에게 조각상을 인간으로 만들어 달라고 기도를 올렸다. 이 애절한 기도를 가엾이 여긴 아프로디테가 조각상에 숨을 불어넣어 인간으로 만들었고, 이후 피그말리온은 아름다운 여인과 행복한 삶을 살았다. 이 신화는 교사가 학생을 사랑하면 학생도 교사를 사랑하게 된다는 교육이론으로 통하고 있다.

난 가끔씩 교육 이론가들의 이상적인 이상한 신념을 납득할 수가 없다. 피그말리온이 만든 조각상이 사람이 되었다. 그렇지만 조각상이 피그말리온을 사랑하지 않았을 수도 있다. 사랑이란 게 원래 그렇지 않던가. 내가 사랑한다고 해서 반드시 그 사람이 나를 사랑하는 것도 아니다. 교사가 사랑을 베푼다고 해서 학생들로부터 호감의 반응이 돌아오는 것은 아니다. 물론 표현의 방식이 서툰 학생도 있고, 잘못된 방식으로 표현하는 경우도 있음을 모르진 않는다. 하지만 교사도 보통의 사람인 터, 자신이 사랑받고 있다는 사실을 느끼게 해주는 학생들이 더 좋다. 적어도 나처럼 여러모로 부족한 교사는 그렇다. 나는 저 3학년 여학생이 싫다. 설희는 좋다. 그래서 마음속으론 설희의 편을 들고 있다.

2

3학년 여학생은 수시원서를 써야 한다는 이유로 담임선생님에게로 인계되었다. 폭력 문제는 학교에서도 엄중하게 관리를 하는 사안이지만, 3학년들은 고시생의 자격으로 웬만한 징계 정도는 담임과의 합의 아래 그냥 넘어가 버리기 일쑤이다. 웬만한 문제로는 3학년을 건드리면 안 되는 것이 이 나라 교육의 상식이다. 3학년이 뭔 벼슬이라고, 누구나 다 거치고 겪는 고3이건만, 입시 경쟁이 가져다준 특권 속에 학생부가 끼어들 자리는 없다. 진학률에 관련해서는, 사소한 트러블도 일으켜서는 안 되는 것이다. 원래 그런 것이다.

형평성을 따지고 든다면 설희에게도 생계를 위한 아르바이트가 중요한 문제이다. 그래서 설희에게도 그냥 반성문 한 장만 쓰고 가라고 했다. 이부장에게는 교내봉사 시키고 있다고 둘러대면 된다. 어차피 심의 결정 과정에서만 거드름을 피우지, 그 이후의 상황이 어떻게 진행이 되고 있는지에 대해서는 신경도 안 쓰는 인간이다.

중간고사가 끝난 날이다. 시험을 잘 봤든 못 봤든, 학생들 입장에선 홀가분한 마음으로 쉴 수 있는 행복한 하루. 교사들 입장에서는 오전 일과만 마치고 퇴근할 수 있었던 며칠의 행복을 마감하는 아쉬운 하루이다. 학생부의 다른 선생님들은 일찌감치 퇴근을 했다. 나는 설희의 반성문도 받아야 하지만, 시험과 관련한 업무도 남아 있던 터라 퇴근을 미룰 수밖에 없었다. 학생부에는 설희와 나 단둘만 남아 있다. 시험 기간이라 식당은 운영되지 않는다. 자취방에 일찍 들어가 봐야 반겨 줄 사람도 없는 입장에선, 어딘가에서 혼자 식사를 해결해야 하는 이런 날이 정말 싫다.

"설희야! 짜장면 먹을래?"

절래절래, 설희의 힘없는 고갯짓.

"이거 빨리 쓰고 집에 갈래요."

"점심 먹고 가."

짜장면 2그릇과 군만두를 배달시켰다. 설희가 반성문을 다 썼을 즈음, 중국집 배달원이 학생부 문을 두드렸다. 설희의 작문 속도가 빠른 것인지, 배달 속도가 느린 것인지…. 어차피 학생들이 쓰는 반성문이란 게 읽어 볼 필요도 없이 뻔한 내용들이다. 문학적 소양을 발휘해 가며 쓸 리 없는 박약한 필력은 하염없이 '죄송합니다. 다음부터 안 그러겠습니다'를 반복할 뿐이다.

학생부 중앙의 탁자에 앉아 함께 짜장면을 비빈다.

"잘 먹겠습니다."

피가 말라붙은 녀석의 입술이 짜장으로 뒤덮이고 있다. 그 모습이 안쓰럽기만 하다. 인생이 그렇다. 힘든 사람에게만 힘든 일이 겹치는 힘든 세상. 학교도 그렇다. 학생도 그렇다.

"선생님! 선생님 되는 거 어려워요?"

녀석, 먹다 말고 웬 뜬금없는 질문을….

"어려울 게 뭐가 있겠냐? 나 같은 놈도 하는데…. 근데 왜?"

"아뇨, 그냥요."

물어보기 창피한 질문이었다는 듯, 애써 내 눈을 피하면서

단무지를 하나 집어 들더니 깨작깨작 씹어 먹는다.

"선생님 되고 싶어?"

"옛날엔 그랬어요. 국어 선생님."

이제 고작 열여덟인 녀석이 옛날이라면 언제를 말하는 것일까? 중학교 때? 초등학교 때?

"왜? 지금은 되기 싫어?"

"……."

설희는 아무런 말없이 젓가락으로 애꿎은 면발만 빙빙 꼬고 있다.

"국어 과목 좋아해?"

다시 한 번 힘없는 절래절래, 그리고 이어진 대답.

"그냥 국어 선생님이 멋있는 것 같았어요. 옛날엔…."

그리고 뭔가 개그를 시도하려는 듯한 멘트를 잇댄다.

"전 한문이 제일 좋아요!"

나 또한 그 개그에 호응을 해주기로 했다.

"아이고, 아가씨! 아주 지랄을 하세요. 한문 시험은 조잡을 냈더만…. 시험을 보려거든 조금 공부를 하고 봐야지, 넌 시험을 feel로 보냐? 점수가…."

빙빙 꼬기만 하던 젓가락질을 갑자기 멈추더니, 입을 대발 내밀며 째려본다.

"왜? 뭐? 이게 또 어디서 선생을 야리고…. 그런데 다른 과목들은 성적이 좀 괜찮니?"

"알면서 뭘 물어봐요?"

"내가 니 성적을 어떻게 아냐? 한문 점수나 알지."

"몰라요. 말 시키지 마요. 밥 먹고 있잖아요."

"말은 니가 먼저 꺼낸 거잖아!"

다시 단무지 하나를 집어 들더니, 요번엔 꽤나 씩씩하게 씹어 먹는다. 나를 씹어 버리고 싶다는 표정으로….

"선생님은 학교 다닐 때, 공부 잘했어요?"

"아니, 내 뒤로는 운동부밖에 없었어."

"근데 어떻게 선생님 됐어요?"

"나도 몰라. 어쩌다 여기까지 왔는지…."

정말로 기억이 나질 않는다. 고3이 되던 해, 우리 반에 어떤 일들이 있었었는지, 재수할 때 어떤 친구들과 어울렸었는지가 전혀 기억이 나지 않는다. 남아 있는 기억이라곤 수학 공부를 열심히 했다는 사실뿐이다. 정말로 수학은 열심히 했었던 것 같다. 그 2년 동안 무언가에 홀려 있었는지, 오직 수학 공부를 열심히 했었다는 사실 말고는 아무것도 기억이 나지 않는다.

"선생님은 왜 결혼 안 해요?"

잠깐의 상념에 균열을 일으키며 훅 하고 들어온 설희의 질문, 그리고 언젠가부터 측근들에게 자주 듣기 시작하는 질문이기도 하다.

"결혼은 나 혼자 하냐?"

"우리 담임선생님이랑 사귀는 거 아니었어요?"

그러게 말이다. 니 담임선생님이랑 나랑은 도대체 무슨 사이인지, 나도 애매해 죽을 지경이다. 만약 이러다 덜컥 민은정에게 남자 친구라도 생겨 버리면 정말 쪽팔려서 휴직을 해야 할지도 모른다. 굳이 내가 쪽팔리고 말고 할 일이 아닌데, 우리가 사귀는 사이인 것도 아닌데…. 문제는 내가 그 사람을 정말로 좋아하게 됐다는 사실이다.

"뭔 소리야? 사귀는 사이면 내가 이 좋은 날에 니네 담임 선생님 만나러 가지, 퇴근 안 하고 여기서 이러고 있겠냐?"

"교사는 교사하고 결혼하는 경우가 많죠?"

"뭐 그렇지도 않아. 왜? 그래서 교사 하고 싶었던 거야?"

또 저 힘없는 절래절래, 뭐가 그리도 아닌 게 많은지, 조금은 지쳐 보이는 고갯짓.

"설희는 꿈이 뭐야?"

내 질문에 설희는 아무런 대답 없이 마지막 남은 단무지를….

난 너를 사랑해, 이 세상은 너뿐이야!

걱정으로 잠 못 이루던 새벽을 밀어내며 밝아 온 아침. 오늘은 스승의 날이다. 스승의 은혜는 하늘 같아서 우러러볼수록 높아만 지는… 사회적 분위기도 아니거니와, 참되거라 바르거라 가르치는 교단인지를 먼저 반성해 볼 일이지만서도, 이날은 다른 의미에서 스스로의 스승됨을 돌아보는 날이기는 하다. 책상 위에 쌓이는 빼빼로의 수량으로 교사들의 인기도가 증명되는 빼빼로데이와 더불어, 책상 위에 쌓이는 선물의 양으로써 교사로서의 자격을 검증받는, 적잖은 스트레스로 맞이하는 날이 되어 버렸다. 담임교사 같은 경우엔 반 학생들이 마련해 주는 스승의 날 파티를 전혀 기대하지 않은 척, 그리고 애써 놀라는 척 챙기기라도 하지만, 나처럼 비담임인 경우에는 전날부터 처절한 자기반성의 시간을 가져야 한다. '화 좀 적게 낼걸', '좀 더 잘 해줄걸' 하는 후회로, 자칫 초라할지도 모르는 오늘에 대한 걱정을 짊어지고 걸어가는 출근길이 그리 유쾌하지만은 않다.

"대체 이런 날은 누가 만든 거야?"

투덜대면서 소파 방정환을 욕할 뻔했다. 가끔씩 나는 내가 생각해도 너무 무식할 때가 있다. TV에서 본 기억이 있는데, 아주 오래전 지방의 한 여자고등학교의 학생회 간부였던 소녀의 제안으로 시작이 되었다고 한다. 그리고 그 소녀는 지금 수녀로서의 삶을 살아가고 있다. 그 시절에야 학생들의 순수한 동기에서 시작된 것이겠지만, 굳이 뭐하러 이런 반갑지 않은 날을 만드셨는지….

아침 정문지도를 마치고 학생부로 돌아오는 길이 오늘따라 왜 이리도 낯설고 멀기만 한지…. 실내화를 갈아 신으려 신발장 문을 열었더니, 누가 놓고 간 것인지는 모르겠지만, 장미 한 송이와 머그컵 하나가 놓여져 있다. 아싸! 득템! 일진日辰이 좋다. 그나저나 녀석! 책상 위에 갖다 놓으면 될 일이지, 왜 하필 신발장에…. 남들 모르게 가져다 놓았다는 이야기다. 그런데 보통 카네이션이지 않나? 웬 장미? 이건 혹시 고백의 의미? 엉뚱한 상상에 한 번 취하게 되면 사건의 앞뒤를 채운 모든 정황을 개연성으로 끼워 맞추는 착각이 일어나기 마련이다. 지금 내가 그러고 있다. 혹시 민은정이 놓고 간 것은 아닐까 하는, 이렇게 그녀의 마음을 받아 주어야 하는 것인지 하는…. 그러기엔 오늘이 하필 스승의 날이다. 학생이 놓고 갔다는 정황이 너무 뻔한데 이다지도 설레발을 치고 있다니, 내가 민은정을 많이 좋아하긴 하나 보다.

학생부로 돌아오니 학부모회와 학교 측에서 준비한 카네이션 한 송이와 선물이 책상 위에 놓여져 있다. 그리고 그 옆에 함께 놓여 있는, 몇몇 학생들이 놓고 간 편지와 선물로, 일단은 어느 정도 체면치레는 했다. 교무부에선 메신저로 별도의 스승의 날 행사는 없다며 조기퇴근을 허락했다. 요즘 스승의 날의 풍경은 이렇다. 부서별로 간단하게 회식을 하거나, 그도 아니면 그냥 일찍 집으로 돌아가 남은 하루를 저마다의 방식으로 만끽한다. 지금의 스승들은 그런 행정을 더 선호한다.

스승의 날이 지니는 또 다른 의미를 찾는다면, 유독 결재에 깐깐한 교장이 군소리 없이 결재를 해주는 날이라는 사실이다. 그래서 며칠 전부터 결재를 묵혀 놓고 있었다. 문제는 나만 그런 생각을 하고 있었던 게 아니라는 사실. 가벼운 마음으로 교장실 문을 두드린 후에, 가뿐하게 결재를 해결하려고 했으나, 이미 교장실 앞에는 결재를 맡으려는 교사들이 장사진을 이루고 있다. 그래서 그냥 퇴근하기로 했다. 평소에는 어차피 잔소리를 들을 각오로 두드리는 교장실 문이지만, 그 결재를 괜히 묵혀 놓고까지 있었던 꼴이 됐다. 내 삶의 단면이기도 하다. 하여튼 뭐가 내 생각대로 되는 경우가 없는 인생.

교문을 나서려는 순간, 어디선가 나타난 민은정과 마주쳤다.

"집에 가세요? 또 술 마시러 가죠?"

이 여자는 내가 술에 쩔어 사는 줄 아는지, 가끔 퇴근길에 만날 때마다 건네는 첫마디가 술 마시러 가는지의 여부에 관한 것이다.

"민 선생님, 이제 12시 반이거든요?"

"원래 술 좋아하는 사람들은 낮부터 마시잖아요."

하긴 틀린 말도 아니다. 오늘은 술약속이 없다뿐이지….

"술 좀 적당히 드세요. 그래야 여자 친구도 생기고 그러죠."

근데 이 망할 여인네가 또 시작이다. 아무리 생각해도 꽃과 머그컵은 이 여자의 소행은 아닌 것 같다. 그렇지 않고서야 어쩜 저렇게 아무것도 모른다는 듯한 해맑은 미소를 지어 보이며 갈굴 수가 있단 말인가.

"저 술 그렇게 자주 안 마셔요. 그리고 술이랑 여자 친구랑은 무슨…."

"저번에 술 취해서 우리 반 1교시 수업 들어왔다면서요?"

민은정, 맥락에 맞지 않게 지난 에피소드를 상기시키면서 내 말을 잘라먹는다.

"말은 바로 해야죠. 취해서 들어간 게 아니라, 술이 덜 깬 채로 들어간 거죠. 그날 상갓집에서 밤을 새서…."

"에, 에, 에! 그러니까 술 좀 적당히 드시라고요."

에, 에, 에. 변명을 듣기 싫다는 뜻으로, 지 딴에 재미있으라고 하는 민은정만의 독특한 화법이다. 이게 뭐야? 재미도 없고, 그렇다고 감동이 있는 것도 아니고…. 나는 분명 이 여자를 좋아한다. 하지만 같이 있어도 외로울 때가 더러 있다. 내가 선뜻 다가서지 못하는 이유이기도 하다. 그냥 서로 코드가 잘 안 맞는 것 같다.

"이런 날은 여자 친구랑 데이트를 하셔야죠."

이런 날? 스승의 날? 그러려면 일단 내 여자 친구의 직업이 스승이어야 하는데, 그 사실을 전제로 하는 말일까? 설마 나한테 데이트 신청하는 거?

"원하시면 제가 제 친구 소개시켜 줄 수도 있는데…."

또 저딴 식으로 말을 돌린다. 나는 이미 이 학교에서 공식적으로 당신을 좋아하는 사람으로 되어 있는데….

"제 걱정 말고 민 선생님이나 남자 친구랑 데이트 하러 가세요."

하도 답답하게 굴길래, 다소 까칠한 한마디를 던지고야 말았다. 사실 나는 지금 민은정이 남자 친구가 있는지 없는지에 대해서조차 알지 못한다. 예전에는 그녀에게 남자 친구가 없다는 사실을 확인한 학생들이 나랑 엮으려는 장난을 친 것이었지만, 지금은 모른다. 그래서 솔직히 불안하기도 하다.

"걱정 마요! 곧 만들 거예요."

다행히 아직은 없나 보다. 하지만 까칠하게 한마디 했다고 급속도로 썰렁해진 분위기. 이런 걸 보면 나를 마음에 두고 있는 것 같기도 하다. 다시 꽃과 머그컵의 가능성을 민은정에게 돌려 보지만, 도통 속내를 알 수가 없는 여자이다. 내가 이상한 건가? 하긴 내가 여자 마음을 잘 알아서, 지나간 사랑

모두가 그렇게 지랄 맞았단 말인가. 그나저나 누가 두고 간 거지? 편지라도 써놓지.

퇴근을 일찍 해봐야 집에 가서 딱히 할 일도 없다. 정말 민은정에게 영화라도 한 편 같이 보자고, 데이트 신청을 할까 말까 망설이고 있는 순간, 갑자기 다른 학교에서 근무하는 대학 선배에게서 날아든 한 통의 문자메시지. 오늘 근교로 나가 오리고기나 먹잔다. 함께 갈 수 있는 다른 후배들한테도 연락망을 돌려 보란다. 이 노총각 선생이 어지간히 심심했나 보다. 하지만 그 제안에 '콜!'을 외쳐 줄 수밖에 없을 만큼, 나 역시 어지간히 심심하다. 스승의 날, 스승으로 살아가고 있는 대학 선후배가 모여 오리고기를 먹게 생겼다. 서른의 나이가 꺾인 이후부터 유난히 자주 먹게 되는 메뉴가 유원지에서의 유황오리 혹은 토종닭이다. 해가 지기 전부터 술을 마시면서도, 남들 눈에 상식적이어 보이기엔 이만한 메뉴가 없다.

타고 가야 할 버스의 노선이 수정되었다. 나도 민은정이 버스를 타는 정류장에서 버스를 타야 한다. 함께 걸을 수 있는 거리가 더 늘어났지만, 어색해진 분위기 그대로 정류장까지 걸어간다. 정류장에는 이 분위기를 상쇄시켜 줄 지원군이 서 있었으니 바로 설희였다. 담임인 민은정이 먼저 치고 나간다.

"설희야! 오늘은 일찍 끝났으니까 바로 집으로 가겠네? 선생님이랑 같이 가면 되겠다."

민은정은 설희와 가까운 동네에 살고 있어서 버스 노선이 같았다.

"오늘 어디 들를 때가 있어서…."

"그렇구나. 그럼 선생님 혼자 가야겠네."

나도 설희한테 말을 걸고 싶은데, 민은정과의 어색한 분위기를 이고 온 터라, 둘 사이의 대화에 끼어들기가 다소 애매하다.

"두 분이서 어디 가시는 거예요?"

"아니, 퇴근하다 정문 앞에서 만났어."

침묵을 깨고 설희에게 대답을 건네는 순간, 버스가 멈춰 선다. 민은정은 버스에 올랐고, 정류장에 나랑 설희랑 남았다. 순간 흐르는 정적, 민은정을 따라가지 않고 정류장에 남은 어색함이었을까? 민은정을 떠나보내니 돌연 설희와의 어색함이 고개를 든다. 또 왜 이렇게 할 말이 없지? 억지스럽게나마 무슨 말을 건네려고 하는 순간, 설희가 타야 할 버스도 도착을 했다.

"선생님, 저 갈게요."

설희도 떠났다. 어색함들이 떠나가자, 정류장에서 홀로 버스를 기다리는 어색함이 찾아왔다.

"아이, 버스는 왜 이렇게 안 와?"

1

집단 따돌림 사건이 있었다. 소위 논다 하는 학생들 몇 명이서 한 친구를 괴롭힌 사건이다. 수업에서 돌아와 보니 학생부 한 구석에 6명의 남학생들이 바닥에 무릎을 꿇고 앉아 있다. 내 책상에는 학생들이 작성한 경위서와 목격자 진술서가 한 다발이다.

이제는 교육계의 문제라기보단 사회적 문제로 인식되고 있는 중요한 사안이기에 학교 측에서도 엄중하게 다루는 편이다. 요즈음 가해자들이 학원폭력물에서 선택되는 전형적으로 비겁하고 치졸한 캐릭터들이 아닌 경우들도, 또한 습관적으로 일탈과 비행을 저지르는 학생이 아닌 경우들도 적지 않다. 학교에선 스마트한 겉모습에 공부도 곧잘 하고, 교사와의 관계도 좋다 보니 교사들이 전혀 의심을 하지 않는다. 자신을 향한 아양과 애교를 예의와 인성으로 받아들이는, 공부 잘하고 가정환경이 괜찮은 학생에게는 관용적인 교사들의 글러 먹은 잣대가 문제를 더욱 키우는 것이기도 하다.

학업성취도가 좋지 못하거나 내성적인 학생들 중엔 교사와의 소통이 원활하지 않은 경우가 있다. 관심을 받아 본 적이 별로 없기 때문에 소통의 의지도 없을뿐더러, 소통의 방법을 잘 알지 못하기도 한다. 물론 관계에 있어서 소통은 학생보다 교사에게 더 큰 소임이지만, 관계의 사각에 방치되어 있는 그들이 보내는 시그널이 교사들에게 닿지 않는 경우가 있다. 결론적으로 예나 지금이나 변한 게 없는 교사들의 엘리트적 속성, 더 나아가 입시 위주의 교육풍토가 왕따 문제를 키우고 있는 셈이다. 물론 이것이 모든 왕따 문제의 유일한 원인인 것은 아니다. 하지만 관련된 일부도 방지하지 못한다는 점에서 교사와 사회의 반성이 있어야 하는 것만은 분명하다.

가해학생들이 작성한 경위서를 보니 하나 같이 '장난'이었다고 한다. 조금 양심이 있는 놈들은 '심한 장난'이었다고 한다. 피해학생은 결코 장난으로 받아들인 적이 없다. 하지만 일방적인 '장난'은 계속됐다. 그리고 '장난'을 호응해 주지 않는 피해학생에게 폭력을 가하며 '난장'을 피워 댔다. 가해자 부모들은 자신들의 자녀가 가해자라는 사실을 잘 인정하지 않는다. 무조건적인 내리사랑이 현실을 바로 보지 못하는 것이기도 하지만, 그만큼 가정에서 별 문제가 없는 학생들이 이런 '장난'을 주도하는 경우가 심심치 않게 발생한다. 그래서 이런저런 정황을 아무리 말해 주어도, 우리 애는 절대 그런 애가 아니라는 학부모들의 신념을 납득시키기란 여간 어려운 일이 아니다. 웃기지 않은가? 일어난 팩트를 말하고 있음에도, 부모들이 인정할 수 있을 만한 설득이 이어져야 한다는 사실이…. 때론 가해자 학부모들이 먼저 나서서 피해자학부모와 '장난'으로의 합의점을 도출하려 들기도 한다. 피해자의 학부모는 그런 이기적이고도 어이없는 작태에 한 번더 분통을 터뜨린다. 결국 '그 부모에 그 자식'이라는, 상황에따라 절대적인 진리가 아닐 수도 있는 가설이 절대적으로 증명되고야 만다.

오늘도 가해자 부모들의 억지춘향과 우격다짐으로 폭력자치위원회의 징계 심의는 난항을 겪고 있다. 부모들의 변명도친구들끼리의 '장난'이 지나쳤다는 것이다. 당사자가 장난으로 느끼지 않았다는데, 당사자가 괴로웠다는데, 목청을 드높여 '장난'을 주장하면서도, 그동안 관리를 잘못한 학교와 교사를 질타한다. 물론 학교와 교사가 잘못이 없는 것은 아니다. 그렇다고 학교와 교사가 신경 쓰지 못한 폭력과 따돌림이 '장난'이 될 수는 없다. 그러나 안하무인, 적반하장의 학부모들은 계속해서 '장난'을 부르짖으며 '난장'을 피운다. 역시그 부모에 그 자식이다.

몰상식한 학부모 중에는 아예 난장을 작정하고 내교를 하는 경우도 있다. 당당한 모습으로 임하겠다는 파이팅인지는 몰라도, 경찰과 지역인사들이 포함되어 있는 폭력자치위원들을 자극하는 꼴밖에 되지 않는다. 급기야 죄는 미워해도 사람은 미워하지 않을 수가 있었던 상황이, 죄보다 사람이 미워서 용서가 되지 않는 상황으로 뒤집힌다. 몰상식한 학부모 하나가 솔로로 치고 나와, 자기 파트의 몰상식을 쏟아 내면 나머지 가해 학부모들도 동요를 하며 각자의 개성으로 화음을 넣기 시작한다. 자기 자식들에게 피해가 덜 가는 방법이라고 생각하는 것인지, 적극적으로 '장난'의 주변에서 합의점을 찾으려는 노력은 계속된다. 문제는 그것이 가해학생 학부모들끼리 설정한 합의점일 뿐, 피해학생 학부모는 더욱 치를 떨며 가해학생의 징계 수위를 높이려 한다는 점이다.

결국 따돌림을 주도했던 학생이자, 주도적으로 몰상식하게 굴던 학부모의 자녀는, 죄질이 매우 불량하다 판단되어 전학처분이 내려졌다. 나머지 5명에겐 한 달간의 교내봉사가 있을 예정이다. 그런데 여기서 사단이 났다. 전학처분이 내려진 학생의 어머님이 폭력자치위원회의 결과를 납득할 수 없다며 이의를 제기한 것이다. 모든 가해학생이 전학을 가는 것도 아니고, 왜 자신의 아들에게만 그런 '부당한' 처분이 내려졌는지를 따지고 들었다. 나름 일리가 있는 항변이면서도 처분의 결과에 결코 반영될 수 없었던 이유는, 학생부장의 강력한 의지였기 때문이다. 그 녀석은 이부장이 수업을 들어가는 반 학생으로, 이부장이 유독 싫어하는 놈이다. 솔직히 인성은 밑바닥인 편이다.

2

학생의 어머님은 다음 날 다시 내교를 하셨다. 학생부 중앙의 테이블에 둘러앉아 학생의 담임교사와 이운기 부장과 시시비비를 가리고 있다. 그런데 학생의 어머님 옆에는 외삼촌이란 사람이 같이 따라와 있다. 그 외삼촌이란 사람의 복장이 심상치가 않다. 건장한 몸을 자랑하듯 딱 달라붙은 스판 셔츠, 한 여름임에도 긴팔을 입고 있다. 약간 '흥신소' 냄새가 나는 사람이다. 긴팔 셔츠의 의미는 두 가지이다. 문신이 있어서 가린 것이거나, 문신이 없음에도 가린 척을 하고 있거나이다. 문제는 양아치의 기준으로 설정한 코디이다 보니, 이 순진한 선생들이 거기까지는 생각하지 못한다는 사실을 모른다는 사실이다. 굳이 그런 디테일까지 신경 쓰지 않아도, 어차피 상대가 자신들만큼이나 상식적이지 않은 이부장이란 사실은 더더욱 모르고 있었다.

아니나 다를까. 외삼촌이란 작자는 어디서 지랄을 많이 떨어 본 솜씨이다. 어머님 역시 손바닥으로 탁자를 힘껏 내리치면서 일어났다 앉았다를 반복하며 분주하게도 지랄이시다. 드라마 많이 보시고 제대로 연습을 하고 오신 모양이다. 하지만 감정선과 일치하지 않는 어딘가 모르게 부자연스러운 연기, 그럼에도 몰상식 간에 맞붙은 대결은 외삼촌과 어머님의 승리인 것 같다. 약간 당황한 이부장이 말을 얼버무리기 시작한다.

"당신, 사람이 그러면 안 돼. 이 양반아!"

이때다 싶었는지, 외삼촌이란 작자의 언행이 슬슬 도를 넘어선다.

"이 양반이라니. 당신 몇 살이야?"

이부장, 저 인간은 이젠 부질없이 나이를 따져 묻고 있다. 그래도 평소처럼 어머니 직업을 안 묻는 것 보면 기특할 따름이다. 노인네가 안간힘을 쓰는 것을 보고 있자니 조금 안쓰럽기도 했지만, 도와주고 싶은 생각은 전혀 들지 않았다. 그냥 요번 기회에 조금 혼이 나야 된다는 생각뿐….

근데 이 양아치 외삼촌 새끼가 이제 옆에 앉아 있던 담임교사에게까지 지랄을 떨어 댄다. 담임교사가 되어 가지고 일이 이 지경이 될 때까지 도대체 뭘 한 거냐며…. 틀린 말은 아닌데, 그 말을 가해학생의 보호자가 하고 앉아 있는 어처구니가 없는 상황. 올해 갓 부임한 어린 여교사는 놀란 나머지, 터져 나오는 울음을 가까스로 억누르고 있다. 어머님은 그 모습에 어떤 쾌감을 느끼셨는지, 출력을 최대로 높여 담임교사에게 욕설을 퍼붓는다. 나는 그다지 정의로운 성격은 아니다. 불의를 보고서도 그럭저럭 잘 참아 내는 편이다. 그러나 지금 내 앞에서 벌어지고 있는 비상식은 남자의 가오가 달린 문제이다. 더 이상 가만히 구경만 하고 있을 상황은 아니다.

"아이고, 어머님! 삼촌! 조용히 말씀하셔도 저희 다 알아듣거든요."

외삼촌이란 놈이 지금 벌어지고 있는 시끄러움에 대한 당위성을 피력하려는 듯, 자리에서 벌떡 일어나 그 지랄의 방향을 내게로 돌린다.

"지금 우리가 조용하게 생겼어!"

나도 자리에서 천천히 일어나 팔짱을 끼면서, 한창 지랄 중이던 남매 쪽을 응시했다. 졸라 카리스마 있는 침착한 호흡으로 그 지랄에 응수를 해주고 싶었다.

"외삼촌! 그래도 여기 애들 가르치는 학교인데, 처음 보는 선생들한테 다짜고짜 반말이셔?"

성룡을 좋아하던 어린 시절부터 꾸준히 운동을 해온 편이다. 현재 다니고 헬스장에서는 간간이 트레이너로 오해를 받아, 1회용 위생컵이 다 떨어졌다는 민원을 대신 듣기도 한다. 게다가 오늘따라 바디라인 잘 드러나는 티셔츠를 입고 왔다. 근력운동을 좋아하는 사람들이 팔짱을 자주 끼는 이유는, 가슴과 팔의 근육이 더욱 두드러져 보이기 때문이다. 어지간히 운동을 한 것 같은 외삼촌 앞에서, 내가 팔짱을 끼고 일어나는 것도 그런 이유에서였다. '나도 결코 호락호락하지만은 않은, 한 지랄하는 캐릭터이다. 그러니까 피차 피곤하게 굴지 말자'라는 경고이면서도 부탁이었다.

더군다나 선생 같지 않은 이미지를 소유한 터, 초면의 상대가 편하게 느끼는 인상도 아니다. 나의 되바라진 후까시에 외삼촌과 어머니는 다소 진정을 되찾은 모습이다. 겉으로 드러나는 이런 이미지 때문에, 나는 학창시절서부터 시비가 잘

붙지 않는 편이었다. 그렇다고 정의로운 강자의 이미지는 아니었다. 어른이 되고 나서야 그 이미지에 대한 적절한 어휘를 알게 되었으니, 나는 이른바 범죄형이었다.

고등학교 1학년 때의 일이었다. 일요일 오후, 친구들을 만나기로 한 약속 장소를 향해 걸어가고 있는데, 갑자기 경찰차 한 대가 내 앞을 가로막는다. 필요 이상으로 급박하게 차문을 열고 나온 경찰관 두 명이 나를 돌려 세우더니, 벽을 짚고서 신발을 꺾어 신게 한다. 내 몸 구석구석을 뒤져 보더니, 나를 강제로 경찰차에 태운다. 이런 검문과 연행에는 순순히 응할 필요가 없다는 사실을 알게 된 것은 꽤 커서의 일이다. 잔뜩 겁을 집어먹은 당시에는 최대한 착하고 어리숙한 표정을 지어 보여야 한다는 생각뿐이었다. 영문을 모른 채 끌려가고 있었지만, '대체 무슨 일이냐?'는 질문은 이미 경찰차에 태워지고 나서야 생각이 났다. 그러나 돌아오는 대답은 '무슨 일인지 몰라서 물어?'였다. 정말 몰라서 물은 건데, 경찰들은 이유를 말해 주지 않았다.

파출소 앞에는 한 무더기의 아저씨들이 모여 있었다. 경찰의 팔짱을 낀 채 경찰차에서 내리는 나를 보더니 '바로 저놈'이란다. 경찰은 내가 왜 잡혀 온 것인지도 말해 주지 않고서, 파출소 구석에 비치된 접이식 간이의자에 앉히더니, 다짜고짜 주민등록번호를 묻는다. 아직은 주민등록증이 발급되지 않았던 나이였던 터라, 주민등록번호를 외우고 있지 않았다. 고등학생이라고 말하려는 순간, 한 아저씨가 파출소 안으로 다급히 뛰어 들어와 말했다. 이 학생이 아니라고…. 당황한 경찰의 목소리가 그제서야 나긋나긋해진다.

"학생, 기분이 많이 나빴지? 신고를 받자마자 급하게 출동을 하다 보니 우리가 실수를 한 것 같아. 어느 학교 다녀? 우리가 어떻게 보상을 해야 좋을지 모르겠네."

보상? 이런 쌍! 뭔 보상? 용의자로 오해받은 놈에게 용감한 시민상을 줄 것도 아니고, 1계급 특진을 시켜서 날 2학년으로 만들어 줄 것도 아니면서…. 멀쩡히 길 가던 놈 붙잡아서 으름장을 놓더니, 이젠 아주 설설 긴다. 방금 전까지 싸가지 없는 말투로 내 질문을 씹어 대던 경찰 새끼는 어디로 갔는지, 아예 보이지도 않는다.

알고 보니 자세한 내막은 이랬다. 결혼식에 참석한 하객들 중의 한 명이 담배를 사러 가는 길에 노상강도를 당했고, 근처에 있던 이 파출소에 달려와 신고를 했다. 대충의 인상착의만을 듣고 출동한 경찰이 우연히 근처를 지나고 있던 나를 붙잡았다. 나는 잠시나마 강도용의자였던 것이다. 파출소 앞에 모여 있던 어른들은 강도를 당한 아저씨의 일행들이었다. 그런데 왜 나라고 지목을 했는지는 아직까지도 미스터리다. 저 자신들의 임무에 충실했던 경찰이야 그럭저럭 용서가 되는데, 그 어른 놈들은 도저히 용서가 되지 않았다. 지들이 직접 당한 것도 아니면서, 왜 나를 지목한 것일까? 파출소 문을 열고 나와 그들을 마주한 나의 눈빛이 착할 필요는 없었다. 나랑 눈을 마주치지 못하던 그 어른 새끼들, 하여튼 어딜 가

나 제대로 알지도 못하면서 설레발을 치는 무리들이 문제다. 그러나 내가 하고 다니는 꼬라지가 그렇게도 범죄형인가에 대한 자문이 시작되기도 한 날이다.

고등학교 2학년 때 일이다. 조금 나대던 1학년이 2학년 선배들에게 집단구타를 당했다. 그 선배란 놈들이 내 친구들이었다. 뭐 그다지 친하지는 않았던…. 그날 하필 내가 그 자리에 있었다. 당시만 해도 남자 고등학교는 선후배 간의 예의가 엄격했던 시절이다. 담배를 피우는 장소에도 후배들은 기웃거려서는 안 되는 선배들의 영지가 따로 있었다. 우리 학교는 3학년이 되어야 화장실을 이용할 수 있었고, 2학년은 체육관 뒤편의 좁다란 공터였다. 그날 체육관 뒤에서는 2학년 놈들이 날숨마다 한 움큼의 담배 연기를 쏟아 내며 건방진 1학년을 손봐 주고 있었다. 마침 교내봉사 처벌을 받고 있던 나는, 쓰레기를 줍기 위해 우연히 그곳을 지나고 있었다. 나는 정말 아무 짓도 안했다. 담배도 피우지 않았고, 후배를 때리지도 않았다.

"야! 나 청소하는 거 안 보여? 담배꽁초 다 주워 가라!"

친구들에게 그냥 이 한마디만 했을 뿐인데, 1학년 놈은 나까지 가해자로 지목했다.

다음 날 그 2학년 놈들이 학생부로 끌려왔다. 이미 학생부에서 징계를 받고 있었던 나는 다시 그들과 함께 징계 대상이 되었다. 내 우연적 상황에 대한 정당한 변호를 거듭했건만, 학생부교사 놈들은 마치 자신들의 감을 강력반 형사의 촉으로 생각하는 듯, 내 설명은 듣지도 않는다. 다른 친구들도 나의 억울함을 변호해 주고 있는데, 변호는 구차한 변명이 되어 가고 있었다. 그런 와중에 1학년 피해학생의 어머님이 내교를 하셨다. 아직 누명을 벗지 못한 상태에서 다른 놈들과 일렬로 서 있었다. 어머님이 다른 놈들을 보며 화를 내시다가 나와 눈이 마주치는 순간… 우신다. 아놔, 시발!

"저는 아니에요!"

하지만 어머님의 귓구멍으로 들어가지 못한, 나의 처절한 외마디만이 학생부 구석을 쓸쓸히 또 외로이 굴러다니고 있었다.

이런 일련의 사건들이 트라우마로 남은 것인지, 잘 알지도 못하면서 함부로 나대는 인간들이 싫다. 그 대표적인 인간이 지금까지는 이운기 부장과 김정훈이었다. 그런데 또 다른 한 명이 나타났다. 가해학생의 외삼촌이란 작자가…. 어린 날들에 겪어야 했던 억울함의 보상일까? 나를 걸고 넘어졌던 내 더러운 인상은, 살아가면서 많은 도움이 되고 있다. 나를 쉽게 대하지 못하는 저 외삼촌이란 작자와의 경우처럼….

"반말한 건 미안허이. 내가 조금 흥분을 해서…."

외삼촌이 마지못해 사과를 한다. 일단 분위기란 것이 한 번 꺾이면 다시 달아오르기가 쉽지 않은 법, 어머님도 어느새 고분고분해지셨다.

"폭력자치위원회의 회의를 거쳐서 이미 결정된 사안인데, 불만이 있으시면 교육청에 가서 따지셔야죠. 학교에는 번복

할 권한이 없습니다. 이게 다 감사 대상이라 저희도 함부로 할 수 없는 문제예요."

번복할 권한이 있는지 없는지 내가 어찌 알겠으며, 감사 대상인지 또한 어찌 알겠는가? 나도 별 생각 없이 지껄인 말이다. 그러나 일단 법령적인 문제로 따지고 들면, 듣는 사람은 위축이 되기 마련이다. 그래서 법을 잘 모르는 서민들이 법을 들먹이며 자행되는 기만에 속수무책으로 당하는 것이기도 할 테고….

여차저차해서 전학 문제는 잘 마무리가 되는 듯했다. 어머님과 외삼촌 입장에서는 마무리라기보다는 유보의 결론으로 학생부 문을 나선 것이겠지만…. 한바탕 폭풍이 불다 간 학생부에는 그들이 남긴 땡깡의 파편들로 어수선하다. 학생부 교사들이 정리를 하는 동안, 이부장은 소파에 앉아 다시 거드름을 피우기 시작한다.

"저 여편네도 미친년 아니야? 우길 걸 우겨야지. 안 그래? 하선생! 저 외삼촌이란 놈은 순 양아치잖아. 그러니 조카 새끼도 저 모양이지. 그 녀석을 계속 이 학교에 다니게 했어 봐. 계속 사고나 치고, 저 미친 여편네는 계속 찾아와서 저 지랄이었을 거 아니야. 그래서 내가 전학을 보내자고 한 거야. 내가 평소에도 선견지명이 있잖아?"

선견지명의 뜻이나 알고 저토록 까대시는 것인가? 선견지명(先犬之冥)이라니, 나대는 개의 어리석음이란 뜻인가? 역시 세례명이 도베르만인 것이 틀림없다.

3

어머님과 외삼촌은 아직 돌아가지 않은 상황이었다. 교장실로 찾아가 또 한바탕 난리를 피우고 있었다. 학생부에서의 지랄은 오프닝이었나 보다. 교장선생님의 호출, 부장이 나보고 대신 교장실로 내려가 보란다. 저 비겁한 선견지명 노인네!

교장실 문 앞에 다다르기도 전에, 어머님이 토해 내는 사자후가 복도 벽을 타고 전해진다. 저 아줌마, 정말이지 목청하나는 끝내준다. 교장실 문을 두드렸지만, 들어오라는 대답이 없다. 어머님의 목청에 노크소리가 묻힌 듯하다. 하긴 들어오라는 대답이 있어도 내가 못 들을 판이다.

교장실 문을 열자마자 시야에 들어오는 것은, 어느새 이쪽으로 불려와 울고 있는 담임교사이다. 외삼촌은 학생부에서 못 다한 아쉬움을 달래려는 듯, 교감과 또 한판 신명나게 설전을 벌이고 있다. 나와 눈이 마주친 외삼촌은, 아직 문고리를 놓지 않은 나를 가리키며 울분을 토한다.

"선생이란 사람이 학부모에게 시비나 걸고 말이야…"

저 양아치 새끼! 정말 클래스가 의심스러울 정도로 찌질하다. 가뜩이나 좋지 않은 내 인상이 더욱 불량스러워졌으리라. 하지만 교장과 교감이 있는 앞에서, 실상 교장과 교감이 없었어도 이 상황에서 교사가 뭘 어찌할 수 있는 방법은 없다. 아무리 몰상식하고 사람 같지 않은 학부모일지라도, 교사는

134

일단 학부모로서 예우를 할 수밖에 없다.

저 양아치 놈을 어찌해야 할까? 교장이 사과라도 하라고 하면 어쩌지? 시발! 가오 상하게…. 헤어진 지 몇 분도 되지 않았지만, 다시 저들의 얼굴을 마주하니, 나도 모르게 모든 걸 놓아 버린 듯한 긴 한숨부터 새어 나온다. 학부모에 대한 예우도 학부모가 교사를 최소한의 예우로 대할 때나 성립 가능한 거 아닌가? 그냥 맞지랄을 한번 떨어 주고 멋지게 돌아설까? 모두가 앉아 있는 탁자 쪽으로 뚜벅뚜벅 다가가는 그 짧은 시간에 별의별 생각이 다 든다.

그 순간, 급작스럽게 자리에서 일어난 교감이 나를 데리고 교장실 밖으로 나가려고 한다.

"하선생, 이러지 마!"

어라? 노인네 왜 이래? 뭘 이러지 말라는 거야? 난 그냥 탁자 쪽으로 걸어가고 있었을 뿐이었는데….

"아니, 교감선생님! 그게 아니라요, 저는…."

교감은 무언가 작정이나 한 듯, 내 말을 들으려 하지 않는다. 도통 알아들을 수 없는 자기 말만 늘어놓고 있다.

"어허! 하선생, 정말 또 이럴 거야?"

내가 뭘 어쨌는데? 그리고 '또'라니? 언제 뭘 한 적도 없고, 지금도 뭘 하고 있지는 않은데…. 교감은 마치 내가 이런 상황에서 늘 사고를 쳤다는 듯, 나를 교장실 밖으로 밀쳐 내고 있었다. 순간적으로 이 학교에서 알아주는 또라이가 된 느낌. 하여튼 교감의 잔머리는 알아줘야 한다. 어머님과 외삼촌에게 어떤 경고의 메시지를 간접적으로 날리고 있는 것이다. '저 선생은 원래 저렇듯 무데뽀인 데다가 한번 뚜껑이 열리면 교장과 교감도 감당하기 힘든 놈이다. 저 미친개를 풀기 전에 고분고분히 돌아가라'는 식으로 말이다. 순간 나는 교장도 교감도 감당할 수 없는 미친개가 되어 끌려 나왔다. 평소에는 잘도 괴롭히더니만, 이제 와서 감당할 수 없는 척은?

교감은 나에게 잠시 복도에서 기다릴 것을 명한 뒤, 다시 교장실로 들어갔다. 그 잠시가 한 시간은 족히 되는 것 같았다. 한참이 지나서야 교장실 문을 열고 나온 어머님과 외삼촌, 지루한 기다림의 끝에 마주해서 그런지 그 싸가지 없는 낯빛들이 반가웠다. 이제서야 모든 게 끝났나 보다.

교장은 복도까지 나와서 어머님과 외삼촌을 배웅하는 척하더니, 이내 나를 불러들인다. 이제 미친개를 들들 볶아 댈 순서인가?

"하선생! 뭐라고 그랬는데, 저 난리야?"

교장이 물었다.

"별말 안 했어요. 학생부에서 너무 소리를 지르시길래, 그냥 조용히 말씀하셔도 다 알아듣는다고…."

교장이 나를 보며 웃는다. 아주 오랜만에 나를 향한 눈빛이 따스하다.

"그런데, 오늘 이렇게 입고 온 거야?"

바디라인이 잘 드러나는 오늘의 코디에 대한 지적이다. 뭐 교장에게 당하는 지적이야 일상이지만, 오늘은 왠지 다른 날과는 다르게 칭찬처럼 들린다.

1

오늘 한 가지 슬픈 일이 있었다.
오늘도 또 한 가지 기쁜 일이 있었다.

웃었다가 울었다가
희망했다가 포기했다가
미워했다가 사랑했다가

그리고 이런 하나하나의 일들을 부드럽게 감싸 주는
헤아릴 수 없이 많은 평범한 일들이 있었다.

호시노 도미히로의 〈일일초〉라는 시이다. 작가는 중학교
교사였다. 학생들에게 기계체조를 가르치다가 철봉에서 떨

어져 전신마비 판정을 받았다. 그러나 절망의 나락으로 미끄러져서야 그전까지 알지 못했던, 슬픔과 기쁨의 밖을 채우는 헤아릴 수 없이 많은 평범함에 대한 소중함을 깨달았다는 작가. 슬픔과 기쁨의 밖을 채우고 있는 헤아릴 수 없이 많은 평범, 그 평범을 외로움으로 짊어진 사람들이 있다. 낯설지는 않지만 그렇다고 결코 익숙해지지도 않는 그런 평범한 외로움. 외로움이 외로움에서 그치지 않고 괴로움으로 전이되는 경우들도 있다. '우리'가 되지 못해 겪는 괴로움, 그 평범하지 않음이 평범이 되어 버린 사람들, 왕따.

중학교 2학년 2학기, 부상을 핑계로 운동을 그만두었다. 운동으로 미래를 꿈꿔 본 적도 없었거니와, 운동부 생활에 대한 염증이 곪을 대로 곪은 상황이었다. 합당한 이유가 있어도 때리고 없어도 때리던 그 코치 새끼. 기강의 명분으로 폭력을 일삼고, 빌린다는 핑계로 갈취를 일삼던 선배 새끼들. 조금 더 커서야 그런 행동을 '비상식적'이라는 적절한 어휘로 표현할 수 있음을 알았다. 하지만 지금처럼 '학생의 인권'이란 용어 자체가 씨도 먹히지 않던 시절, 운동부를 빠져나올 수 있는 방법은 부상뿐이었다. 간절하면 이루어진다고 했던가. 내 간절함이 하늘에 닿았는지 그 뜻하지 않은 행운은 내게 다가왔다.

나는 기계체조를 했었다. 부상의 위험이 늘 따르는 종목이었지만, 내가 완성해야 할 기술들은 상대적으로 부상의 부담이 적었다. 나는 제2의 여홍철로 불리는 꿈나무는 아니었다.

그저 단체전을 참가하기 위해서 꼭 필요한, '단체'를 채워 주는 역할이었다. 행운은 다소 어이없게 찾아왔다. 축구를 그다지 좋아하지 않던 놈이 체육시간에 축구를 하다 발목을 심하게 접질린 것이다. 어쨌거나 나는 휴식의 시간을 가질 수 있게 되었고, 그 후로 다신 체육관으로 돌아가지 않았다. 나는 그렇게 보통의 학생으로 돌아갔다.

오전에만 잠깐 들어와서 졸다 나간 기억이 전부인 나에게 친한 친구가 있을 리 없었다. 내 자리는 맨 뒤에 덩그러니 놓여진 짝도 없는 외로운 책상. 반 아이들의 자리는 바뀌어도 나의 자리는 언제나 그곳이었다. 그러나 그곳이 외로움도 함께 머물고 있는 자리란 사실을 미처 알지 못했다. 수업시간이 늘어난 것보다는 더 많아진 쉬는 시간이 문제였다. 그전까지는 다른 반을 찾아가 운동부 친구들과 떠들다 오면 그만이었는데, 이제는 그들이 없는 쉬는 시간에 누구와 떠들어야 할지를 몰라서, 쉬는 시간 내내 자는 척을 했다. 졸리지도 않은데, 누군가와 말을 하고 싶은데, 눈을 감고 엎드린 책상에 거친 숨으로 맺히는 습기만이 나와 함께했다. 학교의 점심시간이 그렇게 길었는지도 그때 처음 알게 되었다.

그러던 어느 날, 교실 뒤편에서 다른 아이들과 장난을 치던 한 친구가 책상에 엎어져 있던 외로움에 파문을 일으켰다. 뭐라고 할 일까지는 아니었지만, 무심결에 내 입에선 가벼운 욕설이 흘러나왔다.

"아이, 시발!"

140

화가 나서 그런 것은 아니었고, 그저 그 또래 학생들이 쉬이 내뱉는 짜증의 표현이었을 뿐이다. 다시 자는 척을 하려 책상에 엎드렸는데, 녀석이 나를 다시 깨운다.

"야! 너 지금 뭐라고 그랬냐? 다시 말해 봐!"

내 머리를 툭툭 건드리는 손길부터가 재수 없을 지경이었는데, 급기야 내 책상을 발로 걷어찬다. 초등학교 시절까지는 싸움을 꽤나 할 줄 아는 아이였다. 하지만 중학교에 들어오면서부터는 반 친구들과는 싸움을 할 수 있는 시간도, 기회도 없었다. 그래서 이런 상황을 어떻게 대처해야 하는지에 대한 감이 멀어져 버린 상태였다. 다행히 그런 갈등은 오래가지 않았다. 녀석이 먼저 선빵을 날린 것이다. 그러나 더 이상의 후속타는 없었다. 나도 내가 운동을 했다는 사실을 깜빡하고 있었다. 녀석의 전투력은 내 완력을 상대할 수준이 되지 못한다는 사실로 새삼 나의 경력을 깨달았다. 더군다나 외로움에 덧대어진 쪽팔림이 불러일으킨 분노는 녀석이 감당할 수 있는 에너지가 아니었다.

너무도 싱겁게 끝나 버린 싸움. 하지만 그날 이후 나는 녀석과 둘도 없는 친구가 되었다. 그리고 녀석으로 인해 많은 친구들이 생겨나기 시작했다. 녀석은 소위 학교에서 논다는 아이들의 리더격이었고, 나는 적장을 잡은 셈이었다. 그 공로가 인정되어(?) 나는 그들 무리에 낄 수가 있게 되었다. 내겐 선택의 여지가 없었다. 당장 점심밥을 '함께' 먹을 수 있는 '친구'가 필요했다.

3학년이 되자 내게도 짝이 생겼다. 아주 착한 짝꿍이었지만, 반에서는 왕따였던…. 그놈이 왕따였다는 사실은 나와 짝이었던 기간 동안에는 알지 못했다. 녀석과 멀리 떨어진 자리에 앉은 후에야 그 사실이 눈에 들어오기 시작했다. 그리고 그 주도 세력이 내 친구들이라는 사실도…. 불쌍하기도, 가엽기도 했지만 나는 그의 손을 잡아 주지 않았다. 왜 지랄한 번 못하고 저러고 당하고만 있는지도 답답했지만, 사실 비겁한 새끼들일망정 그 친구들과 멀어지는 게 더 두려움이었다. 나 역시 그런 외로운 시절이 있었기에, 다시 돌아가고 싶지 않다는 비겁함으로 다른 이의 외로움을 지켜보고만 있었다.

2

야간 자율학습 시간, 집단따돌림 사건의 가해자 학생 모두를 체육관으로 불러냈다. 학창시절에는 나 역시 그렇게 못했으면서, 이제는 교사가 되어서 내 중학교 친구 같은 학생들의 비겁함을 계도하겠노라 서 있다. 이것들을 어찌해야 할까? 팔짱을 낀 채, 답답한 시선으로 내 앞의 일렬횡대를 빤히 쳐다보며 내뱉는 긴 한숨. 그리고 무슨 말이라도 해야겠기에 겨우 잇댄 한마디.

"니네 〈슬램덩크〉 만화 아니?"

내 말이 다소 뜬금없었는지, 녀석들은 어리둥절한 표정으로 서로를 바라본다.

　"〈슬램덩크〉 아냐고?"

　짜증 난다는 어투로 다시 한 번 물었다.

　"…… 예."

　이미 10여 년 전에 연재가 종료된 내 학창시절의 추억이지만, 워낙 훌륭한 콘텐츠이다 보니 지금도 남학생들 사이에선 많이 회자되고 있는 명작이다.

　"니들이 지금 강백호와 양호열 입장은 아니지? 그렇다고 정대만인 것도 아니잖아. 내가 강백호가 되어 줄까?"

　역시 명작의 가치는 시간을 초월하는 법, 아이들도 내가 무슨 이야기를 하고 있는 것인지는 대강 알아듣고 있었다. 그리고 나는 내 자신의 번뜩이는 재치에 감동하고 있었다.

　'하열아! 그 짧은 순간에 어떻게 이런 재치를….'

　더 이상의 말은 하지 않았다. 마치 영화의 한 장면처럼, 그들을 감화시킬 수 있는 능력이 내게 있다고는 생각하지 않는다. 괜히 더 말을 이었다간 '슬램덩크의 비유'가 퇴색할 것 같은 느낌. 녀석들을 위해서가 아니라 나의 만족을 위해 그쯤에서 그쳐야 하는 것이었다.

　하지만 전학이 결정된 그 외삼촌 놈의 조카, 그 어머님의 그 아드님은 내 말을 흘려듣는 정도가 아니라 왜 불러냈냐는 듯한 불만이 얼굴에 가득하다. 아니 어쩌면 내 눈에만 그렇게 보였을지 모른다. 나는 저 녀석이 싫다. 저 녀석은 작년에도 나랑 트러블이 한 번 있었다.

전근을 온 지 얼마 안 된 시기에 있었던 일이다. 화장실에서 담배를 피우던 저놈이 교감에게 적발이 되었다. 그리고 화장실 앞 복도에서 되도 않는 변명으로 교감에게 대들고 있었다.

"집에서도 아무 말 않는데, 왜 간섭을 하세요!"

그 말 같지도 않은 변명은 마침 곁을 지나가던 내 귀에 들려오고 말았다. 전에 근무했던 여학교에서는 미처 접해 보지 못한, 사뭇 낯선 풍경에 조금은 놀랐다. 그리고 내가 저지른 짓도, 화가 나서라기보다는 그때까지도 말로만 들어왔던 되바라진 학생들의 현장을 처음 목격한 놀란 마음 때문이었다. 교감 너머로 보이는 녀석의 가슴팍을 힘껏 밀어 찼다. 그리고 다섯 손가락으로 녀석의 목을 힘껏 조이며 벽으로 몰아세웠다. 어린 시절에 성룡의 호권虎拳을 본 이후부터 손가락 푸쉬업으로 연마한, 살아가면서 과연 쓸 기회가 있을까 싶었던 내공이 발휘되는 순간이었다. 얼굴이 발갛게 달아오르던 녀석은 나를 향해 고함을 질러 댔다. '놔! 시발!'이라며…. 이게 미치지 않았나 싶은 생각에 되레 내가 미칠 지경이었다. 녀석을 바닥으로 내동댕이친 후, 머리통을 걷어차려는 시늉만을 하고선 그만두었다. 거기서 더 갔다간 내 스스로 통제가 되지 않을 것 같아서, 내 인생이 좆될 것 같아서 그쯤에서 멈추었다. '이런, 시발라미!'라는 내 마지막 자존심을 녀석의 얼굴 흩뿌리면서….

144

집에서도 아무 말 않는데, 왜 학교가 간섭이냐고? 그럼 학교도 포기를 해야 하는 것인가? 그렇다면 포기할 수 있게 해 주던가. 체벌이 진보적이지 못한 방법이라면 진보적인 제도를 만들어 주던가. 의식이 진보적이지 않은 학생들에게 교육이 너무 진보적일 필요가 있나? 수준별 학습은 국, 영, 수뿐만이 아니라 인성에 대해서도 적용을 해야 하지 않을까? 분명 내 생각은 틀린 생각이다. 하지만 학교에서 일하다 보면 그런 틀린 생각에 자주 휩싸이게 된다. 영화 〈살인의 추억〉에서 송강호의 구닥다리 수사방식을 증오하던 진보형사 김상경이, 막상 자신을 농락하는 듯한 연쇄살인 용의자 앞에서는 결국 그 구닥다리 수사방식을 지향하게 되는, 그 비슷한 심리이다. 지금에 와서 생각해 보니, 집에서 아무 말도 안 하던 녀석의 말이 이해가 간다. 작년에 녀석의 어머님이 학교로 찾아와 내게 한바탕 지랄을 떨지 않은 것에 더 감사해야 할 일이었다.

'피그말리온 효과'라는 심리학 이론이 있다. 아름다운 여인의 모습을 조각한 피그말리온이 자신이 만든 조각상을 너무 사랑한 나머지, 조각상을 사람으로 만들어 달라고 신에게 기도를 올렸다. 이 애절한 기도를 가엽게 여긴 아프로디테가 조각상에 숨을 불어넣어 인간으로 만들었다. 이 신화는 교사가 학생을 사랑하면 학생도 교사를 사랑하게 된다는 교육이론으로 통하고 있다.

조각가가 사랑한다고 해서 모든 조각상이 꼭 사람이 되는 것은 아니다. 끝내 사람이 되지 못하는 조각상들도 있다. 차라리 곰과 호랑이라면 쑥과 마늘을 먹여 볼 시도라도 하겠건만, 짐승보다도 못한 인간들이 부지기수인 사바세계이다. 그나마도 조각가에겐 이미 조각을 사랑할 이유도 의지도 없다. 부서 버리지 않으면 다행이다. 피그말리온 효과? 조까라 그래 시발! 사랑의 반대는 미움이 아니라 무관심이라고? 정말일까? 아니다. 사랑의 반대는 때론 철저히 미움이기도 하다. 나는 내 앞에 서 있는 저 새끼가 그냥 싫다. 교사도 사람이다. 나는 진정한 교사는 아닌지 모른다. 하지만 진정한 사람이고 싶다.

"윤석환! 불만 있어?"

"아뇨!"

"너 지금 독립운동 하다가 잡혀 왔냐? 내가 안중근 어디 있냐고 물었어? 말투가 뭐 그리 비장해?"

아니라면서도 더욱더 일그러지는 얼굴, 기본적으로 사람에 대한 예의란 걸 모르는 놈이다. 작년에 저 녀석을 담당하면서 저게 정신병자가 아닌가 싶은 생각도 했었다. 오늘 녀석의 어머니와 외삼촌을 경험하고서, 녀석 혼자만의 잘못은 아니었다는 생각으로 잠깐이나마 용서를 했었는데, 막상 다시 마주치니 다시 부아가 치민다.

"야! 윤석환! 너 그냥 나랑 한판 뜰래? 대신 엄마한테 이르기 없기. 너 그러고 싶은 거 아니야?"

마지못해 고개를 숙이면서도 얼굴은 아직도 일그러져 있

다. 나는 그 '일그러진 영웅'만을 교실로 다시 들여보냈다. 어차피 전학 처분으로 이미 징계가 마무리 된 놈한테 더 이상 이래라 저래라 하고 싶지도 않았고, 사실 나는 녀석을 체육관으로 부른 적도 없다. 지가 친구들 따라 얼떨결에 온 것이다.

"자! 이제부터 선생님이랑 '장난'하자!"

녀석들이 친구에게 가했던 그 '장난'이란 것, 그보다는 한참이나 모자랄 '장난'을 녀석들에게 돌려주기로 했다. 내가 살아오면서 어쩔 수 없이 몸으로 익혀야 했던 각종 얼차려들의 방식으로….

다음 날부터 녀석들을 오전 수업에만 들여보냈다. 오후에는 교내봉사 프로그램이 그들을 기다리고 있다. 그리고 야간자율학습 시간 내내 하열아와 함께 하는 장난의 시간은, 일주일간 계속될 예정이다. 아주 짓궂게…. 적어도 학교 다니기가 싫어질 정도는 느껴 봐야 공평한 것 아니겠는가. 함무라비 법전이었던가? 눈에는 눈, 이에는 이…. 그것에 비하면 이정도는 새발의 '장난'이 아니던가.

3

일주일째 되던 날, 난 녀석들과 다른 장난을 하기로 했다. 나를 포함한 6명이 편을 갈라 진행한 3대3 농구, 오늘은 지는 팀에게만 장난을 걸기로 약속했더니 죽기 살기로 열심이

다. 그리고 승패가 나뉜 체육관의 차디찬 바닥 위에서, 미리
사놓았던 빵과 우유를 녀석들과 함께 마시고 먹었다.

중학교 시절, 가해자였던 내 친구들도 인성이 그렇게 나쁜
녀석들은 아니었다. '힘에 대한 욕망'이라고나 할까? 어디선
가 주워들은 이야기인데 남자들에겐 성욕보다도 강한 것이
라고 한다. 어린 나이에 알아 버린 그 달콤함, 술래를 유린하
는 기쁨이 어떤 것인지만 알았지, 결코 술래의 서러움을 알
지 못하는…. 하지만 '못 찾겠다 꾀꼬리'를 외치는 그 모습이
재미있어 술래를 더욱 괴롭혔던 그들 중에는, 자신이 술래였
던 기억을 지닌 놈들도 더러 있다. 자신들도 느껴 보고 싶었
으리라. 그런데 힘이 약해서, 더 약한 자를 술래로 만들어 버
렸다.

"앞으론 그러지 마라!"

그냥 이 한마디만을 건넸다. 오늘은 빵과 우유만을 먹이고
다시 교실로 들여보냈다. 더 이상의 장난은 없었다.

퇴근길 내내 중학교 때의 그 왕따 짝궁을 생각했다. 그리
고 녀석을 괴롭히던 그 친구들도…. 그들이 지금 어디서 무
엇을 하며 지내는지에 대한 소식도 잘 들려오지 않는다. 고
등학교로 진학을 한 이후에는 만날 일이 거의 없었고, 언젠
가부터는 연락이 닿지 않았다. 이제와 돌아보면 그 왕따 녀
석에겐 나도 '그들'로 비춰졌을지도 모를 일이다. 나는 '그들'
이고 싶지는 않았지만 '그들'이 아니고 싶지도 않았다. 어쩌
면 일정한 거리로 떨어져 보지 못한 척을 하고 있었던, 더 비

겁한 '그'였을 것이다.

　고향에 내려갔다가 우연히 그 짝궁을 만난 적이 있었다. 어느 해의 어버이날, 아버지 산소에 꽃이라도 갖다 놓으려고 들렀던 어느 꽃가게의 주인이 녀석이었다. 나는 몰라봤는데, 녀석이 먼저 고개를 갸우뚱거리며 말을 걸어왔다. 중학교 졸업 이후 실업계 고등학교로 진학했고, 졸업 후에 취업한 직장에서 지금의 아내를 만났단다. 그리고 현재는 두 내우가 함께 꽃가게를 운영하고 있는 중이었다. 그때나 지금이나 착하기만 하다. 아주 잠깐의 시간이었지만, 중학교 시절의 이야기도 몇 마디 오고 갔다. 누구는 지금 어디서 살고 있으며 누구는 무엇을 하고 살아가고 있다면서, 긴 방학 끝에 다시 만난 친구를 대하듯 살갑다. 실상 나는 그 누구들이 잘 기억도 나지 않는데…. 그래서 그 시절의 내 비겁함이 더 미안하기만 했다. 그는 나를 친구로 기억하고 있었지만, 나는 여전히 그를 왕따로 기억하고 있었다.

1

중삐리, 고삐리들처럼 놀이터의 조성 목적과 이념을 잘 실현하는 나이대도 없다. 애들 놀라고 만들어 놓은 놀이터에 왜 지들이 죽치고 앉아 '놀고' 있는지…. 철봉과 그네에 붉은 노을이 와 닿을 즈음부터, 그들의 시간이 시작된다.

분명 똑같은 풍경 사이를 오가는 것이면서도 출근길과 상반된 느낌으로 다가오는 퇴근길. 혹여나 그 순간에 예상치 못하게 발생하는 사건들로 인해 하루 중 가장 행복한 시간을 방해받을까 봐서, 바쁜 걸음으로 학교의 사정권을 빠져나오곤 한다. 그러나 오늘은 기어이 방해를 받고야 말았다. 학교 근처 아파트 단지의 공원에서 한 무리의 다른 학교 교복들이 출현해 담배를 피우고 있다는 정보가 입수됐다. 나는 그렇게 정의롭지 않다. 불의를 보면 못 참는 성격도 아니다. 가뜩이나 우리 학교 애들만으로도 골치가 아파 죽을 지경인데, 남의 학교 애들까지 신경 쓸 필요가 있을까 하는 귀찮음에, 너그러운 다른 학교 선생님으로서 지나치는 경우가 태반이다.

"선생님! 다른 학교 애들이 저기서 담배 펴요."

저마다의 사유로 야간자율학습을 면제받고 하교하던 여학생들이 달려와서, 나에게 학교 근처 연립주택 단지의 상황을 보고한다.

'아이, 씨! 저 눈치 없는 지지배들, 그냥 빨리 집에나 가지.'

나의 진심과는 별개로 학생들 사이에선 꽤나 열혈교사로 정평이 나 있는 터, 통념의 시선에 떠밀린 무거운 발걸음으로 도착한 문제의 놀이터. 오늘 따라 쪽수는 또 왜 저리도 많은 것인지…. 남자 놈들은 오토바이에 걸터앉아 후까시 가득한 연기를 한 움큼씩 뱉어 내고 있다. 싼 티 나는 거들먹거림으로 보아, 이제 막 폭주에 눈을 뜨기 시작한 놈들인가 보다. 그 시기를 겪고 있는 놈들이 대개 저렇다. 여학생들은 그네에 걸터앉아 수다를 떨고 있다. 또 얼마나 되바라진 표정을 지어 보일지가 벌써부터 걱정이다. 그런데, 어라? 저 다른 학교 학생들 사이로 설희가 보인다.

"백설희! 여기서 뭐 해?"

이 지지배는 나를 마주칠 때마다 멋쩍은 표정으로 인사를 건넨다. 오늘은 정황상 더욱 그럴 수밖에 없다.

"아…, 안녕하세요!"

다른 놈들은 이제 내가 근처 학교의 선생님이란 사실을 인지하게 되었다. 한눈에 무리 전체를 스캔하기 시작한다. 병법의 철칙 중의 철칙, 쪽수가 모자랄 땐, 적장의 목을 베어야 한다. 리더로 추정되는 놈에게로 다가서고 있다. 우리 학교 학생들이 어딘가에서 지켜보고 있을 상황, 최대한 각 나오게 이 상황을 시마이해야 한다.

"모두들 담배 꺼라!"

졸라 카리스마 있는 억양과 절대 동요하지 않는 눈빛, 모든 것이 완벽하다.

"저희 이 학교 학생 아닌데요."

하여튼 오랜 세월이 지나도 변하지 않는, 저 진부하고도 창의성 없는 멘트. 옆 학교 고삐리 새끼들은 할 말 없으면 이 말부터 던지고 본다.

"그러니까 담배 끄라고…. 왜 우리 애들 나와바리에 와서 담배를 피고 지랄들이야!"

멘트가 이 정도는 돼야 창의적이라 할 수 있지 않겠는가.

방금 내게서 리더의 자격을 부여받은 놈이 어이없다는 듯, 하지만 예상치 못한 멘트였다는 듯, 저 자신의 순발력을 증명할 만한 대꾸로 이어지지 못하고 있다. 당황한 표정엔 어색함마저 묻어난다. 그래도 친구들이 보고 있는 앞이라, 일말의 자존심으로 나를 야리고 있다. 하지만 분위기는 이미 내가 잡았다.

"뭘 야리세요? 이 다른 학교 학생님! 눈 깔아요. 눈두덩을 확 찢어 버리기 전에…."

하열아, 이 센스쟁이! 학창시절의 구강액션이 아직 살아 있다. 패거리에 섞여 있던 설희가 이 애매한 상황에서도 빵 터졌다. 설희를 제외한 나머지 녀석들의 얼굴엔 당황한 기색이 역력하다. 그들의 눈빛을 읽어 낼 수 있었다. '저 새끼! 선생 맞아?'라는 듯한…. 우리 학교 학생들에게야 이미 익숙할 대로 익숙해진 선생 같지 않은 캐릭터이거늘, 저들에겐 사뭇 낯선 경험이었던가 보다. 어떤 놈들은 주섬주섬 가방을 챙기기 시작한다. 내게서 리더의 자격을 부여받은 놈은 아직도 내 앞에서 나를 야리고 있다. 그러나 이미 동공이 흔들리고 있다.

"눈에 쥐나겠다. 내가 지금 선생이래서 너희한테 이러는 거야? 지금 이건 지나가는 누가 봐도 불쾌한 모습 아니야?"

그나마 일말의 자존심은 지킬 수 있게끔 던져 준 명분에, 리더 놈이 마지못해 죄송하다며 사과를 하더니, 오토바이 안장에 걸쳐 놓았던 가방을 둘러멘다. 그리고 오토바이를 옮기려는 듯 시동을 건다. 다행히 그렇게 막 나가는 놈들은 아닌 것 같다. 내심 조리고 있던 마음에서 긴장을 내려놓으려던 찰나, 그 방심을 비집고 들어와 내 심장을 소스라치게 한 굉음은, 리더 놈의 요란한 공회전 버릇이었다. 아~ 시발! 깜짝이야. 왜 멀쩡한 마후라에 저렇듯 씹창을 내고 다니는지 모르겠다. 저런 게 멋있나? 나도 저 시절에 저랬었나?

"시발! 액셀 착하게 안 댕겨?"

내 윽박에 그 자리를 떠나가고 있던 무리들이 나를 돌아본다. 아직 시동을 걸지 않은 다른 놈들은 오토바이를 타고 갈 정신이 없었는지 끌고 간다. 사실 그렇게 욕을 하고 싶은 마음은 없었다. 마후라 소리에 놀란 게 창피했던 나머지, 나도 모르게 그만 욕이 튀어나와 버렸다. 떠나가는 쓸쓸한 뒷모습을 바라보니 조금은 미안한 생각이 들기도 한다. 내심 걱정을 하고 있었던 사태에서 빗겨 가고 있는 저 고분고분함, 그렇게 되바라진 놈들 같아 보이지는 않는데, 그렇게까지 윽박을 지를 일이었나 싶기도 하고….

"백설희! 어딜 가? 넌 일루 와!"

얼레벌레 무리에 섞여 사라지려던 설희를 불러 세웠다. 친구들에게 먼저 가라는 손짓의 시그널을 건네더니, 입을 삐죽 내민 채로, 마지못해 내딛고 있다는 듯 굼뜬 걸음으로 다가온다. 내 앞에 멈추어 서더니, 정면을 똑바로 응시하시지는 못하고 곁눈질로 내 눈치를 살피고 있다. 여전히 입을 삐죽 내민 채로….

"입 안 집어넣어?"

백설희, 이 와중에 또 웃음이 터졌다.

"친구들이야?"

"중학교 때…."

지도 뭐가 켕기는지 말끝을 흐린다.

"친구들이라니까 뭐라 하지는 않겠는데, 보기 좋은 모습은 아니지?"

"네."

가끔은 이 지지배가 날 가지고 노는 것이 아닌가 의심스러울 때가 있다. 조금 전까지만 해도 거친 친구들 사이에 끼어 있었으면서, 이젠 또 고분고분 말은 잘 듣는다. 내가 애한테 속고 있는 건가?

"가서 친구들한테 전해. 우리 학교 애들 단속하는 것만으로도 피곤하다고…. 다시 여기에 와서 내 업무를 늘려 버릴 시에는 이 놀이터에 확 묻어 버린다고…."

백설희, 이 심각한 상황에서도 또 빵 터졌다.

"착한 애들인데…."

"누가 나쁜 애들이라니? 누구든 내 업무를 늘리는 새끼들은 용서할 수가 없어. 퇴근하다 말고 이게 뭔 지랄이야? 오늘도 강남역에 가서 불타는 금요일을 달려야 하는데, 니 친구들 때문에 늦었잖아!"

설희가 다시 입을 삐죽 내밀면서, 평소와는 달리, 지도 익숙치 않은 애교를 떤다. 아니 그 모습이 너무 귀여워서, 내가 애교라고 생각했는지도 모르겠다.

"지지배, 어디서 귀여운 척이야?"

"제가 뭘요? 귀여운 척 안 했어요."

뭔가를 들킨 아이마냥 부끄러운 듯, 발을 동동 구르더니 그네에 털석 주저앉는다. 어라? 이건 마치 예전에 보았던 성장드라마 〈반올림〉에서 자주 연출되던 그 장면. 나도 옆자리 그네에 앉아 학생의 고민을 들어주는 시퀀스를 완성해야 하는 것인가? 어렴풋이 기억나는, 교사가 되고자 했던 이유 중에는, 그 드라마에 속아서 학교가 아름답고 낭만적인 곳일 거라고 생각했던 나의 어리석음도 있었던 것 같다. 현실은 결코 아름답지도 낭만적이지도 않다. 그리고 당장에 나는 광란의 밤을 위해 빨리 강남역으로 달려가야 하는 지극히 현실적인 문제를 안고 있지만… 그냥 옆 그네에 앉았다.

설희가 먼저 말문을 열었다.

"전 이 학교에 친한 친구가 없어요. 그럴려고 그런 건 아니었는데, 어쩌다 보니 그렇게 됐어요. 학교 끝나면 바로 아르바이트 가고, 학교에 와선 또 잠만 자고, 그래서 그런 건지 모르겠는데, 아이들이랑 친해지질 못했어요. 이제는 별로 친해지고 싶단 마음도 없고…."

"중학교 때는 친구들이랑 꽤 친하게 지냈나 보네. 학교 앞까지 찾아오는 걸 보면…. 근데 너 조금 놀았니?"

"아니에요. 쟤들이 고등학교 올라가더니 이상해진 거예요."

"쟤네가 이상하다는 건 아니?"

설희가 또 웃는다.

"그래도 착한데…. 저는 친구가 쟤네뿐이에요. 그리고 가끔씩 저렇게 찾아와요. 내가 불쌍한지…."

말없이 하늘을 바라보던 설희가 무언가를 결심했다는 듯 힐끔 나를 쳐다보더니, 이내 다시 하늘을 바라보며 말을 이어간다.

"재작년에 부모님이 돌아가셨어요. 교통사고로…. 할머니랑 둘이서만 살다 보니 제가 돈을 벌어야 해요. 고등학교에 올라오자마자 아르바이트를 시작했어요. 할머니는 돈 있다고, 그만두고 공부만 하라고 하시는데, 돈도 돈이지만 집에 있으면 답답해요. 학교에 있는 시간은 더 답답하고…. 그냥 아르바이트 하고 있을 때가 마음이 가장 편해요."

이 안타까운 사연은 담임교사인 민은정에게 들어서 익히 알고 있던 이야기다. 아름다운 추억을 쌓아 가기보단, 현재 만들어지고 있는 기억조차도 잊기 위해 안간힘을 쓰는 아이들. 학교도 미처 다 알지 못한 나이에, 세상을 먼저 알게 된 아이들. 그들이 마주하고 있는 현실은 어느 곳을 둘러봐도 벽, 벽, 그리도 또 벽이다. 설희에게 아르바이트는 돈의 문제를 떠나, 그나마의 아늑함을 느낄 수 있는 벽인가 보다. 먼 훗날 설희에게 이 학창시절은 어떻게 기억이 될까? 적어도 수잔 잭슨의 〈에버그린〉을 배경음악으로 떠올릴 아름다움과 낭만의 이미지는 아닐 것이다.

초등학교 시절에 편부, 편모의 가정을 조사하기 위해 담임교사가 교실에서 학생들의 손을 들게끔 했던 기억이 난다. 지금 생각하면 당시 선생들이 정말 몰상식했던 거다. 반 아이들 다 지켜보는 앞에서, 굳이 손을 들어 부모님이 계시지 않은 사실을 밝히게 하다니…. 부모님이 안 계신 건 이상한 것이 아니라는 나름의 교육관으로 아이들을 설득시키는 교사도 있었지만, 다른 아이들이 이상하게 볼 수 있다는 가능성을 알면서도 굳이 그래야 했는지를 반문하고 싶다. 나 역시 어린 시절에는 그런 친구들을 이상한 시각으로 바라보던 기억이 있다. 쟤는 왜 아빠가 없을까? 쟤는 왜 엄마 없을까? '왜'라고 물어보기에는 그 친구들 스스로의 선택도 아니었는데, 자신이 뭘 어찌할 수 있었던 일들이 아니었는데, 나는 그들에게 '왜'라고 묻고 있었다.

몇 년 전에 아버지가 돌아가셨다. 그의 부재가 이렇게까지 공허함으로 다가올지는 예전엔 미처 상상도 해보지 못했던 일이다. 하긴 예전에는 아버지가 그 자리에 계셨으니 알 도리가 없었겠지만…. 영원히 늘 내 곁에 있을 줄 알았던 사람, 그래서 그 소중함을 모르고 너무 소원하게 지냈던 사람이 너무 서둘러 떠나갔다. 아버지가 생의 마지막 눈빛으로 담은 자식의 모습은, 백수의 날들을 전전긍긍하던 걱정스러움이었다. 평생 좋은 모습을 보여드리지 못했는데, 이 세상을 떠나가시는 순간까지도 난 심려를 끼치고 있었다. 하열아, 이 불효자식! 내가 몇 살까지 살 수 있을런지야 알 수 없지만, 아버지가 내 인생에서의 아주 잠깐을 함께하고 떠나셨다는 생각이, 나이가 들어갈수록 짙어지고 있다.

하지만 나는 그런 공허함을 27살이 되어서야 느꼈다. 설희는 나보다 10년이나 어린 나이로 감당해 내고 있다. 내게는 엄마라도 있어서, 삶에 지쳐 갈 때면 엄마를 생각하며 또 한 번 힘을 내곤 하는데, 설희에겐 엄마도 없다. 기댈 가족이라곤 할머니밖에 없다. 삶의 짐을 짊어지기에는 너무도 어린 나이, 너무도 작은 그 어깨를 감싸 안아 주고 싶어 혼이 났다.

'어머! 뭐야? 하열아! 너 지금 무슨 생각을 하는 거야? 이

158

변태 같은 새끼!'

"선생님! 저 이제 아르바이트 가야 돼요."

설희가 그네에서 일어선다. 저 멀리 노을에 기대어 있는 설희의 친구들, 여지껏 설희를 기다리고 있었나 보다. 설희가 내게 손을 흔들며 그 노을 쪽으로 다가간다. 나도 그 노을을 향해 손을 흔들고 있다. 그런데 또 저 노을이다. 언젠가 어디선가 본 듯한, 설희를 품에 안은 듯한 저 노을. 도대체 뭐지? 이 와중에 불현듯 찾아든 의구심, 혹시 설희가 저 무리의 리더?

2

술 약속이 있어서 또 강남역에 왔다. 평소처럼 지오다노 매장 앞에서 지인들을 기다리고 있다. 강남의 거리 한복판에서, 눈앞에 스쳐 지나가는 수많은 젊음들을 멍하니 바라보고 있던 내내 설희를 떠올렸다. 요즘 들어 설희 녀석이 자주 눈에 밟힌다. 그렇다고 내가 크게 도움을 줄 수 있는 것도 아니고, 어차피 스스로가 알아서 겪어 내야 하는 삶이건만…. 잘 버텨 내고 있는 설희가 기특하기도 하고, 안쓰럽기도 하고….

멍한 시선으로 바라보고 있던 인파 속에서, 머릿속에 가득한 설희를 밀어내는 누군가가 불쑥 나타났다. 오늘 같이 술을 마시기로 한 지인은 아니다. 아주 아리따운 처자가 웃음을 지어 보이며 내 쪽으로 다가온다. 내가 알고 지내는 여성들 중에는 저런 부류가 없다. 설마 나를 향한 웃음이겠는가 싶어 그리 신경 쓰지 않으려고 했는데, 신경이 쓰인다. 시선의 방향이 아무래도 나인 것 같다. 뭐지? 도에 관심이 있냐는 건가? 내 앞에 멈추어 서서 말없이 미소만 지어 보이고 있는 모습에 급기야 착각을 하고 말았다.

'아니, 저렇게 아름다운 여자가 왜 내게?'

하지만 그 의구심을 한 방 날려 버린 호칭이 그녀의 입에서 튀어나왔다.

"선생님!"

젠장! 선생님이란다. 하열아, 니 인생이 늘 그렇지 뭐.

"저 기억하시겠어요?"

아니. 기억했으면 이렇게 아쉬워하겠냐? 그나저나 저렇게 예쁜 애를 내가 왜 기억을 못 하고 있지? 그간 의학의 힘을 빌렸나?

"얼굴은 기억이 나는데, 이름이…."

어렴풋이 떠오른다는 듯 표정 연기를 해대고 있지만, 전혀 기억이 나지 않는다.

"저 미정이오. 김미정. 3학년 3반이었는데…."

기억이 안 난다니까, 미정아!

"지금 주신이랑 다연이 만나러 가는 길인데…."

남주신? 서다연? 아! 그 김미정! 친구들의 이름을 함께 듣고 나서야 이 녀석에 대한 대충의 기억이 떠올랐다. 처음 발령을 받은 학교에서 담당했던 3학년이었다. 그것도 모르고 잠깐이나마 설레였던 마음, 한순간에 새 될 뻔했다. 세련된 화장에 은은하게 풍겨 오는 향수가 제법 어른스럽다. 그도 그럴 것이 올해로 22살이란다.

"다들 잘 지내지?"

"선생님, 잠시만요."

지가 먼저 아는 척을 했으면서, 사람을 앞에 두고 갑자기 어딘가로 전화질이다.

"야! 나 지금 열아 쌤 만났어."

다연이에게로 건 전화였다. 굳이 나를 바꿔 준다. 할 말도 없는데…. 미정이의 휴대폰 너머에서 다연이는 지 혼자 온갖 반가운 척을 늘어놓더니 다시 주신이를 바꾸어 준다. 할 말도 없는데…. 주신이도 지 혼자 온갖 반가운 척을 늘어놓더니 자기들 있는 곳으로 오란다.

"그냥 니들끼리 재미있게 놀아."

나도 이젠 녀석들의 농담에 놀아날 정도의 신참내기 교사는 아니다. 무엇보다 어떻게 변해 있을까가 그렇게 궁금하지도 않다. 다시 만난 첫사랑에게서 느끼는 실망감 같은 것이랄까? 우연히 길거리에서 마주치게 되는 졸업생들에게서 느껴지는 성인의 모습이 그렇게 달갑지는 않다. 이제 이 세상에 그 시절의 녀석들도 없고, 그 시절의 나도 없다는 사실만 확인하는 것 같아서…. 기껏해야 교직 4년 차, 아직 젊은 놈이 왜 이런 감상에 젖는지 모르겠다.

휴대폰을 다시 미정이에게 건넸다. 주신이에게 곧 가겠다며 전화를 끊은 미정이가 내게 한마디를 쏘아붙인다.

"어우! 선생님, 여전히 까칠해! 이 '까칠 열아'."

"내가 뭘?"

녀석이 다소 오바스러운 억양으로 내 말투를 흉내 낸다.

"내가 뭘?"

내가 저런단다. 그러더니 지 혼자 웃는다.

"내가 또 언제 그렇게까지 까칠하게 말했냐?"

"지금도 그러고 계시거든요."

요번엔 나 혼자 웃었다.

잠깐의 우연을 뒤로 한 채 다시 추억 속으로 멀어지는, 녀석의 뒷모습이 시야에서 사라질 때까지 바라본다. 그리고 다시 한 번 주책맞은 감성에 젖는다. 내겐 교복과 체육복을 입은 모습이 전부였던 학생, 녀석에겐 내가 아련한 학창시절로 기억되고 있을까? 그나저나 뒤태도 어쩜 저리 예쁠까? 저렇게 예뻐질 줄 알았으면…,

'어머, 하열아! 너 지금 무슨 생각을 하고 있는 거야? 이 변태새끼! 너는 선생이고, 쟤는…'

저토록 아름다운 여인이었다.

왜였을까? 멀어져 가는 제자의 뒷모습을 바라보며 요즘 엔 10살 차이는 흠도 아니라는 생각과 함께, 언젠가 저 나이 가 될 설희의 모습을 상상했던 것은…. 설희와 나는 14살 차 이….

'어머, 하열아! 너 미쳤나 봐! 정신 안 차릴래?'

3

여의도에 거대 괴수 로봇이 출현했다. 거대한 걸음마다 도시의 풍경들이 파괴되고 있다. 최정예의 공군 비행사들이 출격했지만 공격을 하지 않고 있다. 로봇의 손에 한 시민이 인질로 잡혀 있었기 때문이다. 그런데 그 괴수 로봇이 붙잡고 있는 사람은 다름 아닌 설희다. 나는 설희를 목 놓아 부르며 로봇의 뒤를 쫓아 달리고 있다.

순간, 로봇의 동선을 피하려던 자동차 한 대가 내게로 돌진을 한다. 피할 새도 없는 순식간에 다쳐온 사건, 나는 눈을 질끈 감았다. 내 허벅지에 부딪힌 자동차는 범퍼가 찌그러지면서 그 자리에 멈춰 섰다. 괴수 로봇은 도시에서 난장을 벌이고, 시민들은 몸을 피하느냐 난리인 그 아비규환 속에서도 그 장면을 목격하고야 말았다. 찾아든 잠깐의 정적 속에 명하니들 멈춰 서서 나를 지켜보고 있는 사람들.

더 이상 나의 정체를 숨긴다는 것은 의미가 없고, 숨길 수도 없는 긴박한 상황. 나의 분노 게이지가 상승하면서 나의 온몸이 에너지 화염으로 뒤덮인다. 그리고 하늘 높이 올라 괴물 로봇을 향해 날아간다. 로봇의 손에 옥죄인 설희는 연신 비명을 질러 대고 있다. 그녀가 느끼고 있는 두려움이 고스란히 내 귓가로 전해진다. 설희를 쥐고 있는 팔을 공격한 후 설희를 안전하게 받아 내는 것이 우선이다. 공격이 정확하지 않으면 자칫 설희가 위험할 수도 있다. 그러나 설희는 지금도 충분히 위험하다. 갈등으로 시간을 지체하는 것이 상황을 더 위험하게 만들 수 있다.

로봇의 뒤에 다가가 잽싸게 포인트 잡고 기를 모았다. 한 방에 끝내야 한다.

"에, 네, 르, 기…… 파!"

순간, 내 손에서 발사된 것은 거미줄이었다. 나는 초사이언이 아니었다. 나는 스파이더맨인가 보다. 거미줄을 맞은 로봇의 반격이 이어진다. 지금까지 날아다니던 나는, 이젠 건물을 향해 거미줄을 쏘아 그 탄력을 이용해 이동하고 있다.

'그럼 도대체 여기까진 어떻게 날아온 거지?'

잠깐의 잡념을 파고든, 로봇의 눈에서 발사된 레이져 빔이 내 옆구리를 스친다. 다행히 상처가 깊지는 않았지만, 불행히도 내가 감당하기엔 벅찬 상대라는 사실을 인정하지 않을 수가 없다. 로봇은 너무 강하다.

베인 옆구리를 감싸 쥐고 주저앉아 있던 순간, 나의 절망 속으로 찾아든 한 명의 동지는, 몸매가 그대로 다 드러나는 쫄쫄이 의상을 착용한 캣우먼이다. 그런데 오늘따라 몸매가 별로다. 밥을 많이 먹고 왔나? 그렇다고 하기엔 다소 무너져 내린 실루엣이다. 그녀가 내게 다가와 쓰고 있던 가면을 벗어 보인다. 아니? 민은정이다. 그렇게 베일에 쌓여 있던 캣우먼의 정체가 민은정이었다니…. 한 손으로는 나를 일으켜 세우며, 다른 한 손으론 로봇을 향해 자신의 필살 기술을 펼쳐 보인다. 거미줄이다. 저 여자도 거미줄을 쏘고 있다. 두 히어로가 등장하자마자 한다는 짓이 고작 거미줄을 쏘는 것이다.

이쯤 되면 꿈속에서도 이 상황이 꿈이라는 사실을 알아차리게 된다. 왠지 왼쪽 주머니 속에 박쥐모양의 표창도 있을 것 같다. 아니나 다를까, 역시 있다. 방금 전까지 거미줄을 쏘아 대던 캣우먼은 어디선가 주워 온 커다란 방패를 부메랑처럼 날리고 있다. 꿈이 꿈인 것을 알게 된 이상, 꿈은 어느 정도까진 나의 의지대로 전개가 된다. 일단 거미줄의 굴레에서 벗어나, 다시 하늘로 날아오른다. 그리고 내가 그 이름을 알고 있는 세상의 모든 필살기를 펼쳐 보인다.

"아도~겐! 소류켄! 파이널~ 플래~쉬! 샤인~스파~크!"

일련의 공격에 당황한 로봇이 나를 돌아보며 말한다.

"너희 엄마 뭐 하시니?"

뭐야? 로봇의 정체는 이부장이었다. 이부장 새끼, 내 꿈속에서도 저렇듯 흉악한 빌런으로 활약 중이다. 거대한 기계 몸 위로 얹힌 이부장의 너브대대한 얼굴은, 뭐라 형용할 수 없는, 역겨움의 끝을 보여 주는 형상이다. 〈나이트메어〉의 프레디는 차라리 귀여운 편이다.

캣우먼, 아니 민은정은 이젠 눈에서 레이저빔을 쏟아 낸다. 그런 공격 기술이 있었으면 진즉에 쓸 것이지, 지금까지는 뭔 삽질이었나 싶기도 하다. 망토는 또 언제 주워 입었는지, 이젠 '마법소녀 리나'가 되어 '기가 슬레이브'를 쏘고 있다. 아무래도 여기 온 목적이 코스프레인 듯, 이 여자는 공격 때마다 옷이 바뀐다. 지금은 다시 '레지던트 이블'의 엘리스다. 하긴 어차피 꿈인데, 그걸 따지고 있는 내가 더 웃긴 노릇이다.

어차피 꿈인데…. 이운기 부장, 스토리를 점점 어렵게 만들어 가고 있다. 갑자기 63빌딩을 기어오른다. 뭐야? 킹콩이야? 내 꿈속에서도 아주 지랄옆차기를 해대고 계신다. 이젠 다 귀찮다. 마지막 필사기를 써야겠다. 바로 초인의 힘에 신의 힘을 더한 '슈퍼 울트라 메가 싸이트론 제우스 썬더볼트'이다. 갑자기 어두워진 하늘 한 자리에 천둥소리가 요란하다. 신은 자신의 힘을 번개로써 허락한다. 내 몸에 와 닿은 번개가 마성의 힘으로 증폭되어 결계를 치고 있다. 정확한 계산으로 내 몸속에 흐르고 있는 벼락의 포커스를 괴수로봇 이부장에게로 맞춘다.

"받아라! 이부장! 슈퍼 울트라 메가 싸이트론 제우스 썬더볼트!"

기술 하나 쓰면서 굳이 이렇게까지 우렁차게 소리를 지를 필요가 있을까 싶기도 하지만, 마땅히 히어로가 갖추어야 할 덕목으로서의 성량이다.

'슈퍼 울트라 메가 싸이트론 제우스 썬더볼트'가 이부장의 복부를 강타했다. '슈퍼 울트라 메가 싸이트론 제우스 썬더볼트'를 정통으로 맞은 이부장이 한강으로 튕겨져 나가고,

손에서 빠져나온 설희가 63빌딩 아래로 추락한다. 바로 곁에 있던 민은정이 높이 뛰어 올라 설희를 받아 낸다.

　모든 게 끝이 났다. 그런데 아직도 꿈에서 깨어나질 않는다. 남은 시간 동안 도대체 뭘 하라고…. 김정훈을 괴물로 소환해 아작을 내버릴까? 이런 말도 안 되는 상상을 하고 있던 차에 민은정과 설희가 이미 내 곁에 다가와 있었다. 모두가 무사해 다행이다. 온 힘을 쏟아부은 나에게 민은정이 승리의 하이파이프를 건넨다. 그리고 뒤따라오던 설희가 내 품에 안긴다. 그리고 나의 입술에 키스를? 뭐지? 왜 내가 설희랑? 민은정도 아니고….

　'하열아, 이 미친 놈! 너 왜 이래?'

난 너를 사랑해, 이 세상은 너뿐이야!

　붉어진 여의도 하늘 위에 울려 퍼지고 있는 〈붉은 노을〉, 꿈 저편에서 울리고 있는 알람소리가 이제 꿈에서 깨어나라 재촉을 하고 있다. 그런데 왜일까? 조금 더 이 꿈속에 머물고 싶은 이 야릇한 기분은….

　"이제 가셔야 하죠?"

　꿈속의 설희가 묻는다. 마치 이 모든 상황을 알고 있다는 듯…. 그런데 왜 그리도 서글픈 표정으로 나를 바라보는 것일까?

　"아무래도 그래야 될 것 같은데…."

이것이 어쩔 수 없는 우리의 운명이라는 듯 대답을 하고 있는 나도 서글프긴 마찬가지이다. 뭐지?

조금씩 설희의 모습이 흐려지고 있다. 아니 멀어지고 있다. 저 타는 붉은 노을 속으로, 하늘 가득 울려 퍼지는 〈붉은 노을〉 속으로….

난 너를 사랑해, 이 세상은 너뿐이야!

꿈에서 깨어났다. 알람이 계속해서 울려 대고 있다. 하루 중 가장 곤혹스러운 순간에 울리는 저 멜로디를, 오늘은 조금 더 듣고 싶다. 그냥 울리게 내버려 두고 있다. 도대체 왜? 뭣 때문에?

4

오늘 아침도 어김없이 정문지도에 임하고 있다. 정확히 7시 40분에 교문을 통과하는 민은정. 오늘도 정확히 그 시간에 나타났다. 가끔씩 저 여자는 머리카락을 덜 말린 채 출근을 한다. 이렇게 이른 시각에 올 거면, 집에서 드라이기로 말리고 올 수 있는 시간적 여유가 될 텐데…. 그렇다고 집이 학교 근처인 것도 아니다. 버스에서의 온기로도 충분히 말릴 수 있는 통근 거리임에도, 가끔씩 저러고 나타난다. 오는 내

내 머리에 미스트를 뿌리는지, 아주 촉촉한 상태에서 뿜어져 나오는 그윽한 향으로 스쳐 지나간다. 저 장면을 처음 겪었을 땐, 약간 똘끼가 있는 여자인 줄 알았다. 여자들은 세수를 하고 난 후 거울에 비추어 보는 자신의 얼굴이 그렇게 청초하고 예뻐 보인다기에, '누구한테 예쁘게 보이고 싶어서 저러나?' 하는 마음으로, 그냥 별 생각 없이 지나쳐 보내곤 했다. 그런데 요즘 들어 간혹 착각을 하기도 한다. 혹시 정문지도를 하고 있을 나한테 예쁘게 보이려고 저 미친 짓을?

몇 시간 전까지 내 꿈에서 함께한 그녀이기에 오늘따라 유심히 관찰을 하게 된다. 몸매는 현실에서도 별로다. 혹여 할로윈 파티에서도 캣우먼 복장은 좀 삼가셔야 할 듯…. 교무실로 향해 멀어져 가는 민은정의 뒤태를 힐끔 바라보며, 미스코리아 심사위원의 마인드로 그녀의 수영복 심사를 마무리하고 있다. 하여튼 남자의 이 글러 먹은 근성은 언제 어디서나 여성의 외모에 대한 품평을 머릿속에 늘어놓는다.

이런저런 잡념으로 또 한창 멍을 때리고 있는데, 몇 시간 전까지 내 꿈속에서 함께했던 설희가 교문으로 들어선다. 꿈속에서 벌어진 일 때문인지 나를 향해 반갑게 인사를 건네고 있는 설희의 입술이 불편하다. 그동안은 몰랐는데, 설희 녀석 가슴에 꽤 볼륨이 있다. 교실로 들어가는 설희의 뒤태를 힐끔 쳐다본다. 그동안은 몰랐는데, 설희 녀석 허리 라인이 꽤 예쁘다.

'어머! 진짜 뭔 생각을 하고 있는 거야? 이 미친 새끼! 정신

안 차릴래? 하열아! 뭐야? 너도 로리타야?'

1

축제 기간이다. 이 기간 동안 학생부는 또 바쁘다. 분명 특별활동부가 버젓이 존재함에도, 이 학교는 축제 업무가 학생부의 일이다. 원래는 특별활동부의 업무로 업무분장이 되어있었는데, 작년에 이기운 부장이 학생부로 가져왔다. 하여튼 속내를 알 수가 없는 노인네다. 일을 좋아한다기보단, 늘 무언가를 참견하고, 자신이 직접 결재하는 걸 엄청 좋아한다. 내 담당은 아니지만, 내 옆자리에 앉아 있는 윤리교사 남지훈의 일이다. 그래서 같이 바쁘다.

요즘의 학교 축제는 예전만큼의 재미와 의미를 지닌 행사는 아니다. 내 또래들의 학창시절만 해도 음악, 문학, 연극 등 다양한 분야에 걸쳐 다채롭게 진행되는 며칠이었지만, 이제는 각 반을 대표하는 한 팀씩이 나와 노래자랑을 하는 하루가 전부다. 솔직하니 학예회보다 약간 나은 수준이다. 과거에는 다른 학교 축제에 구경을 온 학생들이 일으키는 불미스러운 사건 사고가 적지 않았던 것도 사실이다. 그것을 미연에 방지하겠다는 미명 아래, 요즘은 같은 지역 내의 학교가 모두 같은 날에 학교의 일과 시간을 이용해 축제를 연다. 전교생과 교사들을 체육관으로 몰아넣고, 학생부교사는 체육관 문을 지키고 서 있다. 이게 무슨 축제란 말인가? 그렇듯 학교란 곳은 점점 재미가 없어지는 추억이 되어 가고 있다. 하긴 낭만을 잃어 가는 곳이 어디 학교뿐이랴.

올해도 학생회 녀석들은 이거 해달라 저거 해달라 건의사항이 많기도 하다. 이것들은 학교 축제를 '슈퍼스타K'쯤으로 여기는지…. 제일 곤혹은 선생님들 무대에 참가할 교사로 섭외가 되는 경우다. 나는 이미 작년에, 새로 전근 온 교사라는 이유만으로 담당 동아리 학생들과 무대에 올라 슈퍼주니어의 〈나 같은 건 없는 건가요〉를 열창한 바 있다. 가사 까먹고, 안무 틀리고, 온갖 쪽이란 쪽은 다 팔고, 정말 나 같은 건 없었다. 그런데 학생회 이것들이 올해도 또 지랄들이다. 더 나쁜 새끼는 축제담당 교사 남지훈이다. 교사 무대에 오를 사람들이 부족하단다. 나보고 좀 해달란다. 아니 그러면 지가 하던가? 하지만 업무에 대한 의욕과 체념 사이에서 허덕이고 있는 담당교사의 청원에, 결국 나는 허락을 할 수밖에 없었다.

속으론 재미없네, 학예회 같네 하며 혹평을 늘어놓으면서도, 막상 올라가야 할 무대가 마련되면 또 그게 그렇게 신경이 쓰인다. 잘하고 싶어서, 멋있게 보이고 싶어서…. 이게 또 뭐라고, 그냥 애들 축제인데…. 처음에 생각했던 아이디어는 징계를 받고 있는 녀석들을 불러 모아 합창을 하는 것이었다. 마치 한 편의 영화를 보는 듯한 아름다운 하모니가 될 수 있을 거라는 생각은 나 혼자만의 소설이었다. 징계받는 놈들이 내 제안을 수락할 리 없다. 안 한다고 전부 지랄들이다. 내일부터 학교 안 나올 거란다. 내 역량과 덕성이 부족한 탓도 있겠지만, 저 새끼들 자체도 낭만이란 걸 모르는 놈들이다. 썅노므 새끼들, 말한 사람 무안하게….

당장 축제가 일주일 앞으로 다가왔는데, 난 아직 아무것도 준비가 되어 있지 않다. 안 하느니만 못하겠다는 생각이 들어서 남지훈에게 넌지시 거절 의사를 밝히려고 했는데, 남지훈은 요즘 축제 업무 때문에 짜증이 잦다. 또한 번복의 거절은 이미 다른 교사들이 선수를 쳤다. 남지훈은 그래서 더 짜증이 나 있는 상태이다. 또 내 소심한 성격에 아무 말도 못하고 속만 태우고 있다.

2

5교시, 민은정 반 수업. 또 반 이상이 졸고 앉아 있다. 축제 무대를 뭘 어찌해야 하는 것인지에 대한 고민으로 나도 수업이 되질 않는다. 시간은 아직 20분이나 남았지만 은혜를 베

풀어 주기로 했다.

"다들 자라! 레드 썬!"

오늘도 설희의 짝은 조퇴를 했다. 설희 옆의 빈자리에 앉아서 홀로 고민을 하고 있다. 솔직히는 고민거리가 될 일도 아니다. 그냥 무대 위에 올라가서 노래 하나 부르고 내려오면 그만인데, 이왕 하는 거 좀 더 감동 있는 무대를 연출하고 싶은 내 욕심이다.

설희는 나를 한 번 흠칫 쳐다보더니, 아무 말 없이 앉아 있는 내가 부담스러웠는지, 핸드폰을 꺼내 음악을 듣기 시작한다. 음악을 듣고 있는 설희의 모습에 불현듯 스쳐 가는 생각, 설희랑 한 번? 안 되겠지? 녀석이 허락할까?

"설희야, 가수 누구 좋아해?"

내 말이 잘 안 들렸는지 이내 귀에 꽂힌 이어폰을 빼들더니,

"예? 뭐라고요?"

"가수 누구 좋아하냐고?"

"딱히 좋아하는 사람은 없어요."

슬며시 한쪽 이어폰을 뺏어서, 설희의 음악세계를 엿들었더니,

Let's go big bang second round!

빅뱅의 〈원더풀〉이다. 아니 이 녀석, 취향이 나랑 비슷하다. 빅뱅을 좋아하나 보다.

174

언제부터인가, 왜 그 시절의 어른들이 서태지의 랩 가사를 알아듣지 못했는지를 이해하기 시작했다. 나 역시 요즘 아이돌 가수의 음악을 별로 좋아하지 않는다. 그냥 귀에 잘 안 들어온다. 그러다 보니 자연스레 청춘의 문화에서 멀어져 가고 있는 중이다. 누가 어떤 그룹의 멤버이며, 그 그룹이 무슨 노래를 히트시켰는지, 알고 싶지도 않고, 알아지지도 않는다. 어른의 시간으로 들어서게 되면서 유행하는 음악보다도 신경 써야 할 다른 것들이 많이 생겨나기 때문인 것 같다.

그나마 시간적 소외에서 자유로워질 수 있는, 내가 좋아하는 요즘 음악은 빅뱅뿐이다. 음악평론가가 아닌 나로선 다른 아이돌과 무슨 차이가 있는 것인지를 정확히 표현할 수 없지만, 난 그냥 지드래곤의 음악이 좋다. 더군다나 내가 좋아하는 〈붉은 노을〉을 리메이크 했다. 그 이후로 더욱 좋아하고 있다.

I'm so sorry but I love you
다 거짓말이야 몰랐어. 이제야 알았어. 니가 필요해

설희의 핸드폰에서 연이어 흘러나오고 있는 빅뱅. 내 입가에 옅은 미소가 번지기 시작한다. 그리고 그윽한 눈빛으로 설희를 바라본다. 물론 녀석이 허락할 리 없다. 하지만 교직 생활에서의 낭만을 더 잃어버리기 전에 한 번쯤 삶의 감동을 느껴보고 싶다는 내 강한 의지가, 이미 머릿속에 학생과 교사와의 아름다운 하모니를 그리고 있다.

"설희야! 선생님이 소원 하나 들어줄게!"

설희가 뜬금없다는 듯,

"왜요?"

"음, 지금 내가 너한테 부탁을 하나 할 거거든."

"무슨 부탁이오?"

"너… 혹시 노래하는 거 좋아하니?"

"아뇨!"

뭔가 이상한 낌새를 챘다는 듯, 단박에 부정이다.

"지금부터 좋아하게 될 거야."

"도대체 뭔데요?"

"축제 때, 나 무대 위에 올라가서 노래 불러야 되거든. 설희야! 나와 함께 하지 않으련?"

"어우! 싫어요."

매정한 것, 이렇게 쉽게 거절을 하다니, 하지만 나는 굴하지 않았다.

I don´t wanna be with out you girl

마지막 인사는 접어 두길 바래. 오늘 단 하루만큼은

"그래서 내가 조건을 걸었잖아. 소원 들어준다고…."

"소원 없어요. 안 해요."

"설희야! 빅뱅 노래로 가자. 니가 랩을 맡아. 백드래곤이

176

되는 거지."

녀석, 또 웃음이 터졌다. 그러면서도 계속해서 매몰찬 거절이다.

"싫어요. 저 노래 못해요."

"선생님이 설희와의 추억을 만들고 싶어서 이러는 건데, 이렇게 내 손 안 잡아 줄 거야?"

"왜 저한테 그래요? 다른 애랑 해요."

"선생님이 너 좋아하잖아."

"전 싫어요. 창피해요."

돌아보지 말고 떠나가라.
또 나를 찾지 말고 살아가라.

"뭐 내가 싫어? 너 내가 창피해?"

"아니 그게 아니라요. 저는…."

나는 일방적으로, 서로가 원만한 합의를 이루었다는 듯 가볍게 박수를 치며 자리에서 일어났다.

"야! 반장! 반장 어디 있냐? 요번 축제 때 나랑 설희랑 노래 부른다. 설희의 응원부대 조직해. 알았냐?"

책상에 엎어져 있던 남자 놈들이 일제히 일어나 환호성을 지르며 박수를 쳐댄다. 입가에 흥건한 침을 닦아 내며 일어난 반장 놈은, 몽롱한 두 눈으로 도대체 무슨 일이냐는 듯 주변을 두리번거린다. 곁눈질에 들어온 설희는, 한편으론 당황스러워하면서도 한편으로는… 날 죽일듯한 눈빛으로 노려보고 있다. 마침 종이 울렸다. 뒤도 돌아보지 않고 교실 문을 열었다. 교실 문을 닫으면서 설희를 돌아보며 사랑의 총알을 한 방 날렸지만, 설희의 표정은 실탄을 장전한 총으로 날 쏴 죽이겠다는 기세이다. 왠지 오늘 중으로 설희에게 저격을 당할 것만 같은….

사실 설희에게 진지하게 물은 것은 아니다. 나는 설희가 노래를 잘 부르는지 어떤지도 알지 못한다. 그냥 OK하면 좋은 것이고, 아니어도 그만이고…. 그보다는 설희에게 반 아이들과 조금 더 가까워질 수 있는 기회를 만들어 주고 싶었을 뿐이었다. 하지만 내심 교사와 학생이 함께 만들 감동의 무대를 포기하고 있지는 않다.

청소시간, 환기를 위해 열어 놓은 학생부 문밖에서, 나와 눈이 마주치기를 기다리고 있는 설희. 눈이 마주치자 내게 나와 보라고 손짓을 한다. 이런 건방진 지지배, 선생한테 오라 가라야? 지가 들어오면 될 것을…. 도저히 못 하겠다는 거절의 말을 건네러 왔나 보다. 나도 큰 기대를 하고 있진 않았다. 초연히 내려놓은 마음으로 걸어 나가 설희의 거절을 담담히 들어줄 심사였다.

"저 진짜 노래해요?"

"왜? 내키지 않아?"

"정말 소원 들어주는 거예요?"

어라! 뭐야? 하겠다는 거야? 내가 하자고 해놓고서, 하겠다는 의사를 비친 학생에게 내가 당황을 하고 있는, 이 순간의 모순은 대체 뭐란 말인가?

"정말 할 거야?"

"씨~! 반 애들한테 다 말해 놓고선….”

너무 의외였던 것일까? 순간적으로 얘가 나한테 '씨발'이라고 하는 줄 알았다. 하지만 제대로 알아들은 긍정의 대답도 나를 의심케 하기는 마찬가지였다.

"설희야, 파이팅!"

주먹을 불끈 쥐어 보이며 설희를 다독였다. 하여튼 난 설희가 너무 좋다. 뭐든 조금만 우기면, 내가 하자는 대로 다 하는 녀석이다.

"근데 정말 빅뱅 꺼 불러요?"

이미 모든 것을 놓아 버린 듯한 말투로 설희가 묻는다.

"신나잖아!"

아직 빅뱅만큼은 놓아 버릴 수 없다는 듯 내가 대답했다.

"그냥 조용한 거 불러요.”

"그럼, 뭐 불러?"

"아! 몰라!"

"또 왜 반말이야?"

"아! 몰라요! 소원만 안 들어줘 봐?"

이렇게 우리의 축제는 시작되었다. 그리고 그날 이후 나는 설희의 램프에 갇힌 지니가 되었다.

내 책상 옆에 항상 놓여져 있는 접이식 간이의자에는 주로 징계대상 학생들이 앉는다. 거기에 앉아서, 교내에서 일어난 사건의 경위에 대한 변명을 늘어놓거나, 반성문을 쓰거나 하는 용도이다. 오늘은 전혀 다른 용도로 쓰이고 있다. 학생부 한 구석의 책상 위에 놓인 노트북으로부터, 학생부 구석구석으로 잔잔히 울려 퍼지고 있는 기억 속의 멜로디. 내 옆에 앉은 설희가 사뭇 진지하게 그 음악을 듣고 있다.

"설희야, 이 노래 알아?"

"들어는 봤는데, 이걸로 하게요?"

"너무 올드한가?"

"아뇨. 그런 건 아닌데….”

징계받는 학생들을 모아서 감동의 하모니를 자아내기 위해 생각해 놓았던 곡은 〈마법의 성〉이었다. 예전에 이승환이 여러 동료 가수들과 함께 부른 '얼투게더 버전'을 재연해 보고 싶었는데, 이 녀석들이 나의 음악 세계를 들어 보지도 않고 매몰차게 거절했다. 그래서 설희에게 그 곡을 추천하고 있다. 내가 고등학생이던 시절에 나온 곡이지만, 여러 가수들에 의해 많이 리메이크 되는 곡이다 보니 설희도 알고는 있었다. 그리고 별 다른 이견 없이 이 곡으로 정해졌다.

"오늘 잠깐 노래방이나 한 번 갈까?"

"저… 아르바이트 가야 하는데….”

문제는 매일같이 아르바이트를 하는 설희와 노래를 맞춰 볼 시간이 없다는 것이다. 학생 데리고 노래방 가겠노라, 민은정에게 조퇴 좀 시켜 달라고 땡깡을 부릴 수도 없는 노릇이고….

"선생님! 쓰레기 다 주웠는데요."

그때 마침 학생부 문을 열고 들어선 한 학생. 순간 이 녀석이 지금의 난항에 구원의 동아줄을 내려 줄 것 같은 희망이 문득 전두엽을 스쳐간다. 청소도구를 진열하고 교실로 올라가려 하는 학생을 그 자리에 멈춰 세웠다.

"어딜 가? 일로 와."

"네? 쓰레기 다 주웠다니까요."

뜬금없다는 듯, 주뼛대며 다가오는 녀석을 바라보며, 회심의 미소를 지어 보이고 있다.

"잠깐, 복사기 앞에 서 있어 봐."

잽싸게 인터넷에서 〈마법의 성〉의 악보를 찾아내 출력을 시켰다.

"그거 가지고 일로 와 봐."

여전히 상황 파악이 안 되고 있는 학생. 당연하기도 하다. 아직 내가 상황을 말해 주지 않았으니…. 상황 파악이 안 되긴, 곁에서 지켜보고 있는 설희도 마찬가지다.

"너 밴드 동아리지?"

"네. 그런데 무슨 일이신데요?"

무슨 일이시긴, 네가 필요한 일이시지.

"넌 무슨 악기 다루니?"

"저… 보컬인데요."

근데 보컬이란 새끼가 담배는? 이 학생은 얼마 전에 흡연으로 적발이 되어서, 한창 교내봉사의 징계를 수행하고 있는 녀석이다.

"너 교내 봉사 며칠 남았니?"

"5일 남았는데요."

"내가 교내봉사 오늘로 끝내 준다. 그러니까 이 노래 반주 만들어 와. 그리고 며칠 동안 동아리실 좀 내가 빌려 쓸게."

"선생님, 저 보컬이라니까요. 그리고 요새 저희도 축제 준비 때문에…"

나도 지금 축제 준비 중이다.

"그래서?"

"네?"

"너 나한테 담배 몇 번 걸렸더라?"

"두 번이오."

"뭐? 두 번?"

학생은 조용히 내 귓가로 다가와 이실직고를 한다.

"네 번이오."

교칙대로라면 지금 이 녀석은, 보건소에서 실시하는 금연 프로그램에 참석해 있거나, 사회봉사를 이수해야 하는 처지이다. 그런데 그런 단체에 의뢰를 하려 해도, 대기 순서를 기다려야 하는 이 나라의 인프라이다. 그래서 내 재량 안에서 몇 번의 '두 번째'로 봐주고 있는 상태이다. 게다가 교내 동아리 중에서 유일하게 아지트를 지니고 있는 밴드 동아리 전원이, 나에게 적지 않은 은혜를 빚지고 있는 상태이다. 이제 좀 보은을 해야 할 차례가 아닌가 싶기도 하고….

"내일까지 반주 만들어 와!"

"네!"

힘없이 돌아서는 녀석의 어깨를 다독인 후, 곁에서 내내 지켜보고 있던 설희를 향해, 내 탁월한 문제 해결력이 어떠냐는 듯 엄지손가락을 치켜세웠다. 아주 짧은 순간이었지만, 나는 설희의 표정을 읽을 수 있었다.

"에이, 백설희! 그 표정은… '저 양아치 새끼!' 뭐 이런 표정이잖아."

설희가 수줍은 손길로 웃음을 가리면서도, 어떻게 알았냐는 듯 살며시 고개를 끄덕인다. 지지배, 이젠 내가 만만한가 보다.

4

몇 년 전까지만 해도, 이 학교에는 체육관이 없었다고 한다. 지금의 교장이 취임하면서 이 학교는 체육관을 소유할 수 있게 되었다. 그런데 부지를 구하지 못해서, 별관 건물의 옥상에 증축을 했다. 그 공사 기간의 흔적인 컨테이너 박스

하나가 아직도 별관 건물 옆에 남겨져 있다. 체육관의 역사가 시작됨과 동시에, 밴드 동아리에게는 연습실이 생겼다. 온종일 별관의 그늘을 지고 있는 컨테이너 박스, 이곳을 양지로 만드는 것은, 노을로 머물다 가는 아주 잠깐의 빛뿐이다. 하늘 끝으로 하루가 져가는 시간에야 비로소 해가 드는 역설의 공간이다.

'드르륵'

설희에게서 문자가 왔다.
'학생부 복도에 있어요.'
그냥 학생부로 들어오면 될 것을, 문 하나를 두고 문자질이다.
"집에 가서 연습 좀 해봤어?"
"조금…."
컨테이너 박스의 멀리서부터 심벌즈 소리가 요란하다. 신명 나는 비트와 선율에 실린, 피를 토해 내는 듯한 격정이 내심 불안하다. 컨테이너 문 앞에 가까워질수록 더욱 짙어지는 불안감, 보컬 새끼가 노래를 썩 잘 부르는 것 같지는 않다. 이런 부류의 애들이 있다. 소위 자아도취형의 뮤지션들. 한창 축제무대를 연습 중이던 그 격정의 현장을 열어젖히자, 맨먼저 눈에 들어온 것은 거친 숨을 몰아쉬는 보컬 녀석이었다. 표정만으론 이미 한 10곡의 열정을 불사른 듯하다.

"담배 끊어라! 그렇게 헉헉댈 거면…."

"오셨어요."

"준비는 됐냐?"

"예! 한번 들어 보시겠어요?"

들어 보고 있는 중이다. 동화 같은 감성의 노래 반주가 이래도 되나 싶을 정도로, 초장부터 리드기타가 솔로로 치고 나온다. 아니나 다를까, 잠깐의 시간차로 잇대는, 다소 눈치 없이 끼어들고 있는 듯한 과잉의 퍼커션. 키보드가 선택하고 있는 음색도 다소 거칠다. 컨테이너의 벽에 큼지막하게 붙어 있는 밴드네임 '다크호스', 이 동아리의 이름이기도 하다. 〈마법의 성〉, 마성의 얼터너티브가 되어 컨테이너 박스의 어둠 아래 잠들다. 차마 더 듣고 있을 수가 없어 연주를 중지시켰다.

"왜요? 마음에 안 드세요?"

"너희들 이 노래 모르니?"

"왜 몰라요? 〈마법의 성〉이잖아요."

자아도취형들에겐 뭐가 어떻게 잘못된 것인지에 대한 판단이 불가하다. 문제는 이런 부류들이 또 진지하긴 엄청 진지하다는 점이다. 그래서 쉽사리 자신들의 고집을 꺾지 않는다.

"그냥 키보드만 쳐줘. 잔잔하고 차분한 음색으로…."

"선생님이 락을 별로 안 좋아하시는구나. 건반만으로 밋밋해요. 그래도 기타가 끌어 주는 맛이 있어야 하는데…. 과감하게 고정관념에서 벗어날 필요가 있어요. 이거 대박인데…."

보컬 녀석이 나를 설득하려 들고 있다. 내가 음반을 내는 것도 아니고, 그냥 축제 무대에서 잠깐 부를 노래인데…. 이런 과잉의 철학은 초장에 사양하는 게 상책이다.

다시 잔잔하고 차분하게 편곡된 반주 속에서 설희와의 연습이 시작되었다. 컨테이너 문을 열고 들어서기 전까지만 해도, 반주에 대한 궁금증은 없었다. 설희의 노래가 궁금했을 뿐이다. 그런데 이 녀석, 노래를 상당히 잘 부른다. 지지배 내숭은, 이렇게 잘할 거면서…. 지켜보는 눈들이 있어 제대로 부르지는 않았지만, 뭐라고 형용할 수 없는 그루브만으로도, 이 녀석이 얼마나 깊은 삶의 곡절을 겪어 내고 있는지가 느껴졌다. 그 굽이에서 여울지는 감성을 노래에 담아 부르고 있는 듯했다. 노예로서의 슬픈 날들을 노래하던 흑인 음악의 진정성이라고나 할까. 현실의 노예, 절망의 노예로 살아가고 있는지 모를 설희의 노래가 내겐 그렇게 들려왔다.

그 와중에 이 연습실에 해가 들기 시작했다. 이미 낮의 끝에 걸려 있는, 그러나 창문 틈에서 잠깐을 기다려 주는 듯한 오늘의 마지막 햇살 사이에서, 설희의 노래가 노을빛으로 흩어지고 있다.

드디어 축제날이다. 축제는 여느 해와 별반 다르지 않게 그닥 재미는 없다. 나는 올해도 체육관 문을 지키며 학생들의 출입을 통제하고 있다. 설희와 함께 무대에 오를 순서가 다가오자, 학생회 간부들이 나를 부르러 왔다. 잠깐 다른 학생부교사와 교대를 하고서 대기실로 향했다.

"이게 뭐라고, 왜 이렇게 떨리니?"

설희는 아무 대답도 없다. 녀석도 긴장하고 있나 보다. 사회자의 소개로 막이 오른 무대, 학생들의 환호 속으로 설희와 함께 걸어 나간다. 재미없네, 학예회 같네 하면서도, 들려오는 갈채 소리에 한층 더 증폭되는 긴장감을 주체할 수가 없다. 혹시 삑사리가 나면 어떡하지, 음정이 불안하면 어떡하지라는 걱정을 이제서야 하기 시작한다. 눈부신 핀조명이 우리를 비추는 순간, 더 이상 객석이 보이지 않는다. 보이는 것이라곤 오직 내 곁에 있는 설희뿐이다. 그리고 〈마법의 성〉의 동화적이고도 몽환적인 전주가 흐른 후, 내 파트를 부르기 시작한다.

믿을 수 있나요. 나의 꿈속에서, 너는 마법에 빠진 공주란 걸
언제나 너를 향한 몸짓에 수많은 어려움뿐이지만

소녀의 행복을 질투한 서쪽마녀가 소녀에게 마법을 걸었

다. 절망이라고 불리는 아주 짙고 어두운 마성의 저주에 소녀의 영혼을 가두고자 했다. 그녀의 절망 앞에 다가선 착한 마법사는 그녀를 도와주고 싶은 마음만 있을 뿐, 서쪽마녀의 마법을 풀 수 있는 힘을 지니고 있지는 못하다. 소녀가 노래를 이어 부른다.

그러나 언제나 굳은 다짐뿐이죠. 다시 너를 구하고 말 거라고
두 손을 모아 기도했죠. 끝없는 용기와 지혜를 달라고

하지만 소녀는 나약하지 않았다. 스스로를 구원하기 위해 매일 같이 기도를 드린다. 이 절망을 헤쳐 나갈 수 있는 용기와 지혜를 달라고…. 소녀의 기도 앞에 마법사가 다가와 함께 무릎을 꿇는다. 그리고 함께 신에게 기도를 드린다.

마법의 성을 지나 늪을 건너, 어둠의 동굴 속 그대가 보여
이제 나의 손을 잡아 보아요. 우리의 몸이 떠오른 것을 느끼죠.

마법사는 소녀의 손을 잡았다. 흠칫 놀란 소녀의 눈이 마법사와 눈과 마주친 순간, 두 사람은 두둥실 하늘로 날아오른다. 마법사는 소녀에게 걸린 저주를 풀어 줄 수는 없어도, 너를 사랑하는 많은 사람들이 항상 너의 곁을 지키고 있다는 사실을 알려 주고 싶었다.

자유롭게 저 하늘을 날아가도 놀라지 말아요.
우리 앞에 펼쳐진 세상이 너무나 소중해 함께라면

마법사는 하늘 높이 올라 소녀의 손을 놓아 주었다. 이젠 자유롭게 날아 보라고, 너 혼자서도 충분히 날 수 있다고…. 소녀는 혼자 노래를 부르며 더 높이 날아오른다. 마법사는 말한다. 다시 추락할 것 같으면 뒤를 돌아보라고, 그곳엔 언제나 너를 사랑하는 수많은 착한 마법사들이 너의 비행을 지켜주고 있을 것이라고, 이 세상은 결코 너 혼자가 아니라고….

저 작은 어깨에 얼마나 많은 삶의 무게를 짊어지고 있을까? 나는 상상도 할 수 없는 중력이겠지만, 설희는 잘 버티고 서 있다. 그래도 성실하고 착하게 자라나고 있는 그녀는 천사인지도 모른다. 마녀의 마법에 걸려든 이후로 다시는 지상으로부터 날아오를 수 없었던 천사. 그 모습이 대견하기도 하고 사랑스럽기도 하고…. 지금 이 녀석에게 느끼는 내 감정은 동정일까? 아니면 애정일까? 어쨌거나 확실한 건, 내가 녀석을 아주 많이 좋아한다는 사실이다.

노래가 끝났다. 마주 잡고 있던 설희의 손을 놓아주며, 혹여나 눈물을 훔치고 있을지 모를 설희의 얼굴을 상상했지만, 녀석은 환히 웃고 있었다. 괜히 내 feel에 젖어 나 혼자 울어버릴 판이다. 뭉클해진 마음을 겨우겨우 진정시키고 있는데, 무대 아래에서 대기하고 있던, 2학년 12반 남학생들로 급하게 결성된 응원부대가 설희에게 꽃다발을 한가득 안겨 주고 있다. 저 새끼들, 내 돈으로 산 꽃이면서도 나한테 한 송이도 건네지 않는다. 내가 불쌍했는지 나중에야 초라한 몇 송이가 내 손에 쥐어진다. 아무래도 상관없다. 설희가 재미있었다면 그걸로 됐다.

다시 대기실로 향하는 와중에 설희가 물었다.

"선생님이 시켰죠?"

"뭘?"

"짜고 친 거, 티 확 나잖아요. 도대체 꽃을 얼마치나 산 거예요?"

순간적으로 설희한테 꽃값을 말할 뻔했다. 어우! 지지배 눈치는…. 그러면서도 싫은 표정은 아니다. 설희가 웃는다. 너무도 예쁘게….

하지만 이런 날에도 설희는 아르바이트를 가야 했다. 설희가 다 가지고 갈 수 없었던 꽃들은 고스란히 담임 민은정의 책상으로 옮겨졌다.

"하샘! 오늘 너무 멋있었어요. 근데 꽃을 뭐 이렇게 많이 샀어요? 저 이거 선생님들 나눠드려도 되죠? 교무실 책상마다 꽂아 놓으면 예쁘겠다."

민은정도 꽃다발이 나의 소행이었다는 사실을 알고 있었다. 설희가 말했나 보다. 백설희, 하여튼 이 재미없는 지지배! 하긴 내가 생각해도 꽃을 너무 많이 사긴 했다. 누가 봐도 내가 한 짓이다.

비
열
한

거
리

1

한 학생이 화장실에서 담배를 피우다 이부장에게 걸려들
어 왔다. 올해 들어 유난히 많이 적발이 되는 녀석이다. 민은
정의 반이기에 애착이 가는 태권도부 출신의 유급생 놈으로,
조퇴와 결석이 잦은 설희의 옆자리이기도 하다. 이부장은 운
동부를 유독 싫어한다. 그의 이상한 신념 중 하나가 이 학교
에서 태권도부가 없어져야 한다는 것이다.

"너 이 새끼, 표정이 왜 이래? 눈 안 깔아? 너 학교 잘리고
싶어?"

표정이 마음에 들지 않는다고 학생을 자를 수 있는 학생부
장의 권능, 여기는 학생부가 아니라 그 옛날의 중앙정보부인
듯싶다.

"너희 엄마 뭐 하시니? 이렇게 가르치던?"

설마 부모님이 그렇게 가르치셨겠는가? 어른 같지 않은 어른들 때문에 스스로 깨우친 것이지….

"그냥 자르세요!"

태초에 말씀이 있었나니…. 하느님은 말씀으로 천지 창조를 이루어 내셨고, 부장 놈은 말씀으로 모든 사건을 만들어 낸다. 오늘도 기어이 또 한 건을 저지르고 말았다. 학생은 학교를 때려치우겠다며 학생부 밖으로, 학교 밖으로 뛰쳐나가고 있다. 다른 선생님들은 모두 수업에 들어갔고 학생부에는 나와 부장 둘만 남아 있었다. 잘못은 부장이 싸질러 놨지만, 이 인간 자체가 뒷수습에는 전혀 관심이 없다. 그러고 싶지는 않은데, 조금이라도 사람다운 내가 녀석 뒤를 따라갈 수밖에 없다.

"선형욱! 거기 안 서!"

형욱이가 내 목소리를 듣고도 서지 않는다. 평소엔 성격이 좋다 못해 맹할 정도인 녀석이 화가 단단히 난 모양이다. 하긴 저 상황이면 나 같아도 안 선다. 그렇다고 그냥 저렇게 학교 밖으로 내보낼 수도 없다. 달려가 형욱이의 어깨를 잡아끌었다. 씩씩대며 내 손을 뿌리친다. 온몸으로 길을 가로막고 서 있는 나의 빈틈을 헤집고 빠져나가려 기를 쓰고 있다.

"야! 부장님 저런 성격인 거 몰랐냐? 원래 생각 없이 말하잖아. 그렇다고 이렇게 뛰쳐나가 버리면, 뭐 어쩌자는 거야?"

형욱이를 달래고자 한 말은 아니다. 가슴속에 꾹꾹 눌러 담아 두고 있는 나의 진심이다. 진정성의 힘이었을까? 부장에 대한 나의 짜증을 털어놓으니, 학교 밖으로 뛰쳐나가려던 씩씩거림이 그나마 제자리에 멈춰 선 씩씩거림으로 다소 진정이 되었다.

"저 학교 그만둘 거예요!"

학생들에게 하도 많이 듣는 소리이다 보니, 이제 별로 놀랍지도 않다.

"학교 그만두고 뭐 할라고? 기술이라도 배우게?"

농담조로 물어본, 굳이 대답을 바라지 않고 던진 질문에 녀석의 답변은 의외로 성실했다.

"저 요새 형님들 만나고 다녀요."

세월이 지나도 변치 않는 것들. 그 세계 나름대로의 낭만이 묻어 있는 화법인지는 모르겠지만, 예나 지금이나 조폭이 되겠다는 의지를 저런 식으로 표현하는 경우들이 있다. 운동을 그만두고서, 한창 거리를 배회하던 시기에, 내게도 '형님들'을 목적어로 하는 유혹의 문장들이 찾아들었던 적이 있다. 그 화자의 대부분은 운동을 그만두고 그 세계로 뛰어든 선배들이었다. 어릴 적에 함께 운동을 했던 친구들 중엔, 그 선배들을 따라 그 세계로 넘어간 이후, 지금까지 지역의 양아치로 활동 중인 놈들이 몇몇 있다.

흥분을 조금은 누그러뜨린 형욱이와 운동장 벤치에 앉았다. 녀석은 내게 요즘 한 나이트클럽에서 기도를 보고 있다는 말로 자신의 처지를 설명하기 시작한다. 이미 엇나가기로 작정한 마당에 교사한테까지 그런 수모를 당한 터, 저 지랄 맞은 이부장에게 다시 데려갔다간 녀석의 자존심이 또 한 번 무너져야 할 게 분명하다. 이부장을 향한 식지 않는 분노로 봐선, 학생부로 다시 데려가는 상황 자체가 가능할 것 같지도 않고….

"지금은 부장님 얼굴 보고 싶지 않지? 내가 부장님한테 잘 말씀드릴 테니까, 오늘은 집에 가서 생각 좀 정리해 보고, 내일은 부장님께 사과드려. 어쨌거나 니가 먼저 교칙을 위반한 거잖아."

당장에 학교를 빠져나가고 싶은 마음뿐이었는지, 의외로 순순히 알았다며 고개를 끄덕인다. 자리에서 일어나 함께 교문을 향해 걸어간다. 나는 지금 학교 밖으로 나가겠다는 학생을 배웅하고 있는 중이다. 이래도 되나 싶기도 하지만, 또 이래야 할 것 같기도 하다.

"엉뚱한 생각하지 말고, 내일 꼭 학교 나와라!"

교문을 넘어선 녀석에게 신신당부를 하고 있지만, 녀석은 대답 대신 학교 담장 너머의 골목길에 세워 놓은 자신의 차를 자랑한다.

"이거 형님들이 준 차예요."

연식이 조금은 지난 중형세단이지만, 고삐리 새끼가 아직까지 나도 없는 차를….

"그런데 니 나이에 면허 딸 수 있니?"

"저 학교 꿇었잖아요."

"아~!"

녀석의 차가 시야에서 멀어져 갈수록, 그 역의 방향으로 밀려드는 불안은 이제 이운기 부장을 어떻게 설득하느냐의 문제이다. 저 고집불통의 영감탱이를…. 솔직하니 자신은 없다.

"녀석이 요새 안 좋은 쪽에서 방황을 하고 있는 것 같아요. 내일 사과드리러 온다고 했으니, 부장님이 조금 이해하세요!"

내 딴에 안타까운 녀석의 사정을 부장님의 넓으신 마음으로 양해하시라는, 차마 입에 담고 싶지 않은 입에 발린 말로 부장의 화를 누그러뜨릴 심사였는데, 부장은 의외로 순순히 내 말을 알아듣는 듯했다. 자신도 조금 도가 지나쳤다고 생각하는 줄로만 알았다. 그때까진 원만하게 넘어가는 일인 줄로만 알았다.

하지만 다음 날 아침, 이운기 부장의 '말씀'에 의해 또 사건은 터지고야 말았다. 이 망할 부장 영감탱이가 아침 댓바람부터 민은정의 반에 들어가 그랬단다.

"이 깡패 새끼 어디 있어? 학교 나왔어?"

아직 등교를 하지 않고 있던 그 깡패 새끼는 반 아이들로부터 문자를 받는다. 정말로 그런 일 하고 다니는 거냐고, 지금 교실이 난리가 났다고…. 하지만 더 큰 난리는 학생부에서 벌어졌다. 등교를 한 형욱이가 부장을 죽이겠다며 어딘가에서 각목을 집어 들고 학생부에 난입을 했다. 다른 학생부 선생들이 형욱이를 말렸고, 나는 1교시 수업에 들어가 있던 상황이라 학생부장이 예상치 못한 난처함에 쫄고 있을 그 명장면을 구경하지 못했다. 내 옆자리의 윤리교사 남지훈이 내가 수업 중이던 교실로 찾아와 이 사실을 알렸고, 나는 수업 도중에 학생부로 달려와 녀석을 난리의 중심에서 끌어냈다. 그리고 난리의 언저리에서 형욱이에게 이운기 부장이 저지른 사건의 전말을 듣게 되었다.

이부장, 정말 이 미친 새끼! 하지만 한순간이나마 이부장을 믿었던 나도 미친 새끼이기는 마찬가지였다. 내가 왜 그랬을까? 다른 사람도 아니고, 이운기 부장이었는데…. 조여오는 자책감 앞에 웅크린 채, 나는 오늘 벌어진 일의 자초지종을 설명해야 했다.

"형욱아. 선생님이 정말 미안해! 부장님한테 내가 말했어. 너 요즘 방황하고 있으니까 부장님이 조금 이해하시라고…."

"선생님은 잘못 없어요. 그 새끼는 선생도 아니에요!"

이미 모든 분노가 부장에게로 향한 녀석에게 어떤 면책의 특권을 부여받은 것 같은 안도감이 들기도 했지만, 어쨌거나 내 잘못이다.

"형욱아. 선생님이 진짜 미안해! 선생님 봐서라도 저 덜 떨어진 노인네…."

"이제 애들이 다 알아 버렸잖아요."

녀석이 순진한 건지, 순수한 건지, 아니면 영특한 것인지…. 우리 학창시절엔 그런 사실을 동네방네 자랑하고 다녔는데…. 다른 애들이 알까 봐를 걱정한 것이 아니라 모를까 봐를 걱정했는데 말이다.

운동을 그만두고서 한창 노는 친구들과 몰려다니던 시절

의 동선은, 언제나 그런 유혹들과의 접경지역이었다. 어려서부터 아는 것이라고 운동밖에 없다가, 갑작스레 노는 재미에 빠져 버린 나는 그런 유혹에 무방비 상태였다. 남자로서의 로망을 실현해 보고자 하는 맘도 없진 않았지만, 생각보다 쉽게 유혹을 물리칠 수 있었던 이유는 겁이 났기 때문이다. 로망이란 것은 밖에서 지켜보는 자들의 특권이다. 정말 그 안으로 들어설 것이냐, 이후 계속해서 그 안을 살아갈 것이냐의 자문 앞에서는 어떤 신념으로 선을 그은 듯 돌아섰지만, 사실 겁이 났다. 하지만 그런 접선이 있었다는 사실만으로도 남들 입에 오르내리게 된 나는, 소속이 보장해 주는 존재감에 대한 욕망이 무엇인지를 알게 되었다.

2

형욱이는 다음 날부터 학교에 나오질 않았다. 담임교사 민은정의 전화도 받질 않는단다. 어쨌거나 1차적인 책임은 나에게 있다. 이부장의 성격을 모르는 바도 아니면서, 나는 뭘 기대하고 그런 이야기를 건넸던 것이었을까? 내가 벌인 일을 내가 끝내야 할 것 같은 채무감으로, 그날 저녁 녀석이 일하고 있다는 나이트클럽으로 찾아갔다.

고등학교 때부터 춤추는 걸 좋아했다. 때문에 나이트클럽이 내게 그렇게 낯선 장소는 아니다. 하지만 형욱이를 찾아

다시 돌아온 익숙함의 장소는 그렇게 익숙하게 느껴지지 않는다. 너무 오래도록 찾지 않았고, 더군다나 이곳을 이렇듯 홀로 맨 정신에 찾아와 본 기억은 전혀 없다. 나이트클럽 앞에서 뭘 어찌해야 할지 몰라, 어디 가서 술이라도 한잔하고 다시 올까 하는 생각으로 그 앞을 서성거리고 있다. 담배 두 가치를 연달아 피워 물다가, 문 앞에서 기도를 보고 있는 건장한 체구에게 다가가 물었다.

"여기 선형욱이란 사람 일하고 있죠?"

조금은 당황해하면서도 경계를 하는 듯한 눈빛이다.

"어디서 오셨죠?"

순간 내가 경찰인 줄 알았던 모양이다. 절대 켕길 게 없다는 당당함의 발로인지, 아니면 자세를 바로 하려는 것인지, 상체를 한층 더 꼿꼿이 세우더니 어투가 다소 빳빳해진다. 그 부자연스러움 앞에서 차마 학교 선생이라고 말하지 못하고 있는 나도 부자연스럽기는 마찬가지이다. 그 짧은 순간에도 공권력의 힘을 사칭해야만 일이 쉽게 풀릴 것 같다는 간사함으로,

"뭐, 관련 기관에서 나왔는데….'

교육 기관에서….

"저는 잘 모르겠습니다."

쉽게 얘기해 줄 거라고는 생각하지 않았지만, 그 대답이 너무 진실돼 보여 더 이상 물어볼 수도 없었다. 끝내 교사임을 밝히지 않고 어두운 지하로 내려갔다. 평일 저녁이라

고 나이트클럽의 내부 분위기가 고요할 리가 없다. 서른 넘은 나이에도 저 DJ 믹싱은 여전히 내 심장박동과 공명을 한다. 이 와중에도 바운스를 타고 있는, 이 눈치 없는 말초신경. 사이키 조명 사이로 분주히 오가고 있던 어느 웨이터를 불러 세웠다. 아니 잡아 세웠다. 시끄러운 음악 사이를 질러 선형욱이란 이름을 물어봤지만, 따로 찾는 웨이터 이름인 줄로만 안다.

'어떡하지?'

더 이상의 진전을 기대할 수 없어, 밖으로 나와서 다시 담배 한 가치를 집어 물었다. 이 나이트클럽 앞에 쭈그려 앉아 벌써 세 가치째이다. 피어오르는 담배 연기 너머로 멈춰 서고 있는 커다란 세단 하나, 나이트클럽 안에서 건장한 체구의 직원 서너 명이 서둘러 나와 각 잡힌 인사로 그 세단을 맞이한다. 슬림하고 심플한 정장으로 날렵하게 빠진 바디라인을 자랑하는 사내 하나가 차문을 열고 나와 직원들에게 무언가를 묻는 듯, 지시하는 듯, 그리고 알겠다는 듯 고개를 끄덕이더니 직원들을 다시 들여보낸다. 나이는 젊어 보이는 것 같은데, 분위기로 봐서는 중간보스쯤 되는 것 같다.

"어이! 건달 아저씨!"

나의 부름에 건달 아저씨는 고개를 돌렸고, 나이트클럽으로 들어가던 건장한 체구들이 그 자리에 멈춰 섰다. 건장함들이 내 정체를 물으며 다가오려던 순간, 슬림한 건달은 간단한 손짓으로 그들을 제지한다. 나의 도발이 가소롭다는 듯

'훗!' 하고 터뜨린 짧은 헛웃음, 이내 바지주머니에서 꺼내
든 던힐 담뱃갑에서 한 가치를 빼내어, 여전히 헛웃음을 머
금고 있는 입술에 물린다. 옆에 있던 건장함들 중에 한 명이
서둘러 꺼낸 지포라이터보다 약간 앞섰던 자신의 불티나로
담배에 불을 붙인다. 시발! 내가 봐도 졸라 카리스마 작렬!

"저 깡패 새끼!"

연이은 나의 도발이 어이없다는 듯, 깊이 들이마신 한 모
금의 연기와 내뱉어진 그의 대답,

"저 선생 새끼!"

깡패 새끼와 선생 새끼는 서로 아는 사이이다. 선생 새끼
가 깡패 새끼를 상대로 그토록 당당할 수 있었던 이유다.

"우리 정수, 마이 컸네?"

"키는 원래 내가 너보다 쪼매 컸다 아이가? 뭐 이래야 되
나? 키는 원래 너보다 내가 훨씬 컸었어. 이 시발라마!"

3

운동장 한 켠의 야구부 연습실에서 새어 나오는 작은 불
빛. 아직까지도 연습을 하고 있나 보다 싶었지만, 취하고 있
는 조도로 보아 단체훈련을 하고 있는 것 같지는 않았다. 열
려진 문틈으로 보이는 누군가는 바로 정수였다. 내가 들어온
지도 모르고 허름한 형겊에 그려진 허접한 과녁을 향해 공

을 뿌려 대고 있는 황금의 팔. 그러다 지쳤는지 허리를 숙여 양손으로 무릎을 짚은 채 거친 숨을 몰아쉬고 있는 상록고의 에이스. 땅바닥은 이미 녀석이 흘린 땀으로 흥건하다.

주변에 널려 있던 야구 배트 하나를 주워 들어 어깨에 둘러메고 헝겊 과녁 앞으로 다가섰다.

"자네! 야구 한번 해보지 않겠나?"

평생 야구만 하고 살아온 고등학교 3학년, 그것도 우리 학교 에이스에게 야구를 제안하고 있었다. 어이가 없다는 듯, 땀범벅이 된 정수의 얼굴에 맺히던 헛웃음, 그리고 이어진 지랄.

"야! 여기 아무나 들어오면 안 돼!"

"내가 왜 아무나야?"

발밑의 흙을 털고, 배트를 서너 번 가볍게 휘두른 후, 투수를 향해 비스듬히 마주 서서 배트를 꼿꼿이 세운다. 내게 공을 던져 보라는 도발의 제스처이다.

"뭐? 어쩌라고?"

정수는 물었고, 나는 정수가 어찌해야 하는 것인지에 대한 대답을 해주었다.

"한번 던져 봐. 절망을 맛보게 해줄 테니까."

"병신!"

녀석은 초등학교 때부터 야구를 했고 그때부터 나와는 단짝 친구였다. 운동종목이 달랐기에 서로 다른 중학교로 진학을 해 잠시 헤어져 있다가 고등학교 때 다시 만났다. 나는 운동을 그만두고 진학한 고등학교였고, 녀석은 아직도 야구부였다.

"열아! 넌 왜 대학에 가려고 하냐?"

"모르겠어! 그냥 가야 할 것만 같아서…. 너는?"

"야구를 계속하려면, 가야지."

정수가 야구를 계속하려면 대학에 가야 했다. 그러나 정수는 끝내 대학에 가지 못했다.

우리 학교는 늘 대회선서에 이어지는 첫 경기에서 패배를 하고 돌아오는 소위 '막차팀'이었고, 정수는 그 약체팀에서 홀로 삼진을 잡고 홈런을 치는 외로운 '설까치'였다. 어느 정도 외인구단의 구색만이라도 갖추어진 팀에 있었다면 녀석의 인생은 달라졌을지 모른다. 관심을 갖고 지켜보던 대학은 있었지만, 모교의 성적이 대학 재단을 설득시킬 수 있는 명분이 되어 주지 못했다. 싼 연봉으로 프로 2군에 지명되었지만, 무슨 이유에서인지 얼마 안 되어 야구를 접었다. 그리고 고향이 아닌 이곳에서 일찌감치 자리를 잡아, 지금은 이 계통에서 잔뼈가 굵은 인물이 되어 있었다. 어찌 보면 이도 자수성가의 한 케이스라고 할 수 있을 것이다. 가끔씩 고향 친구들을 통해 녀석의 소식을 전해 듣긴 했다. 이 동네에 있다는 사실도 알고는 있었다. 하지만 이런 식으로 다시 만나게 될 줄을 몰랐다. 형욱이가 아니었다면 이런 해후도 없었을 것이다.

가까운 편의점 야외 테이블에 캔커피를 사들고 앉았다. 그리고 정수에게 형욱이에 대한 일부터 물었다. 정수는 나를 딱하다는 듯 바라보며 대답했다.

"이 바닥에 그런 애들 한둘인 줄 아냐? 하여튼 영화가 애들을 다 망쳐 놔요. 꼭 병신 같은 것들이 영화처럼 살려고 그래. 막상 발을 들여 보면 현실은 다르지. 그래서 얼마 못 버티고 때려치는 놈들이 숱해. 영화에서처럼 우리가 조직에서 나가겠다는 애들 잡아 족치는 줄 아냐? 하도 하겠다는 놈들이 많아서 잡지도 않아. 이쪽도 아이돌 연습생 시스템이나 똑같아. 어중이떠중이들은 떨어져 나가고 그나마 독한 놈들이나 계속 이 짓거리 하는 거지. 이 바닥도 성실과 끈기가 무기야."

이놈, 오늘 방언이 터졌다. 계속 말을 잇는다.

"그리고 학교에서 선생 놈들이 오죽 못 가르치면, 뭐 배울 게 있다고 여기 와서 기웃거리겠냐? 하여튼 이 선생 놈들은 옛날이나 지금이나 변한 게 없어요. 건달들도 시류의 변화에 늘 관심을 갖고 사는데…."

그냥 방황하는 학생의 소재를 물어본 것뿐인데, 깡패 새끼한테 훈계까지 처듣고 앉아 있다. 그런데 그렇게 틀린 말도 아니다. 뭐 딱히 대꾸할 말이 없어서 고작 한 말이….

"단어 선택이 생각보다 고급스럽다."

"우린 맨날 사시미 들고 다니는 줄 아니? 난 그거 잡아 본 적도 없어. 횟집 사장이냐? 우린 무식한 양아치들이랑은 질적으로 달라! 엄연히 법인 기업이야. 맨날 서류작성하고, 결재 맡고, 계산하는 게 일이다. 우린 화이트칼라야. 지성이 뒷

받침돼야 하거든."

"어우~! 그러세요? 이 깡패님하!"

"깡패라니? 정식 호칭으로 좀 불러 줄래? 나 본사 부장이거든."

니미 부장새끼 때문에 이 지랄을 하고 있는데, 이 새끼마저 부장이란다.

정수가 나이트클럽 직원 하나를 호출해 형욱이에 대해 물어본다.

"얼마 전에 들어온 고삐리들 있냐?"

직원도 잘 모르는 눈치다.

"알아보겠습니다."

직원은 돌아가면서 어디론가 전화를 건다. 정수는 다시 담배 한 가치를 꺼내어 물었다. 그리고 내게 묻는다.

"선생질은 할 만하냐?"

"이러고 다니는 것 보면 모르겠냐? 애들 때문에 미치지."

"그러고 보면, 세상 사는 거 참 재미있지? 니가 선생질을 하고 살 줄이야. 시발! 불안해서 어디 애들 학교 보내겠냐? 하긴 내가 이러고 살 줄은 또 누가 알았겠냐? 그냥 운동만 하면서 사는 게 인생인 줄 알았는데, 야구공 놓은 지가 벌써 10년도 넘었다."

다 마신 캔커피 깡통구멍에 꽁초를 구겨 넣으며 다시 말을 잇는다.

"그런데 제법 어울리는 것 같기도 하다."

204

"뭐가?"

"정말로 선생 같다고…."

"나 정말 선생이야!"

"근데 니가 정말 학교에서 뭘 가르치긴 하냐?"

"그럼, 개새끼야! 선생인데…."

그러게 뭐라도 가르치긴 하는 선생이다. 그런데 내 학창시절의 증인 앞에서 이런 말을 늘어놓고 있으려니 더더욱 낯설게 느껴지는 내 직업이다. 단 한 번도 교사가 되겠다는 꿈을 가져 본 적은 없었는데, 어쨌거나 나는 지금 선생이다.

"어릴 땐 선생 놈들이 왜 그렇게 괴롭혔는지 이해가 가지 않았는데, 요새 껄렁대면서 길거리 다니는 고삐리들 보면 이해가 가기도 하더라. 옛날엔 우리가 저러고 다녔을 거 아니야. 그냥 한 대 쥐어박고 싶을 때가 한두 번이 아니야."

이제는 예전의 선생 놈들을 이해할 수 있다는 정수의 말은, 교사라는 직업군을 위한 위로였을까? 나를 위한 위로였을까?

"얼마 전엔 우리 아파트 단지에 떼로 몰려와서 한 놈을 꿇겨 놓고 다구질을 해대길래, 혼을 좀 냈지. 그랬더니 한 새끼가 발악발악 대들더라."

"그래서? 싸웠어?"

"그래도 가오가 있지. 고삐리 상대로 그게 뭔 쪽이야? 그냥 그 새끼 멱살 잡고 찐하게 욕 한 바가지 퍼붓고 말았지. 눈치는 있는지, 그제서야 씹퉁씹퉁 대면서 돌아가더라."

앞에 앉은 선생 놈의 눈높이를 맞춘 무용담인가? 건달의 허세라고 하기엔, 너무 소소한 것 같은….

"그런데 생각해 보니까 그런 놈들 중에 내 밑으로 들어오게 되는 애들도 있을 거 아니야. 내가 누구 보고 뭐라 할 처지는 아니더라구."

어울리지도 않는 건달의 자책에 무언가 긍정적인 대답을 해주어야 할 것만 같았다.

"그래도 우리 때는 그렇게까지 개념 없진 않았던 것 같은데 말이야."

그러나 돌아온 정수의 대답은 약간 의외였다.

"모르지. 우리가 더 했는지도…, 그냥 우리 편한 대로 잊어버린 건지도…. 그런데 그런 거 가르치라고 선생들이 있는 거 아니야? 개념 없는 애들이 그대로 학교 졸업하면 선생들의 직무유기 아닌가?"

그렇다. 교사들은 직무유기에 근무태만인지도 모른다. 언제나 있었던 '요즘 것들'이건만 그들을 상대로 시절을 탓하고 세상을 탓하곤 한다. 그 시절이 담고 있는 세상이 우리 교사들의 책임이기도 하건만…. 그리고 어떤 때는 세상이 결코 공감할 수 없는 하소연을 늘어놓기도 한다. 너희들이 선생을 해보라며…. 어차피 우리의 선택이었건만, 면접관 앞에서는 갖은 수사로 사명, 소명, 소신을 가열차게 떠들어 대던 그 입에 이제는 힘들어서 못 해 먹겠다는 푸념을 달고 산다. 오늘이 낭만 건달에게서 많은 것을 깨닫고 있다. 하긴 학교 다닐 때도 심성은 착했던 놈이다. 화이트칼라란 단어도 알고, 직무 유기란 단어도 알고, 요새 건달들은 정말 공부를 하긴 하나 보다.

"오랜만에 만났으니 소주 한잔해야 하는데, 또 빨리 본사에 들어가 봐야 해서…. 미안하다. 언제 내가 찐하게 한잔 살게!"

녀석이 말하는 본사의 정체가 무엇인지도 잘 모르겠건만, 그의 얼굴에서 묻어나는 피곤함 속에는 건달의 허세 같은 건 없어 보인다. 불한당不汗黨이란 말도 그에게는 해당하지 않는 것 같다.

정수가 타고 왔던, 세단이 편의점 앞에 멈춰 섰다. 정수 대신 차를 몰고 온 직원이 문을 열고 나와서 정수에게 깍듯이 고개를 숙이고, 피곤한 듯 건성건성 인사를 건네받은 정수가 운전석에 앉는다. 그리고 창문을 열고서 내게 인사를 건넨다. 직원에게보다는 조금 더 살갑게….

"열아! 다음에 보자. 연락할게."

"야! 연정수! 근데 뭔 두목이 직접 운전을 하냐?"

"나 부장이라니까! 아직 기사 달고 다닐 짬밥은 아니야."

문득 예전에 유행했던 광고 하나가 떠올랐다. 어른이 되어서 다시 만난 동창들이, 서로의 어릴 적 별명을 부르며 과도한 즐거움을 연출하던…. 그 광고의 카피는 '술자리의 행복을 아는 나이'였다. 나도 이제 그럴 나이가 되어 가는 것일까? 이제 가끔씩이나 얼굴을 보는 어릴 적 친구 놈들이 그렇게 애틋하다. 언젠가 내 곁에서 내가 보고 들었던 것을 함께 보고 들었던 사람들, 그 추억을 공유하고 있다는 사실만으로도 멀어지는 뒷모습이 쓸쓸해 보이는 이들. 정수가 아쉬움 속으로 멀어져 간다. 마치 나의 어린 시절을 싣고 떠나는 듯하다. 이젠 그 시간들이 우리의 것이 아니라는 것을 새삼 일깨워 주면서…. 그나저나 저놈이 말하는 본사란 도대체 무슨 일을 하는 회사일까?

4

다시 담배 한 가치를 꺼내어 입에 물었다. 긴 한숨으로 내뿜는 담배 연기 사이로 멀어져 가는 정수의 차를 물끄러미 바라보고 있다. 또 하루 멀어져 가는, 머물러 있는 청춘이 아니라는 사실을 깨달은 그 서른 즈음도 이미 2년 전이다. 그 시절이 그립기도 하지만, 그 시절을 그리워할 나이가 되었다는 사실이 조금 서글퍼지기도 한다. 추억은 이내 시야에서 사라졌고, 그 사라짐을 잇대며 내 시야 안으로 들어선 풍경은 멀찍이서 나를 빤히 쳐다보고 있는 한 여인이었다. 어디선가 많이 본 듯한 저 몽타주는… 어라! 민은정이다.

"자주 오시는 곳인가 봐요?"

그녀가 물었다. 다소 냉소적인 표정과 말투로…. 갑작스러운 그녀의 등장에 어리둥절해하는 마음은, 그녀가 무슨 뚱딴지같은 이야기를 늘어놓고 있는 건가 싶었다. 하지만 서서히

퍼즐이 맞춰지기 시작하는, 그녀의 전혀 생뚱맞지 않은 이야기. 언제부터 저곳에서 지켜보고 있었는지는 모르지만, 학교에서 별명이 양아치인 교사가 나이트클럽 앞에서 건달 놈과 아쉬운 작별인사를 나누더니, 클럽 입구 앞에 주저앉아 담배를 피워 대고 있다. 순간의 각성과 함께 찾아든 또 다른 각성은, 지금 그녀가 오해하고 있는 정황에 대해서 변명을, 아니 설명을 해야 한다는 사실이다.

"민 선생님! 그런 게 아니라, 제가 형욱이를 찾으러 왔다가 우연히 친구 놈을…."

제길! 안 믿는 눈치다.

"민 선생님! 그런 게 아니라니까요."

조소인지 미소인지 알 수 없는 그녀의 웃음 앞에, 어색한 나의 웃음이 궁색해지고 있다.

그녀도 형욱이를 만나러 이곳에 왔다. 여자 혼자서 뭘 어쩌겠다고…. 그나저나 여긴 어떻게 알고 찾아왔데? 담임교사와 학생부교사의 나이트클럽 앞에서의 어색한 조우, 어색한 분위기를 피해 둘은 정처 없이 걷기 시작한다. 어디로 가는지도 모른 채, 어디로 가야 할지도 모른 채…. 형욱이를 핑계 삼아 근처 카페에 가서 이야기를 나누고 싶지만, 너무 대놓고 들이대는 것 같기도 하고…. 내 취향대로 '소주나 하실래요?' 하기에는 너무 작당하고 들이대는 것 같고…. 실상 좋아하는 입장에서는 어떤 제안도 들이대는 것일 수밖에 없다. 어색한 침묵만으로, 나란히도 아닌 반 발자국 뒤에서 그녀를 따라 걷고 있는데, 갑자기 멈춰 선 민은정이 뒤를 돌아본다. 이제 가보겠다는 인사를 하려는 건가? 아쉽지만 어쩌랴? 이 약한 남자는 다음에 또 다른 기회가 있기를 바라며….

"하선생님, 커피 한잔하실래요?"

어라! 저 여자가 먼저 수작을, 아니 대화를 신청한다. 내가 거절할 까닭이 있나? 둘러보니 우리의 발길이 멈춰선 곳은 스타벅스 앞이다.

"여긴 어떻게 알고 오셨어요?"

"가장 친하게 지냈던 태권도부 친구는 알고 있더라구요. 형욱이는 1학년 때까지 태권도부였어요. 부상으로 운동을 그만둔 후부터 엇나가기 시작했나 봐요. 착한 아이인데…."

아메리카노를 몇 모금 마시지 않은 민은정의 입에서 이어지고 있는 진지한 이야기, 하지만 내 머릿속에는 너랑 마주하고 있는 지금 이 순간이 행복하다는 생각밖에 없다.

"선생님은 학생부니까 어떻게 생각하실지 모르겠지만, 부장님이 좀 너무하셨던 것 같아요. 한참 예민할 나이인데, 그렇게 막무가내로…."

너무한 정도뿐인가? 그 인간 말종 새끼!

"부장님, 원래 그러시잖아요. 지금도 자기가 잘못했다는 생각은 하지 않을 거예요."

여성에게 호감을 사는 제1원칙, 무조건 그녀의 편이 되어라. 그 흔한 사랑학 개론이 아니어도 이운기 부장의 인격에 대한 비판이라면, 내 앞에 있는 사람이 누구라도 난 그쪽 편이다.

"형욱이, 전화도 안 받아요. 정말 학교 그만두면 어떡하죠?"

괜찮아. 난 너만 학교에 있으면 돼. 아! 지금 내가 뭘 생각을 하고 있는 거야? 형욱이를 잠시 잊고 있었다. 형욱이가 정말 학교를 그만두는 날엔 나는 평생 죄책감을 안고 살아갈 것이다. 뚜렷한 목적의식을 지니고 운동을 했던 이들은, 나 같은 날라리 운동부 출신과는 사뭇 성향이 다르다. 오히려 절망에 더 취약하기도 하다. 그것만이 유일한 길이었던 이에게 그 길이 가로막히면, 그 어떤 희망의 문장으로도 위로가 되지 않는 절망일 수밖에 없다. 나는 그 느낌을 잘 모른다. 하지만 조금 전에 만난 정수는 그랬다. 그리고 그 절망 앞에서 다시 찾은 빛이 밤거리의 네온사인이었다. 형욱이는 지금 저 네온사인의 불빛을 한줄기 희망으로 생각하고 있는 것일까? 아니면 그 화려함을 동경하고 있는 것일까? 정수를 보면 건달로 사는 것도 그리 나쁜 것 같지는 않다. 멀어져 가는 정수의 세단을 바라보며, '멋지게 사셨군요'라는 광고 카피가 떠올랐을 정도니까. 만약 형욱이 문제에 내가 직접적으로 관여되지 않았다면 나는 형욱이를 찾으러 왔을까?

학생 문제로 우연히 만난 담임선생님과 학생부교사는, 길지 않은 시간 동안 이런저런 이야기를 많이 나누었다. 2년째 같이 근무하면서도 이토록 진지했던 시간은 처음이었던 듯하다. 비록 너와 나의 사랑이야기는 아니었지만, 민은정과의 대화가 전혀 답답하지도 불편하지도 않았다. 하지만 카페를 나오면서부터 사심 가득한 고민이 스스로에게 불편한 질문을 던지기 시작한다. 민은정을 집에 바래다주어야 하는 것인가? 너무 오바질은 아닐까?

"버스 왔다. 저 먼저 갈게요!"

내 마음을 안 민은정의 배려였을까? 고민은 의외로 쉽게 풀렸다. 떠나가는 버스를 바라보며 나는 다시 잠깐 형욱이를 잊었다. 교사로서의 자질 문제일 수도 있겠지만, 어찌 학생의 인생만 인생이라 할 수 있겠는가? 오늘도 차마 말하지 못한 내 힘든 사랑이 버스와 함께 쓸쓸히 멀어져 간다.

5

다음 날, 교사가 된 이후로는 좀처럼 하지 않았던 지각을 하고 말았다. 어젯밤 내내 잠을 못 이루고 뒤척이다가, 정작 〈붉은 노을〉이 울릴 즈음에는 알람 소리를 듣지 못할 정도로 곤히 자버렸다. 택시에서 내리자마자 민은정에게 날린 문자한 통.

'형욱이 왔어요?'

형욱이는 오늘도 학교에 나오질 않았다. 이 자식, 정말 학교를 그만둘 작정인가? 한숨만 새어 나온다. 지금 상황에서 내가 할 수 있는 일이라곤 숨이라도 한숨으로 내쉬는 자책뿐이 없다. 학생부에 들어앉아 내내 한숨만 쉬고 있다가 수업도 깜빡했다. 수업 자료를 주섬주섬 챙겨서 교실로 향한다. 수업에 늦었음에도 서둘러 계단을 오를 힘도 없다.

"저번 시간에 어디까지 했니?"

평소 같으면 지난 시간에 어디까지 진도를 나갔는지를 모르지 않는다. 학생들에게 수업이 시작되었으니 집중하라는 의미로, 그냥 기계적으로 내뱉는 멘트일 뿐이다. 하지만 오늘은 정말 모르겠다. 요즘은 수업시간에 내가 딴 생각을 한다.

"쌤! 수학 쌤이랑 진짜 사귀어요?"

나도 그랬으면 좋겠다. 아침 댓바람부터 이 지지배들이 뭔 꿍꿍인지 몰라도, 아니라는 말도 이젠 지겹다.

"어제 둘이 데이트 했다면서요? 애들이 봤대요."

데이트는 무슨, 고작 커피 한잔 마신 것 같고서…. 잠깐! 뭐? 이것들이 지금 무슨 헛소리를 하고 있는 거지?

"아니야. 너희들 집에 안 들어가고 밤거리를 방황할까 봐 선생님들끼리 조를 짜서 순찰한 거야."

마치 준비라도 하고 있었다는 듯, 대답의 타이밍은 성급했고, 대답의 내용은 필요 이상으로 디테일하면서도 적당히 궁색하다. 대답을 하고 있는 내가 생각해도, 의구심만 증폭시키는 '변명'이다.

"스타벅스에 같이 있었다던데요?"

망할 것들, 자세히도 봤다.

"그냥 학교 일 때문에 잠깐 얘기 나눈 거야."

"혹시 차인 거예요?"

맥락이 안 맞는 대화가 계속 이어진다.

"아니라니까!"

"어머! 그럼 사귀는 거예요?"

이 순간을 모면하는 가장 좋은 방법은 나 역시 대화의 맥락을 무너뜨리는 것이다.

"자! 오늘 같이 배워 볼 단원은….”

"뭐야, 어떡해? 차였나 봐!"

이 새끼들이 진짜….

"그런 거 아니거든!"

난 남학생들과는 격 없이 잘 지내는 편이다. 서슴없이 육두문자도 날리고…. 하지만 태생적으로 여자들한테 약하다. 이 지지배들은 그걸 이미 학기 초에 간파했다. 그리고 틈날 때마다 나를 이토록 철저하게 유린한다.

"그러니까 자세하게 얘기를 해봐요. 저희가 도와드릴게요."

최후의 방법, 마술로 그녀들의 환심을 사기로 했다.

"손수건 있는 사람?"

"고백은 한 거예요? 마음은 있는 거예요?"

그 어떤 방해가 있어도 끝내 손수건을 구해, 불끈 쥔 한쪽 주먹을 살포시 덮는다. 나머지 손에는 아무것도 없으며, 그 어떤 트릭도 없을 것임을 다시 한 번 확인시켜 준다. 가열차게 질문 공세를 퍼붓던 지지배들도 손수건이 덮인 내 주먹에 시선을 고정한다. 그리고 손수건을 걷어 올리는 순간, 아무것도 없던 주먹에서 가운데 손가락만이 우뚝 솟아올라 있는 놀라운 광경을 목도하게 된다. 말도 안 되는 질문엔 더 이상 대답하지 않겠다는 강한 의지, 이 비교육적이고도 몰상식한 교사의 행태에 그녀들은 한바탕 자지러진다. 이 변태 같은 지지배들.

수업시간 내내 '아니야'만을 말하다 종이 울렸다. 햐~~! 좆됐다. 이건 적어도 3개월 짜리다. 여학생들이 이런 화두를 던질 때는 수업을 하지 말자는 이야기다. 지들 편할 때마다 이 이야기를 다시금 꺼내 들 것이다. 하지만 더욱 곤란한 상황이 나를 기다리고 있었다. 교실 문을 열고 복도로 나가는 순간, 마침 옆 반에서 수업을 마치고 나온 민은정이 내 앞을 지나치고 있었다. 이 여자, 등장하는 타이밍 하곤, 왜 하필 지금에…. 학생들이 이런 순간을 놓칠 리 없다. 한 놈이 복도로 뛰쳐나와 민은정의 앞을 가로막았고, 두 놈은 그녀의 양팔에 하나씩 팔짱을 끼고서 어제 일을 추궁하기 시작한다. 나머지 놈들은 복도 창문을 열고 환호성을 질러 댄다. 먹잇감을 발견한 하이에나 떼의 축제를 방불케 하는 현장, 당황한 민은정의 표정이 좋을 리 없다. 그녀와 눈이 마주칠 새라, 교무실 쪽이 아닌 방향으로 몸을 피했다.

"선생님! 어디 가요?"

피하는데 정해진 목적지가 따로 있을 리 없다. 그저 방향만 있을 뿐이다. 저기만 아니면 되는….

"담배 피러 간다. 왜?"

좋아하는 사람과의 스캔들이 딱히 기분 나쁠 건 없지만, 이렇듯 심각하게 몰아가면 정말로 사귀든가, 아니면 다시 전근을 가야 할 판이다. 만약 민은정이 다른 누군가와 사귀게 되면, 나는 쪽팔려서 더 이상 이 학교를 다닐 수가 없을 것이다. 오지 근무를 자청할 용의도 있다.

'드르륵'

문자메시지가 왔다. 설희다.
'진짜로 우리 담임선생님이랑 사귀어요?'
하~! 설희야, 넌 또 뭐니? 설희의 문자를 확인하던 순간, 민은정의 얼굴에 가득했던 불편한 기색이 떠오른다. 이런 오해가 그렇게 싫었나 하는 생각에 내심 서운하기도 했지만, 사과 문자라도 보내야 할 것 같다. '아니에요, 괜찮아요'라는 답장을 기대하며….

'어제 스타벅스에서 함께 있었던 걸, 어느 녀석이 봤나 봐요. 아이들한테 제가 해명했는데, 저토록 오바질이네요!'

'드르륵'

답장이 왔다.
'무슨 말이에요? 저한테 보낸 거 맞아요?'
하열아, 이 병신! 문자 잘못 보냈다. 설희에게로….

1

'뭐 해요? 또 술 마시죠?'

문자가 왔다. 설희다. 귀신같은 지지배…라고 하기엔 내 생활 패턴이 단조롭기는 하다. 금요일은 항상 어딘가에서 누구랑 술을 마시고, 토요일은 숙취로 허우적대다가, 일요일은 진정한 잠의 세계로 빠져든다. 설희와 민은정의 말대로 내가 여자 친구가 없는 것은 정말 술 때문인지도 모른다.

'알면서 뭘 물어봐?'

'저 소원 들어줘요.'

'뭔 소원?'

'축제 때, 노래….'

'소원을 말해 봐! I'm Genie for you'

'영화 보여 줘요.'

웬 영화? 내일 모처럼 아르바이트를 쉬는 날인데, 영화를 보러 가고 싶단다. 교사랑 학생이랑 영화를 보러 가는 게 이상할 일은 아니다. CA에 영화감상반도 있는 마당에…. 하지만 교사랑 학생이랑 단둘이 영화를 보러 가는 것이 괜찮은 일인가? 더군다나 설희이기에 나는 더 확신할 수가 없다. 그런데 같이 보러 가고 싶다는 생각이 드는 것은 왜일까? 난 영화를 별로 좋아하지도 않는데….

'알았어.'

이래도 되는 건가 싶은 마음도 없진 않았지만, 술기운에서였는지 그냥 그러고 싶었다. 정말 순수하게 영화가 보고 싶어서 그런 걸 가지고, 내 불순함이 너무 어렵게 생각하는 것일 수도 있다. 설희랑 너무 가까워진 것인지, 솔직히 요즘 들어 가끔씩 녀석이 여자로 느껴질 때가 있다.

'하열아! 너 너무 많이 굶었나 보다. 미쳤어! 미쳤어! 어떻게 가르치는 학생한테 그런 못된 마음을….'

이상한 마음을 품은 스스로에 대한 반성이 설희와의 관계를 불편하게 만들고 있는 것인지도 모른다. 어른으로서 부끄럼 없는 행동만 하면 된다는 생각에, 무언가를 시험해 보고 싶어서 굳이 피하지 않았던 것이기도 하다.

2

토요일 아침에 이렇듯 일찍 일어나 본 게 얼마만인가? 이 녀석, 그 얼마나 차이 난다고, 조조를 보자고 아침 댓바람부터 사람을 불러낸다. 어차피 돈은 내가 내는 것인데…. 찌뿌등한 몸을 이끌고 영화관에 도착을 했을 땐, 설희가 이미 먼저 와 기다리고 있었다.

어머! 지지배, 치마를 입고 나왔다. 하지만 생각해 보니 매일같이 보는 교복도 치마인데, 사복 치마에 뭘 그리 놀란 걸까. 가뜩이나 싱숭생숭한 마음이건만, 이 녀석 오늘따라 예쁘게도 차려입고 나왔다.

"아, 술 냄새!"

만나자마자 술 냄새가 난다고 성화다. 일찍 일어나지 못할까 봐 어제는 많이 마시지도 않았다. 아침에 샤워까지 하고 나왔건만….

"너 때문에 어제는 제대로 마시지도 못했어. 그게 얼마나 짜증 나는 건 줄 알아? 볼일 보다 중간에 끊고 나오는 것 같은… "

"아, 더러워! 술이 그렇게 좋아요?"

"응."

나란히 앉아 영화를 본다. 녀석의 숨결을 가까이서 느끼고 있다. 여자의 숨결 자체를 잊어버린 지 오래이다. 그래서인가? 곁눈질에 흐릿하게 들어오는 설희의 실루엣에 주책

맞게 가슴이 떨려 온다. 팝콘을 쥐려다 간간이 맞닿는 손가락, '감촉'이랄 것도 없는 그 짧은 순간이 주고 가는 전율. 도대체 내가 왜 이러는지 모르겠는 와중에 확연해지는 사실 하나, 지금의 이 느낌이 의미하는 바를 나는 알고 있다. 언제고 어디에선가 느껴 본 기억이 있는 이 기분, 나는 지금 곁에 있는 설희를 확실히 여자로 느끼고 있다. 그리고… 민은정에게서는 전혀 느끼지 못하기에 그토록 확신을 하지 못했던 것이란 사실을, 설희를 통해 깨닫고 있다.

나와는 달리 설희는 영화에 집중하고 있는 듯하다. 내가 별로 좋아하는 장르도 아니지만 영화의 내용이 잘 들어오지도 않는다. 이러면 안 되는데, 정말 이러면 안 되는 건데, 하열아, 이 변태 새끼!

영화를 보고 나와 점심을 먹으러 간다. 오늘은 떡볶이집이 아니라 피자집이다. 그다지 좋아하지 않기로는 떡볶이나 매한가지이다. 오늘 녀석과의 분위기가 상당히 불편하다. 피자를 먹는 동안에도 설희와의 대화는 어색하다. 하고 싶은 말을 하고 있는 것이 아니라 무언가 하고 싶은 말이 있는데, 그 주제를 계속해서 겉돌고 있는 느낌. 나는 이 느낌에도 익숙하다. 오늘 하루가 꽤나 길게 느껴진다. 이제 막 정오를 지나가고 있는 오늘인데….

피자 한 판을 둘이서 먹는 둥 마는 둥 그렇게 어색한 식사를 마치고서, 그 어색함을 고스란히 안고 버스정류장으로 향해 걸어가는 길 내내 녀석은 아무 말도 하지 않았다. 나도 아무 말도 하지 않았다. 하지만 녀석은 뭔가 할 말이 있는 듯한 눈치였고, 나는 그 할 말이 무엇인지 알지 못하면서도 어떤 대답을 준비하고 있었다.

정류장에는 설희와 나 둘만이 앉아 있다. 설희가 타고 가야 할 버스가 지나갔다. 내가 타고 가야 할 버스도 지나갔다. 설희는 왜 가지 않고 있는 걸까? 그런데 왜 나 역시도 가지 않고 있는 걸까? 또한 서로가 무엇을 기다리고 있는 걸까?

3

어색한 적막을 깨고 설희가 먼저 입을 열었다.

"저…, 선생님 좋아하는 것 같아요."

"같아요는 뭐니?"

또 한 대의 버스가 정류장에 멈춰 섰다. 하지만 누구도 타지 않는다. 그리고 내가 말을 이었다.

"선생님도 설희 좋아하잖아."

"그런 거 말고요."

그런 거? 나도 그런 거 아니야. 나도… 그런 거… 아니야. 사실 나는 설희의 고백을 기다리고 있었는지 모른다. 모른다가 아니라 그랬다. 그리고 기뻤다. 당장이라도 설희의 작고 하얀 손을 잡아 주고 싶었다. 하지만 그럴 수는 없다. 녀석은 지금 교사에 대한 동경과 이성에 대한 사랑을 헷갈리고 있다는 사실을 모르지 않는다. 삶이 힘들어, 당장에 기댈 수 있는 누군가를 찾다 보니 내 어깨가 보인 것뿐이다. 그 어리고 여린 마음이 안쓰러우면서도, 설희의 진정한 사랑을 위해서라는 이유로 나는 그 마음을 에둘러 거절하고 있다.

"졸업하고 사회에 나가면 멋진 남자들이 얼마나 많은 줄 아냐? 많은 남자들이 설희 좋다고 줄을 설 텐데, 그때 가면 선생님 같은 남자는 기억나지도 않을걸?"

재미없다는 듯 발바닥으로 정류장의 시멘트 바닥을 두드리던 설희가, 치마 주머니에 손을 찔러 넣은 채, 허리를 숙여 무릎에 가슴을 얹는다. 그리고 묻는다.

"우리 담임선생님 좋아하세요?"

"응."

학교에서는 이미 공식적으로 민은정을 좋아하는 남자이지만, 이제까지 어느 학생의 질문에도 민은정을 부정해 왔다. 그런데 오늘 설희 앞에서 너무도 쉽게, 한 치의 망설임도 없이 그 사실을 인정해 버렸다.

"나…, 너희 담임선생님 좋아해!"

허리를 웅크린 채, 하염없이 바닥만 바라보고 있는 설희. '마지막 한 번'이라는 듯, 그리고 자신에게서 가능한 최대의 용기라는 듯, 가늘게 떨리는 음성으로,

"나는 안 돼요?"

어떤 대답을 해주어야 할까 망설이고 있던 찰나, 설희의 얼굴을 마주하고 있는 바닥으로 눈물방울이 떨어진다. 젖어

들어가는 바닥의 먼지를 잽싸게 발로 가리긴 했지만, 이미 내가 보고 말았다. 차라리 보지 말 것을….

마침 정류장에 도착한 버스 한 대. 아니 버스는 아까부터 계속해서 도착하고 있었다. 그러나 이번에는 누군가를 태우고 갈 버스가 도착한 것이었다. 설희가 갑자기 자리에서 일어난다.

"아, 쪽팔려! 선생님, 저 이제 그만 가볼게요. 그리고 오늘 너무 즐거웠어요."

애써 웃음을 지어 보이면서도, 여전히 나와 눈을 마주치지 않는 설희가 버스에 올라탔다.

4

난 너를 사랑하네. 이 세상은 너뿐이야!

핸드폰 알람이 울렸다. 여느 날처럼 이문세의 〈붉은 노을〉이?

"아빠! 카드 좀…."

뭐? 아빠라니? 어떤 싸가지 없는 잡것이 방문을 열고 들어와 다짜고짜 내게 아빠란다. 그리고 언제 나한테 카드를 맡겨 놓기라도 했다는 양, 툭하고 내뱉는 저 말투는 도대체 뭐야?

"추리닝 새로 사야 돼서 그래."

누구 자식인지는 몰라도, 아빠에게 새 트레이닝복을 사달라는 말을 저 따위로 해댄다. 언제가의 나도 항상 저런 식으로 말을 내뱉었던 기억이 찾아들면서, 녀석의 입에서 내뱉어진 추리닝이라는 단어가 진실되게 들리지 않는다.

"아이! 정말인데, 몰라! 그냥 갈래!"

'쾅' 소리가 날 정도로 세차게 방문을 닫는 신경질적인 태도, 닫힌 문 너머로 다시 한 번 들려오는 녀석의 신경질적인 목소리,

"엄마! 나 돈 좀 줘!"

엄마? 이 집에 엄마도 있나 보다. 그나저나 저 어린 놈의 새끼가 쌍통머리 하고는….

"이런, 개~ 새끼!"

육두문자와 함께 이불을 박차고 거실로 나왔을 때는, 그 개새끼가 막 현관문을 닫고 밖으로 나가는 순간이었다.

"밥 먹고 가야지!"

한 아주머니가 그놈을 부르면서 현관을 따라나선다. 저 아줌마는 누굴까?라고 묻기에는 내가 서 있는 공간이 너무 낯설다. 그 아줌마가 내가 누구인가를 따져 묻는 것이 더 맞는 상황일 듯싶다. 현관문을 닫고 돌아선 아줌마는 나와 눈이 마주쳤으면서도 당황한 기색이 없다. 나를 아주 오래전부터 봐왔던 사람처럼 대한다.

"일어났어요? 식사해요."

누구인지는 모르겠는데, 전혀 낯설지 않은 저 표정과 말투. 에이! 설마? 그러나 그 '설마'의 바로 뒤에 기다리고 있던 '정말?'. 몸이 퍼질 대로 퍼진, 전형적인 한국 아줌마의 체형으로 변해 있는 설희임을 알아차렸다.

우여곡절 끝에 설희와 나는 결혼을 했다. 결혼과 동시에 나는 교직을 때려치고 사업을 했다. 흔히들 말하는, 사업을 해서는 안 되는 직업군이 있다. 교사와 군인과 운동선수, 학교와 군대와 체육관의 울타리에서 좀처럼 벗어나지 않는 획일적인 일상으로 학습된 고지식함. 난 그 경우를 빗겨 가지 않았다. 선생질하면서 모아 둔 모든 돈을 탕진하는 데에는 그리 오랜 시간이 필요하지 않았다. 설희는 나 때문에 다시 한 번 오랜 세월 동안 힘든 절망 속을 걸어와야 했다. 그 호리호리하고 예쁘장했던 소녀는, 어느 순간부터 저렇듯 뚱뚱하고 억척스러운 아줌마가 되어 있었다.

절망과의 타협점을 찾은 지금, 우리는 조그만 식당 하나를 운영하고 있다. 그리고 자식 뒷바라지를 위해 힘든 하루하루를 꾸역꾸역 살아가는 있는 부부이다. 설희는 그래도 이 못난 남편을 싫어하는 것 같지는 않다. 하지만 사사건건 부딪히는 일이 많다. 나도 잘하고 싶은데, 설희는 더 이상 나를 믿어 주지 않는다. 우리에게 선생과 학생의 로맨스는, 언제 그런 시절이 있었나 싶을 정도로 아득해져 버린 기억이 되어 버렸다.

우리 아버지와 엄마가 그랬다. 아버지는 학교의 선생님이었으며, 엄마는 몸이 아파 학교를 늦게 다니게 된, 소위 학교의 왕언니였다. 그들의 로맨스에서 내가 태어났지만, 내가 태어난 가정에서 나는 행복하지 않았다. 늘 권위적이고 보수적이며 고지식했던 아버지. 나는 다른 집과 달리 허락되지 않는 것들이 너무 많았다. 그래서 늘 허락을 맡지 않고 실행에 옮겼다. 내 성격이 이렇게 무데뽀가 된 데에는, 아이러니하게도 완고한 아버지의 영향이 컸다.

엄마는 다른 동창들보다 먼저 성인이 되었다. 그리고 아버지와 사랑을 했고, 학교를 졸업도 하지 못한 채 부부가 되고 부모가 되었다. 엄마에겐 젊음 날의 기억이란 게 없다. 소녀에서 바로 엄마가 되었으니까. 엄마는 잃어버린 젊은 날의 보상을 내게서 찾으려 했던 것 같다. 당신의 희망으로 나를 옭아매는 경우가 많았다. 모든 부모가 자기 자식을 천재로 믿고 착각하듯, 엄마는 어린 내게 과도한 학습 성취도를 기대했다. 부모님의 반대에도 기어이 운동부에 들어가기를 고집했던 건, 엄마의 닦달로부터 벗어나고 싶었던 이유도 있었다. 나는 공부 체질이 아니라는 사실을 진즉에 증명해 보이고 싶었다.

나는 우리 집의 이런 분위기가 싫었다. 그런데 내가 대를 이어 학생과의 로맨스를 완성시켰고, 싸가지 없는 자식을 키우고 있는 아버지가 되어 있다. 내 자신이 아버지의 삶을 다시 살아가고 있는 중이다.

"왜 빈속에 담배를 피우고 그래요?"

담배를 한 대를 피우려 현관문을 나서는데, 설희가 퉁명스럽게 쏘아붙인다. 저 녀석은 어쩌다 저렇게 볼품없는 모습이 되어 버렸을까를 따져 묻기에는 그보다 먼저 나의 존재가 없었어야 한다. 내가 녀석의 인생에 끼어들어 저런 볼품없는 아줌마로 만들어 버린 것이다. 마치 아버지가 엄마에게 그랬던 것처럼….

엄마는 아침 일찍 교회에 가셨나 보다. 엄마의 방에 들어가 책장에 꽂혀져 있는 앨범 하나를 꺼내 들었다. 문득 엄마의 젊은 시절이 다시 보고 싶어졌다. 먼지가 가득 내려앉은 시간의 더께를 닦아 내려 하는 순간, 설희가 또 한 소리를 해댄다.

"왜 또 그걸 꺼내요? 식당 문 열어야죠."

알았다. 문 열러 간다. 이것만 보고….

그런데, 대체 이게 어찌된 일이지? 집히는 대로 앨범의 어느 페이지를 펼쳐 본 순간에 맞닥뜨린 당혹스러움, 그곳엔 아버지와 엄마의 젊은 시절이 담겨 있지 않았다. 엄마의 자리를 대신하고 있는 사진들은 아주 오래전에 내 눈으로 직접 담은 설희의 학창시절이다. 소녀의 모습을 한 설희가 다정히 내 팔짱을 끼고 있는, 설희와 내가 한창 서로 좋아하던 시절의 사진들뿐이다. 다른 페이지들 역시 마찬가지이다. 나는 아빠가 되어 있었다. 그리고 엄마랑 결혼을 했다. 문맥상으로는 당연한 말이면서도 이상한 말이다. 그 싸가지 없는 중삐리 새끼가 나이기도 하고, 설희가 내 엄마이기도 하다는 이야기다.

방금 전에 현관문을 박차고 나갔던 그 싸가지가 현관문을 다시 열어젖힌다. 학교 간 지 얼마 되지도 않은 시간이건만, 벌써 집으로 끼질러 들어오다니, 어지간히 개념 없는 새끼인가 보다. 그런데 울먹이며 현관에서 신발을 벗고 있는 녀석의 교복바지에 피가 배어 있다. 바지를 벗겨 보니, 허벅지의 멍 자국에서 새어 나오는 핏물이 종아리까지 흘러내리고 있다. 학생부장이 그랬단다. 이런 미친 선생이, 요즘이 어떤 시대인데 애를 이 지경으로…. 당장 그 선생 놈을 만나러 가야겠다. 주차장으로 내려갔지만, 나는 아직도 차가 없다. 고등학교 때, 친구가 교통사고로 죽었다. 그 사고는 나로 인해 발생한 것이나 다름없었다. 나는 아직도 운전을 잘 하지 않는다.

　택시를 타고 도착한 학교, 내 아들이라는 사실이 아직도 낯설기만 하면서도, 그놈이 다니는 학교 위치를 정확히 알고 있다는 사실도 뭔가 이상하다. 한바탕 지랄을 떨어 댈 심사로 씩씩대며 오르고 있는 계단, 학생부의 위치가 어디인지를 알고나 가는 것일까? 그러나 내가 멈춰 선 곳에 학생부가 있었다. 학생부 문을 열어젖힌 순간에 쏟아져 나온 너무도 눈부신 햇살, 비현실적으로 찬란한 조도의 햇살을 가득 머금은 창가에 서서 창밖을 바라보고 있는 실루엣 하나가 왠지 낯설지 않다. 고개를 반쯤 돌려 힐끔 나를 쳐다보다가, 이내 그 육중한 실루엣 전부를 돌려세우더니 천천히 내게로 다가온다. 햇살을 등에 진 과도한 명암을 벗어나 얼굴을 식별할 수 있을 만한 거리로 좁혀진 순간, 너무도 익숙한 얼굴임을 깨닫는다. 이운기다.

"하선생! 오랜만이야. 어머님은 요새 뭐 하시나?"

저 미친 노인네가 왜 여기에….

"이런 시발! 어째서 당신이 아직도 여기 있는 거야?"

그 순간, 학생부 구석으로부터 눈부신 햇살을 등에 지고 다가오는 또 하나의 실루엣. 건장한 체격을 지닌 젊은 교사가 팔짱을 낀 채로 내게 말한다.

"아이고 아버님! 조용히 말씀하셔도 저희 다 알아듣거든요."

뭐지? 도대체 뭐지?

5

난 너를 사랑해, 이 세상은 너뿐이야!

핸드폰이 울렸다. 여느 날처럼 빅뱅의 〈붉은 노을〉이…. 또 꿈이었다. 꿈속에서 설희는 내 아내이면서도 엄마였다. 나는 아빠이면서도 그 철없는 아들 새끼였다. 그러나 오늘의 꿈을 기억에서 밀어내며 찾아드는 또 다른 기억은 설희와 있었던 어제의 일이다. 나는 설희를 위해 그런 것일까? 아니면 나를 위해 그런 것일까?

언젠가부터 나는 꿈속에서 설희를 자주 만나고 있었다. 간

혹 사회적으로 지탄을 받을 만한 그런 야릇한 꿈을 꾸기도 한다. 나는 꿈속에서 마음껏 설희를 사랑했다. 그리고 꿈 저편에서 빅뱅의 〈붉은 노을〉이 들려올 때면, 그 꿈속에 설희를 남겨 두고 현실로 넘어왔다. 아쉬움으로 눈을 뜨는 아침마다, 〈붉은 노을〉로 밝아 온 현실을 베고 누워 꿈속의 설희를 다시 떠올리곤 했다. 그리고 싱숭생숭한 마음으로 출근을 하고, 수업시간 내내 책상에 앉아 있는 설희를 몰래 훔쳐보곤 했다.

믿을 수 있나요. 나의 꿈속에서 너는 마법에 빠진 공주란 걸

축제 때 설희와 함께 불렀던 〈마법의 성〉의 내 첫 파트는 설희를 향한 고백이기도 했다. 하지만 꿈속의 설희가 꿈밖으로 걸어 나왔을 땐, 난 그녀를 받아들이지 못했다. 나는 현실에서조차 꿈을 꾸고 싶진 않다. 그저 현실을 살아가고 싶을 뿐이다. 내게서 그런 낭만이 사라진 원인은, 바로 꿈처럼 아름다운 사랑을 했던 교사 아버지와 제자 엄마이다. 각박함과 처절함이 갈마드는 삶의 와중에 결국 서로의 꿈을 잃어버리고 잊어버리는 부부. 나와 설희도 분명 그렇게 될 것이다. 서로가 죽을 듯 사랑했어도, 나중엔 서로를 죽일 듯이 지지고 볶고 사는 그런 현실. 그러니 차라리 현실 같은 사랑을 하고 싶다. 그저 보통 사람들이 하는 평범한 사랑을…. 세상이 낭만적으로 늘어놓는 사랑의 판타지들을 나는 믿지 않는다. 내가 왜 민은정을 좋아하느냐고? 그저 부부교사로서의 안정

된 삶을 살아가는 것이 나의 바람이기 때문이다. 동화는 여기까지다. 차라리 먼 훗날 아름답게 돌아볼 수 있을 미완성으로 남겨지는 것이, 설희의 미래를 위한 길이기도 하다.

일요일 오후, 내가 다녔던 고등학교를 찾았다. 졸업하면 다시는 이곳으로는 오줌도 안 갈기려고 했는데, 답답한 일이 있으면 가끔씩 찾아와 운동장 벤치에서 한참을 앉아 있다 가곤 한다. 교사가 된 이후에 생긴 버릇이다.

여기 온다고 해서 어떤 해법이 떠오르는 것도 아니다. 하지만 마음을 털어놓을 수 있는 누군가들이 산다는 사실만으로도 위로가 되는 공간이다. 이곳엔 지나간 시절에 두고 온, 지금도 서로 다른 시간대의 어딘가를 살아가고 있는 수많은 내가 있다. 그리고 그들에게 묻는다. 너희들은 어떻게 생각하느냐고….

오늘도 어김없이 내 답답함의 언저리로 그들이 모여들고 있다.

"너도 참 생각 많아졌다. 뭘 그리도 어렵게 생각해? 어우! 답답해. 내가 나이 먹으면 저렇게 되는 거야?"

가장 먼저 도착한 녀석은 한창 거리를 배회하던 시절의 나다.

"하여튼 이 병신! 너는 아직도 애냐? 이 새끼 아직도 이렇게 생각이 없다니깐!"

조금이나마 생각이 굵어진 내가, 한창 거리를 배회하던 시절의 나를 타박하며 다가온다.

"그럼 쟤가 잘한 거야? 쟤도 설희 좋아하잖아."

"그렇긴 하다. 설희가 상처 많이 받았을 텐데…. 너 최은정 때 기억 안 나? 울고불고 난리도 아니었던 거…."

녀석들이 어쩐 일로 의견의 일치를 본다.

"그 나이가 되면 많이 딴딴해지나 보네. 너무 냉정한 거 아니야? 너도 설희 나이 땐, 죽네 사네 했으면서…."

생애 첫 여자 친구를 친구 놈에게 빼앗겼던 시기의 내가 다소 격양된 목소리로 따져 묻는다.

나는 사랑이 잘 안 되는 편이었다. 내가 여자들을 못되게 만드는 것인지, 내가 못된 여자들만 좋아했던 것인지, 모든 사랑이 어찌나 지랄 맞게 끝이 나던지…. 그래서인지 이젠 사랑의 아픔 따위가 나를 힘들게 할 수는 없다. 물론 그 잠깐의 순간만큼은 아프지만, 이미 그 아픔을 케어할 수 있는 내성과 항체가 생겨 버린 것 같다. 설희는 사랑에 대한 내성이 나보다는 덜할 것이다. 그래서 많이 아플 것이다. 하지만 이런 과정을 통해 좀 더 어른이 될 것이다. 더군다나 지금 그녀의 감정은 선생님에 대한 동경과 남자를 향한 애정을 헷갈리고 있는 것이다. 설희가 진정한 사랑을 만날 수 있을 기회를, 선생이란 지위를 이용해 빼앗을 수는 없는 일이다.

"너 자꾸 거짓말할래?"

또 한창 거리를 배회하던 시절의 나다. 녀석이 말을 계속 이어 간다.

"지금 니가 더 두려워하고 있는 거잖아. 안 그래? 사랑의 항체? 내성? 내가 니 나이가 되면 그런 게 정말로 생기는 거야? 세상에 그런 게 정말로 있기는 한 거야?"

그런 게 있단다. 이 싸가지 없는 어린놈의 새끼야! 하여튼 너는 고생을 좀 더 해봐야 돼!

친구를 먼 곳으로 떠나보내고 생각의 비약을 이루었던 시점의 내가 어느새 옆으로 다가와 침착하게 말을 건넨다.

"저놈 이야기가 틀린 것도 아니네. 넌 니가 우리를 속일 수 있다고 생각하는 거야? 솔직히 그 수학선생하고는 사귀어도 그만이고, 그러다 헤어져도 그만이라고 생각하는 거 아니야? 그런 만남이야 숱하게 겪어 봤으니, 다시 아픔으로 끝나도 참을 만하니까. 그래서 평범한 사랑이 어쩌고저쩌고 하는 거 아니야?"

한창 거리를 배회하던 시절의 내가 맞장구를 친다.

"그러게 내 말이…. 설희랑은 그렇게 못 하겠는 거잖아. 항체? 넌 설희에 대한 항체는 없는 거지? 그래서 두려운 거지? 얘는 내가 어리다고 내 말은 무조건 무시해. 난 적어도 너처럼 그러진 않았다. 사랑을 잘 몰랐던 것일 수도 있겠지만, 그래서 아프고 힘들었지만, 진심을 다해서 아파하고 힘들어 했거든."

그랬나? 나도 설희 나이 때는 그랬나? 그렇다면 지금은 그렇지 않다는 이야기인가? 그나저나 한창 거리를 배회하던 시절의 내가 원래 저렇게 논리적이고 감성적이었나?

사실 그렇기도 하다. 난 설희를 좋아한다. 민은정은 좋아하려고 노력을 한 것 같다. 삶의 어느 순간부터 사랑이란 걸 믿지 않았다. 그저 사랑이라고 믿는 것에 더 익숙해져 있었다. 어차피 누구를 만나 사랑해도 이 사람이나 저 사람이나 그게 그거일 거라는 생각, 그럴 바엔 같은 직업을 가진 여성과 무난하게 사랑하고 결혼하고 싶다는 생각뿐이었다. 그래서 여자 민은정이 아닌 여교사 민은정에게 그렇게 집착을 했었는지도, 나를 흔들고 있는 설희를 애써 외면하고 싶었던 것인지도 모른다.

그렇다. 나는 설희에 대한 항체는 없다. 그래서 설희를 좋아하면서도 그토록 부정하고 있었다. 녀석이 내 안으로 들어와 병이 될까 봐. 그 아픔은 내가 견뎌 낼 수 없는 것이었다. 나는 언젠가부터 아픔이 되어도 견딜 수 있을 만한 상대와 호감을 나누는 일을 사랑으로 믿어 버렸다. 어쩌면 민은정은 이미 여자의 육감으로 간파하고 있었는지 모른다. 내가 자신을 대하는 감정이 어떤 떨림도 끌림도 아니라는 사실을…. 아무리 어려도 여자인데, 설희 녀석도 육감으로 이미 내 마음을 눈치채고 있었는지도 모를 일이다. 그러나 내가 학생을 상대로 뭘 어찌할 수가 있겠나? 설희와 있었던 어제의 일은, 나에 대한 설희의 배려였는지도 모르겠다. 선생님이어도 자신은 괜찮다고….

벤치에서 일어나 운동장을 가로질러 학교 정문을 빠져나오고 있다.

"그냥 솔직하게 좀 살아라! 내가 너 같은 어른이 될까 봐 겁난다."

교문까지 따라온 내 학창시절들이 끝까지 훈장질이다. 그들을 돌아보며 환한 웃음을 지어 보였다. 녀석들이 고맙기도 기특하기도…. 그런데 어쩌냐? 이미 이런 어른의 모습이 니들의 운명인데….

"뭐야? 저 새끼, 왜 저렇게 웃어? 저거 아직 정신 못 차렸어!"

시간의 벽에 걸려 교문 밖으로는 나오지 못하고, 뒤돌아서 멀어지는 내 뒷모습에 무리를 지어 성토를 해댄다. 니들 마음은 잘 알고 간다. 아니 내 마음을 알고 간다.

노을을 밟은 소녀

1

월요일, 민은정네 반 수업이다. 오늘은 2학년 12반이 5교시 수업이지만, 아침부터 급한 일이 생겼다며 민은정이 수업을 바꾸어 달라고 부탁해 왔다. 보통 때 같으면 이 여자에게 무슨 일이 생긴 것인가를 궁금해 했겠지만, 오늘 내 머릿속에는 온통 설희에 대한 생각뿐이다.

형욱이의 자리는 아직도 비어 있다. 그리고… 오늘 설희가 학교에 나오질 않았다. 토요일에 그런 일이 있은 후, 월요일날 설희를 어떻게 대해야 할지가 내내 걱정이었다. 그보다 나와 시선을 마주치지도 않을 녀석이 더 걱정이었다. 다행일까? 결코 다행이지 않은 설희의 결석에 내 걱정은 잠시 유예 기간을 갖게 된 셈이지만, 녀석이 왜 오늘 학교에 나오지 않았을까에 대한 새로운 걱정이 생겨났다. 아니겠지만, 그럴 리 없겠지만, 혹시 나 때문에 학교에 나오지 않는 건 아닐까? 이미 비어 있는 한 자리 역시 내 잘못인데, 나머지 한 자리마저 나의 책임이라면, 이 반을 들어올 면목이, 아니 이 학교를 계속해서 다닐 면목이 없게 되는 것이다.

"저번 시간에 어디까지 했니?"

교과서를 펼치면서 기계적으로 내뱉는 멘트가 내려앉은 오늘의 페이지에는 황진이의 〈상사몽相思夢〉이 적혀 있다.

相思相見只憑夢 그리워라, 만날 길은 꿈밖에 없는데
儂訪歡時歡訪儂 내가 님 찾아 떠났을 때, 님은 나를 찾아왔네.
願使遙遙他夜夢 바라거니, 언젠가 다음날 밤 꿈에는
一時同作路中逢 같이 길을 나서 오가는 중에 만나기를

'좋아해요!'

그 말이 뭐가 그토록 부담스러워 도망치려 했는지…. 그래, 솔직하니 겁이 났다. 그토록 좋아하는 너의 앞에서 그 마음을 들키는 것이…. 왠지 교사라는 지위를 이용해 순진한 여학생을 꼬드기는 범죄 같아서…. 그래서 앞날이 창창한 너를 위해서라는 허울 좋은 변명으로 애써 너를 내 마음속에서 밀쳐 냈다. 모르겠다. 민은정 이야기는 그렇게까지 할 건 아니었는데, 학생을 위한답시고 학생에게 상처를 주고 말았다. 하열아! 이 나쁜 새끼! 자기 편한 변명을 소신으로 정당화하는 너는 그런 선생이다.

분명 수업을 하고 있긴 한데, 내가 지금 무슨 이야기를 떠들고 있는지는 잘 모르겠다. 다른 때 같으면 있는 얘기 없는 얘기 다 털어 가면서 시간 가는 줄도 모르고 주접을 떨었을 사랑의 주제이거만, 오늘은 그러질 못하고 있다. 내가 사랑에 대해 말할 자격이 있나 싶은 자책감, 내가 사랑에 대해 뭘 알고 있나 싶은 회의감으로, 그저 한자 풀이와 한시 해석만 하다 끝이 났다. 정말 오랜만에 순수하게 한문의, 한문에 의한, 한문을 위한 수업이었다. 말하는 나도, 듣는 학생도 재미없는 그런 수업….

2

수업에서 돌아오니 큼지막한 사건 하나가 책상에 놓여져 있다. 다른 학교 남학생 여럿이서 우리 학교 여학생을 집단 성폭행을 한 사건이다. 가해자들이 다니고 있는 학교에서 사건 경위서를 팩스로 보내왔고, 대강의 내용을 먼저 읽어 본 부장과 김정훈은 이 일에 대해 수다를 떨고 앉아 있다.

"그 여자애도 미친년이지. 뭐 하러 남자놈들이랑 한방에서 같이 술을 마셔? 그러니 남자 애들이 헤프게 본 거지. 안 그래?"

"뭐 지들끼리 술 처먹고 취해서 빠구리 뛴 거겠죠. 여자애는 거수 하나 잡았으니 합의금 좀 챙기겠다는 심사일 테고…."

선생 같지 않은, 아니 인간 같지 않은 저 두 또라이의 대화 수준이란 게 원래 저렇다. 말을 섞기 싫은 것은 고사하고 그냥 같은 공간에서 같은 공기를 들이마시고 있다는 사실 자체가 불쾌하다. 마침 다음 시간도 수업이다. 저 말 같지도 않은 말들로부터 멀어지기 위해, 일찌감치 교재를 챙겨 학생부를 빠져나왔다.

수업을 마치고 돌아오니 어느덧 점심시간이다. 오전이 어떻게 지나갔는지 모를 정도로 머리가 복잡해 죽을 지경이건만, 이런 상황에서도 내장은 결코 복잡해하지 않는다. 저 자신의 욕구에 충실할 뿐이다. 내장의 욕구를 채워 주면 내장은 그 보답으로 잠시나마 머리의 복잡함을 진정시켜 주는 은혜를 베푼다. 식곤증이란 방법으로…. 밥을 먹고 돌아와 곧바로 책상에 엎드려 잤다. 5교시 시작을 알리는 종이 울렸지만, 민은정과 수업을 바꾼 터라 오늘은 5교시 수업이 없다. 그냥 아무 생각 없이 계속 잠만 자고 싶었다.

설희가 말했다.

"저 선생님 좋아해요."

내가 대답했다.

"선생님도 설희 좋아하잖아."

설희가 화를 내며 말한다.

"그런 거 말고요."

아무 대답도 하지 못하는 나에게 설희가 물었다.

240

"우리 담임선생님 좋아하세요?"

내가 대답했다.

"……, 그래."

설희가 다시 묻는다.

"우리 담임선생님도 선생님 좋아해요?"

내가 다시 대답했다.

"몰라. 그냥 내가 좋아하는 거야."

설희가 운다. 울면서 또 다시 묻는다.

"나는 안 되는 거예요?"

설희가 운다. 우는 설희를 바라보며 내가 또 다시 대답했다.

"응, 안 되는 거야."

식곤증의 배려도 졸림까지만이다. 꿈속에서조차 머리는 복잡하다. 그저 꿈이었을 뿐인데, 그 꿈속에서조차 나는 설희에게 한 치의 주저함도 없었다. 눈을 뜨고 나니 그 냉정함과 야속함이 미안하기도 하다. 그저 한낱 꿈이었을 뿐인데…. 하지만 꿈으로 되새긴 그저께의 현실이기도 하다.

더 자려고 해도 잠도 오지 않는다. 아까 그 성폭행 관련 경위서를 집어 들었다. 이런 경우는 경찰서에서 다루어지는 범죄이기 때문에, 학교 차원에서는 뭘 어찌할 수 있는 사안이 아니다. 사법 기관의 대답이 있을 때까지 학교에서 할 수 있는 일이라곤 경위서를 받아 두고 있는 것뿐이다.

토요일날 석환이네 집이 빈다고 하여 석환이네 집에 모여 술을 먹기로 했는데, 길을 가다 석환이가 아는 여자애를 만나 같이 술을 마셨다. 여자애가 너무 술이 취해 쓰러져 자는데 석환이가 여자애를 자기 방으로 데려가 옷을 벗기고… 여자애가 피를 흘려 화장실에 가서 샤워기로 닦은 후에 다시 석환이 방에서 요번엔 수철이가 그 여자애를… 나쁜 짓인 줄 알면서도 너무 술이 취해 있어서 나도 참을 수가 없었다. 그래서 나도 취해 있는 그 여자애를…

이 새끼들, 아주 야설을 써 놨다. 다른 학생의 경위서를 대충 훑어보아도, 모든 내용은 대동소이하다. 그런데 석환이란 이름이 왠지 낯설지가 않다. 석환이란 놈이 쓴 경위서를 집어 들었다.

주말에 엄마가 지방을 내려가게 되어서, 친구들과 함께 집에서 술을 마시고 싶었다. 친구들과 술을 사러 마트에 가는데, 예전에 다니던 학교에서 1학년 때 같은 반이었던 백설희를 만났다.

예전에 다니던 학교? 백설희를… 만났다?
백설희를 만났다.
설희를 만났다.
설희를?

이 새끼들이 만난 여학생이 설희다. 설희가… 집단 성폭행을 당했다. 내가 읽은 야설 같은 경위서의 여주인공이 설희다.

'술이 그렇게 좋아요?'

그 질문에 그렇다고 대답한 날, 설희가 술을 마셨다. 설희가 피를 흘렸다. 이 새끼들이 술을 핑계로 설희에게 못된 짓을 했다. 석환? 너무나도 낯익은 이름. 윤석환? 얼마 되지도 않은 그 좆같은 기억, 양아치 외삼촌과 지랄 맞은 그 애미의 아들. 그래서 다른 학교로 전학을 보낸 이 좆같은 새끼가 설희를…. 이운기 부장과 김정훈에 의해, 남자에게 헤픈, 빠구리 베푼, 걸레가 되어 버린 소녀가 다름 아닌 설희였다. 이런 시발! 좆같은 하늘이시여!

경위서를 떨어뜨리고 땅바닥에 주저앉는 영화 같은 일은 벌어지지 않았다. 순간 너무도 이성적이고 냉철해지고 있었다. 눈앞이 캄캄해지는 망연자실의 느낌도 없었다. 도리어 모든 것들이 확연해지고 있었다. 결국 민은정 반의 빈 두 자리는 나로 인해 비워지게 된 것이다. 내가 그들을 그렇게 몰았다. 내가 그렇게 만들었다.

3

설희 녀석이 전화를 받지 않는다. 할 수 있는 게 그것밖에 없는 무능함은 부질없이 전화만 걸어 대고 있다. 그런 와중에 설희의 할머니께서 학생부 문을 열고 들어오셨다. 오늘 나와 수업을 바꾼 민은정의 급한 일이란, 설희의 집에 가서 설희를 만나고, 설희 할머니를 학교로 모시고 오는 것이었다. 잠깐의 틈을 두고 이 학교에선 다시 볼 일이 없을 줄 알았던 윤석환의 외삼촌과 어머님도 내교를 했다.

설희의 할머니는 내내 민은정의 손을 잡고 우신다. 다시 가해자 측에 앉아 있는 저 남매는 오늘도 당당하다. 자식과 조카의 선처를 부탁하러 온 자리, 하지만 태도는 전혀 공손하지 못하다.

"한창 호기심 많은 아이들끼리 저지른 실수이니…."

설희의 할머니에게 저들은 '실수'를 말하고 있다. 실수? 실수란다. 그래서 합의를 해달란다. 그리고 그 합의를 위해 택한 장소가 경찰서가 아닌 학교다. 저들에겐 학교는 그렇게 만만한 장소이다. 실수라는 말보다, 합의라는 말보다, 먼저 머리를 땅에 조아리고 용서를 빌어야 하지 않나? 나도 실수를 좀 해볼까? 설희에게 실수를 하고, 이제 설희의 할머니에게 실례를 범하고 있는 저 인간 같지도 않은 인간들에게….

"지금 그걸 말이라고 하세요!"

말 같지도 않은 말을 옆에서 듣고 있다 못해, 내 울분이 터져 나오고 말았다. 교사로서의 양심은 아니었다. 그냥 순수한 '화'였다.

"뭐야 당신? 왜 또 시비야?"

오랜만에 만난 저 외삼촌 새끼는 여전히 말이 짧다.

"이런 시발!"

내가 내뱉은 '시발'은 어떤 정의감도 아니었다. 그냥 순수한 '화'였다. 충동적으로 사람을 죽이는 사건이 일어나는 이유를 이해할 수 있을 것도 같다. 정말이지 저들을 죽여 버리고 싶다. 아니 저들은 죽어야 한다.

"너 지금 뭐라 그랬어?"

양아치 외삼촌 새끼가 자리에서 일어나 내 멱살을 잡았다. 불쾌하기보다는 내심 기다렸던 바이다. 내게도 이제 무례해질 수 있는 충분한 명분이 생겼다.

"놔!"

"근데 이 새끼가 미쳤나?"

"그래 미쳤다. 니들은 제정신이라서 이 지랄을 떨고 있냐?"

"이게 선생이야? 개또라이 새끼, 너 오늘 나한테 잘 걸렸어."

그래 개또라이다. 너만큼이나…. 그리고 너만큼이나 양아치 같은 시절도 있었다. 한참 동안 잊어버리고 있던 그 기억을 네놈이 끄집어낸 것이다.

"놓으라고 이 시발놈아!"

책상에 놓여져 있던 무언가가 손에 집힌다. 스승의 날에 선물 받은 그 머그컵이다. 또라이를 향한 또라이의 마지막 경고, 하지만 내심 제발 내 경고를 무시해 주길 바랐다. 확 죽여 버리게…. 간절하면 이루어진다고 했던가? 그는 내 기대를 저버리지 않았다. 여전히 내 멱살을 잡고 있다. 얼굴에 가득한 '화'를 비집고 나오는 회심의 미소를 감출 수가 없다. 그래 같이 좆되자. 시발!

"놓으라고 했지!"

말이 끝남과 동시에, 머그컵이 외삼촌의 머리통에서 산산이 부서지고 있었다. 나와 그의 피가 뒤섞여 흩뿌려진 학생부는 이미 아수라장이다. 소스라치게 놀란 모두가 내 곁에 다가서지 못하는 분위기, 꼴에 상사라고 이부장 놈이 끼어든다.

"하선생! 지금 뭐 하는 거야?"

지금 심정으로는 이부장 놈도 함께 죽여 버릴 판이다. 민은정이 내 뒤에서 허리를 끌어안으며 말린다. 하지만 이미 나도 내 정신이 아니다. 윤석환의 어머님은 떨리는 손으로 핸드폰을 부여잡고 경찰에 신고를 하고 있다. 저 아줌씨도 그동안 운이 졸라 좋았던 거다. 사람이 한번 꼭지가 돌면 얼마나 무서워질 수 있는지를 모르고, 자기 편한 대로 한 세상을 살다가 나 같은 또라이를 만난 것이다. 잠시만 기다려 이 시발년아, 너도 곧 죽여 줄게!

싸울 것처럼 멱살을 잡더니만, 이제 바닥에 쓰러져 나 죽네 하며 갖은 엄살을 부리고 있는 양아치. 아마도 합의금을 염두에 두고 있는 과잉의 제스처일 터, 저 새끼는 뼛속까지 양아치란 사실을 확인하고 나니 뒤이어 밀려올 일들이 얼마나 골치가 아플 것인지가 눈에 선했다. 그러나 이미 일은 벌어졌고, 나는 이래저래 저 남매에게 휘둘릴 것이다. 이왕 좆된 거, 차라리 여기서 확실하게 해두자라는 생각으로 다시 양아치의 복부를 걷어찼다. 명치를 제대로 가격했다. 입가로 가득 새어 나오는 침이 피와 뒤섞여 바닥에 흥건하다. 숨이 안 쉬어지는지, 손을 내밀어 그만하라는 제스처를 취하고 있다. 시작은 니가 먼저 했다. 끝은 내 마음이다. 그런 게 사람 사이의 정이란다, 이 개새끼야! 머리통을 발바닥으로 밀어 차자 캐비닛에 가서 부딪힌다. 캐비닛에 기댄 머리통을 한 번 더 걷어찼다. 정말 죽여 버릴 작정으로, 최대한의 힘을 실어…. 양아치의 머리통에 철제 캐비닛이 찌그러진다.

바닥에 널브러져 맥없이 이리저리 나뒹구는 양아치, 그 주변으로 부서진 머그컵의 파편들이 재차 그를 찌르고 있다. 피가 묻은 머그컵의 잔해들이 그제서야 내 시야에 들어온다. 머그컵? 스승의 날 선물? 그때까지도 머릿속에는 온통 설희의 생각으로만 가득 차 있었지만, 갑작스럽게 또 다른 날의 설희가 밀려 들어왔다. 혹시 설희가 준 것이었나? 왜 설희일지도 모른다는 생각을 하지 못했을까? 지금 그걸 산산이 부서뜨린 건가? 뭔가 섬뜩한 기운이 등줄기를 스쳐 지나간다.

학생부 여기저기에 흩어진 기억의 조각들, 넋을 놓고 그 광경을 바라보고 있던 잠깐의 정적 사이로 핸드폰의 메시지 수신 소리가 들려왔다. 내 핸드폰에서 울린 소리임을 직감했다. 틀림없이 설희일 것만 같은 느낌, 여태껏 광기를 뿜어내고 있던 또라이 교사는, 제정신으로 돌아왔다는 듯 책상 앞으로 돌아와 핸드폰을 집어 들고 메시지를 확인한다.

'안녕! 선생님!'

설희가 안녕이란다. 갑자기 눈물이 차오른다. 핸드폰 액정에 떠오른 저 '안녕'이란 두 글자가 너무도 슬퍼 보인다. 안녕이라니? 학교에 와서 선생님 얼굴을 보고 인사를 해야지, 이렇게 예의 없이 툭 하고 문자만 날리면 어떡해 이 녀석아!

녀석이 지금 뭔가 엉뚱한 짓을 저지를 것만 같은 불안감에, 다시 전화를 걸어 보지만 여전히 받지 않는다.

"할머니! 지금 설희 어디 있어요?"

"아까까지만 해도 집에 있었는데요."

"민 선생님! 설희 집주소 좀 문자로 보내 줘요."

학생부 문을 박차고 나오려는 순간, 내 난리 소식을 전해 듣고 수업 도중에 학생부로 내려온 윤리교사 남지훈과 마주쳤다.

"남지훈! 차 좀 빌려줘!"

"어? 운전 안 하잖아."

"빨리!"

학창시절의 친구를 통해 일찌감치 운전을 배웠고, 취득 조건이 되자마자 운전면허를 땄다. 그러나 친구가 사고로 죽은 이후로는 여간해선 운전을 하지 않는다. 그런데 지금 나는 설희에게로 가기 위해 운전대를 잡았다.

얼마의 시간이 흘렀을까? 늦지는 않았을까? 조급한 마음으로 달려간, 핸드폰 액정에 찍힌 주소의 마을. 지어진 지 오래되어 보이는 임대 아파트 옥상에 누군가 서 있다. 이 아파트 옥상이 몇 층인지, 이 아파트에 엘리베이터가 있었는지도 확인하지 못했다. 그냥 계단을 뛰어오르는 중이다. 나는 종교가 없다. 기도도 하지 않는다. 하지만 이 순간만큼은 하늘 어딘가에 있을 누군가에게 간절한 기도를 올리고 있다. 신은 아니다.

'제발! 도와줘.'

4

아파트 옥상 난간에 서 있는 설희, 그 뒤로 수채화처럼 펼쳐진 붉은 하늘. 뭔가 심상치 않은 풍경이다. 지금이 몇 시인데, 벌써부터 저렇듯 노을이 몰려들고 있단 말인가? 꿈인가? 내가 아직 학생부 책상에 엎어져 자고 있는 것인가? 차라리 꿈이었으면, 제발 꿈이었으면….

"백설희! 너 무슨 짓이야?"

"가까이 오지 마세요."

나를 돌아보지도 않고 하는 말이었지만, 보이지 않는 표정보다 두려웠던 건 너무도 침착한 설희의 말투였다. 이미 결심을 했다는 듯한….

"설희야! 제발 그러지 마!"

설희는 그저 먼 시선으로 노을만을 바라보고 있다. 설희를 달래면서 조금씩 가까이 다가서고 있지만, 녀석이 정말 무슨 짓이라도 저지를 것 같아 그도 조심스럽다.

"그냥 여기서 다 끝내고 싶어요."

"그래도 이건 아니지. 선생님이랑 방법을 찾아보자."

"방법? 무슨 방법이오? 제가 뭘 어떡해야 하는데요?"

"그러니까, 이제부터 선생님이랑 방법을 찾아보자니까."

"이제 제가 할 수 있는 방법이란 건 없어요. 지금이 저의 최선이에요."

돌아가신 부모님, 불쌍한 할머니, 가난, 외로움, 피곤한 일상, 사랑하는 사람으로부터의 거절, 그리고 그렇고 그런 여자라는 낙인. 지금 그녀가 아파트 난간 위에서 내려다보는 세상은 온통 석양으로 물든 핏빛이다. 그 절망의 중력이 그녀를 바닥으로 하염없이 끌어내리고 있다. 어쩌면 지금 그녀는 마지막 힘을 다해 버티고 있는 것인지도 모른다.

"선생님이 너 좋아하는 거 알잖아. 선생님 마음 이렇게 아프게 할래?"

이제야 설희가 나를 돌아다본다. 순간 설희의 얼굴에 와 닿은 노을, 또 저 노을이다. 아니 바로 저 얼굴이다. 언젠가 어디선가 본 듯했던 기억이, 바로 지금 내 눈앞에 서 있는 설희이다. 침착한 어조와는 달리, 이미 얼굴에 가득 흘러내린 눈물이 노을빛으로 흩어지고 있다.

"동정하지 마세요! 더 살기 싫어지니까."

동정이 아니었다. 그 순간만큼은 내 진심이었다. 너를 살려야 한다는 생각 이전에 너를 사랑한다는 생각으로 여기까지 왔다. 이젠 아무래도 상관없다. 내가 정말로 너를 사랑하고 있단 말이다.

"선생님이 너 좋아한다니까. 저번에 했던 이야기 다 거짓 말이야."

"무슨 소용이에요? 제가 더 이상 선생님 앞에 설 수가 없 잖아요."

"설희야, 그런 거 상관없어. 세상 사람들 아무도 알지 못하 게, 아무 말도 하지 못하게, 선생님이 지켜줄게. 선생님이랑 내려가자. 제발!"

설희가 웃는다. 하지만 그전까지 봐왔던 그런 환한 웃음은 아니다. 노을 속으로 한없이 멀어지는 듯한, 슬프고도 서늘한 미소를 머금고 내게 말했다.

"선생님이 알고 있잖아요."

한 남자가 순결을 잃어버린 한 여자를 걱정하고 있다. 그 여자는 여전히 그 남자에 대한 순결을 지키고 있었다. 그러 나 남자는 생리학적인 순결만을 안다. 그리고 그것이 여자의 고통이라고 생각한다. 여자는 그런 남자의 마음을 안다. 그것 이 여자의 고통이다. 세상 사람들이 알고 말고가 문제인 게 아니라, 내가 이미 그런 생각을 하고 있다는 것 자체가 문제 인 것이다.

그랬다. 설희가 당한 아픈 사연을 내가 알고 있었다. 아니 내가 그런 것이나 다름없었다. 차라리 내가 저 녀석 인생에 끼어들지 말아야 했다. 수업시간 내내 자고 있는 학생으로 기억했어야 했다. 언제고 저 녀석 옆자리에 앉지도 말았어야 했다. 저 녀석을 귀여워하지도 좋아하지도 신경 쓰지도 말아야 했다. 오히려 내가 녀석을 세상 밖으로 밀어낸 것이다. 설희를 옥상 난간 밖으로 밀어내려고 내가 이 자리에 서 있는 것인지도 모른다.

침착하던 설희의 눈빛이 흔들린다. 난간 아래를 한 번 내려다보더니, 다시 나를 바라보는 그 눈빛이 불안하다. 정말 마지막이라는 듯한 서글픈 눈빛으로 내 눈을 바라본다. 천천히 눈을 감더니 하늘을 향해 고개를 치켜든다. 지금이다 싶어 재빨리 설희에게 다가섰다. 하지만 설희의 의지가 보다 빨랐다. 설희가 뒤로 한 걸음을 내딛어 노을을 밟았다.

"안녕! 선생님!"

"안 돼! 설희야!"

설희가 붉은 노을을 향해 스러져 간다. 슬픈 노을 속으로 설희가 사라져 간다. 난 끝내 설희의 손을 잡아 주지 못했다. 설희의 이름만을 소리쳐 부르고 있다. 설희는 아무런 대답이 없다. 나는 설희가 사라진 자리에 붉게 타들어 가는 노을만 멍하니 바라보고 있다. 나 때문이다. 모든 게 다 나 때문이다. 난간으로 다가섰지만 도저히 아래를 내려다볼 용기가 나지 않는다. 난간에 기대어 주저앉아 울고만 있다. 뭘 어찌해야 할지 모르겠다.

자유롭게 저 하늘을 날아가도 놀라지 말아요.

설희와 함께 불렀던 노래가 결국 이런 미래였나? 녀석은 자유로워지고 싶었던 것일까? 하늘의 품에 안긴 노을이 되고 싶었던 것일까? 자책으로인지, 용기로인지는 모르겠지만, 난 간을 붙잡고 힘겹게 일어섰다. 하지만 여전히 아래를 내려다보지는 못하겠다.

그런데…

주저앉기 전에 온통 붉은 빛이던 하늘이 갑자기 환하게 밝아 오고 있었다. 너무도 평온하고도 아름다운 하늘 아래로 갑자기 쏟아져 내리는 천상의 멜로디. 하지만 천상의 BGM 치곤 너무 세속적이다.

난 너를 사랑하네. 이 세상은 너뿐이야!

뭐지? 이 또한 꿈인가? 갑자기 다시 어두워진 하늘, 그리고 이문세의 〈붉은 노을〉이 그 검은 하늘에 가득 울려 퍼지고 있다.

1

난 너를 사랑하네. 이 세상은 너뿐이야!

눈을 떴다. 눈을 감은 기억이 없는데 눈을 뜨게 됐다. 아주 오랜만인 것 같으면서도 결코 낯설지 않은 천장과 마주한다. 집으로 돌아왔다. 내 자취방이 아닌, 고등학교 때 살았던 그 집으로…. 학창시절에 애지중지하던 미니 콤퍼넌트에서, 알람을 설정해 놓은 시각에 맞춰 '이문세 골든 베스트' CD가 돌아가고 있다.

'뭐야? 다 꿈이었나?'

시계를 보니 아침 7시이다. 아직은 푸르스름한 잔어둠이 남아 있는 창가, 혼란스러운 상황에서도 버릇처럼 리모컨을 집어 들어 음악을 끈다. 아주 오랜만이라고 하기엔 리모컨이 어디 있는지를 너무도 정확하게 알고 있다. 꿈을 깬 것인지 아니면 지금이 꿈인지가 혼란스러운 몽롱함을 안고서 다시 잠을 청한다.

다시 눈을 떠 시계를 들여다보니 아침 8시, 현실로 돌아가지 않고 있다. 아니 지금이 현실인가 보다. 아직 그쪽에서 할 일이 남아 있는데, 다시 꿈으로 돌아갈 수가 없다. 다시 잠이 들기 위한 노력을 잇대어 보지만 소용이 없다.

창가에 가득 내려앉은 눈부심에 다시 눈을 떴다. 잠이 덜 깬 흐릿한 두 눈에 맺힌 눈부심이 여느 날의 아침과는 다르다. 그러나 언제고 느껴 본 적이 있는 너무도 따사로운 이 빛의 감촉. 그리고 언젠가 그랬듯이 몸에 와 닿은 조도照度의 의미를 파고드는 순간의 각성.

"시발! 좆됐다!"

시계는 9시를 가리키고 있다. 혼란스러움 속에서도 분명히 알 수 있는 사실은, 오늘도 지각이란 것이다. 교복부터 주섬주섬 걸쳐 입고 침대에 걸터앉았다.

정말로 다 꿈이었나? 아무렴 꿈이었겠지. 내가 선생이라니…. 대학도 못 갈 성적의 초고교급 날라리 새끼가…. 내무반 천장을 바라보며, 제대한 꿈에서 깨어나는 이등병. 나는 아직 그 느낌이 어떤 것인지도 모르는, 1995년을 살아가는 고삐리이다.

마침 조폭 부장, 아니 아직은 성실한 야구선수로 살아가고 있을 정수한테서 삐삐가 왔다. 음성메시지를 확인하려 전화를 드는 순간, 불현듯 떠오르는 이름. '설희'.

정말로 모든 게 꿈이었나? 너무도 생생했는데…. 왜 되도 않는 선생의 꿈을 꾸고 있었으면서도 그것이 꿈이었음을 의심하지 않았을까? 참나! 그저 꿈이었을 뿐인데, 이토록 별의별 생각이 다 드는 이 웃지 못할 우스꽝스러운 상황은 또 뭐란 말인가? 그저 한낱 꿈이었을 뿐인데….

"에이! 몰라. 다 귀찮다!"

그러나 다시 침대에 널브러지면서도 꿈속에서 겪었던 모든 일들을 곱씹어 본다. 그토록 긴 꿈이라니? 혹시 내가 미래를 보고 온 것은 아닐까? 그렇다면 나의 미래가 선생이라고? 그렇다면 설희는 지금 이 나라 어디에선가 4살의 소녀로 자라나고 있을 것이다.

내가 정말 미래를 보고 온 것일까? 꿈속에서는 그것이 꿈인지 모르고, 꿈이 깬 뒤에야 그 꿈의 비논리적이고도 비합리적인 전개를 회상하지만, 내가 꾼 꿈은 깨고 난 후에도 너무나도 논리적이고 합리적인 시간이었다. 세상엔 합리적으로 설명할 수 없는 불가사의한 일들이 많이 일어난다. 내가 꾸었던 너무나도 현실적이고도 합리적인 꿈 역시 합리적으로 설명할 길은 없다.

평소 습관대로 거실로 나와서 TV부터 켜고, 식탁에 앉았다. 이미 차려져 있는 아침상, 그리고 메모가 붙어 있는 도시락 2개. 오늘 아빠와 엄마는 이른 새벽부터 일을 나가셨다. 나는 이런 날엔 꼭 지각을 하곤 했었다. 현실로 돌아온 것이

틀림없다. 오늘도 학교 가기가 정말 싫다. 이 나태가 낯설지 않은 것을 보니, 지금이 현실인 게 확실하다.

TV 뉴스에서는 놀랄 만한 사건 소식 하나가 흘러나오고 있다. 나의 우상, 듀스의 김성재가 죽었다. 이현도가 장례식장에 쓰러져 바닥을 치며 통곡을 한다. 동료 가수들의 오열 장면도 이어진다. 하지만 내게는 별로 충격적이지가 않다. 이미 10여 년 전에 일어난 사건의 자료 화면을 보는 듯한 느낌이다. 생각해 보니 오늘은 친구 녀석이 죽은 지 일주일이 되는 날이다.

정말 미래를 보고 온 것일까? 내년에 서태지와 아이들은 은퇴를 한다. 서태지는 다시 락의 세계로 돌아가고, 이주노와 양현석은 연예기획사를 설립해 후배양성에 힘쓴다. 박미경의 랩퍼였던 강원래는 클론으로 데뷔를 하게 되고, 불미스러운 사고를 당해 하반신 마비 판정을 받는다. 악동 이하늘과 김창렬은 파란만장한 인생역정 끝에 착한 중년으로 늙어가고, 김건모와 신승훈은 마흔이 넘도록 결혼을 못 한다. 그리고… 머지않은 미래에 설희의 부모님이 돌아가시게 된다. 녀석은 지금, 아직까진 힘겨운 날들이 도래하지 않은, 행복한 시간을 살아가고 있을 것이다. 그런데 이 모든 일이 정말 사실일까? 그렇게 잘나가는 서태지와 아이들이 왜 갑자기? 강원래는 또 왜?

무슨 급한 일이 생긴 것인지 정수에게서 계속 삐삐가 온다. 전화기 앞에서 멍만 때리고 있다가 아직 음성메시지를 확인하지 않고 있었다. 오늘 담탱이 분위기가 장난 아니니까 빨리 학교 오란다. 그리고 학교 올 때, 김성재 CD 좀 가져오란다. 야구부 숙소에서 들을 음악이 없다고…. 개새끼! 내 걱정을 하는 것인지, 지 걱정을 하는 것인지?

2

다시 방으로 돌아와 침대에 누웠다. 문득 고개를 돌려 바라본 책상 위, 책꽂이 구석에 꽂혀 있는 《수학정석 I 》이 눈에 들어온다. 남들이 다 사길래 나 역시 고등학교 입학하자마자 사놓고도 몇 번 들춰 보지 않았던, 나에게서 철저하게 소외된 존재. 일찌감치 헌책방에 팔아넘긴 줄 알았던 녀석이 아직까지 내 책상에 꽂혀 있었다. 소설가 김영하는 책의 기능 중 하나를 '책장에 꽂혀 있는 것'으로 말한 적이 있다. 내 책상에서 《수학정석 I 》은 그런 기능에 충실하고 있다. 이 집 아들이 고등학생이라는 증거가 되어 주고 있는 물건 이상의 의미는 아니다. 이 와중에 깨달은 재미있는 사실 하나, 김영하 작가는 내년에 등단을 하게 된다.

'아이 쌍! 뭐 어쩌라는 거야?'

《수학정석 I 》은 그냥 저 스스로의 직분에 충실하며 책상에 꽂혀 있던 것뿐인데, 나는 그 일상의 풍경에서 무언가를 해야 된다는 책임감을 느끼고 있다.

'하열아, 이 병신아! 너 지금 그게 가능하다고 생각하는 거야?'

스스로를 설득해 보지만, 이미 어딘가로 무언가로 항해 있는 의지가 《수학정석 I 》을 집어 들어 가방에 넣고 있다.

오늘도 어슬렁어슬렁 걸어온 학교. 우리 학교는 제자리에 그대로 무사히 잘 있다. 이제 그 무사한 학교로 들어가 담탱이한테 존나게 털려야 하는, 내가 무사하지 못할 판이다. 아~! 시발! 들어가기 싫다. 나는 학교가 싫다. 선생들도 싫다. 그런데 나는 지금부터 학교에서 열심히 공부를 할 작정이다. 선생이 되려고…. 일생일대의 최대의 아이러니, 최대의 에러가 될지도 모른다. 그런데도 왜 내가 이 지랄 맞은 입시의 중심으로 들어가려 하고 있는지를 잘 모르겠다. 그냥 내 운명이 이미 그렇게 정해져 있다는 생각이 든다. 빨리 미래의 어느 순간으로 달려가 이번에는 설희의 손을 잡아 주어야 한다. 물론 지금 이 상황이 말이 되는 것인가에 대한 의심을 떨쳐 버릴 수가 없다. 그저 한낱 꿈 때문에, 되도 않을 확률에 헛지랄을 하고 있는 것은 아닌지…. 정말 미쳐 버리겠다. 하지만 그보다 더 미칠 만큼 설희가 보고 싶다.

"열 하나, 열 둘, 열 셋…."

난 지금 담탱이한테 내 육신을 유린당하고 있다. 운동을 그만둔 지가 꽤 됐어도, 아직까지 근력운동에는 자신이 있는데, 얼차려로 행하는 팔굽혀펴기는 왜 이렇게 매번 힘든지 모르겠다. 하지만 이보다 더 힘든 날을 살아가게 될 누군가를 위해서, 견뎌 보려고 한다. 참아 보려고 한다.

"서른 아홉, 마흔, 마흔 하나…."

되레 지금의 이 모든 순간이 꿈일지도 모른다. 또 언젠가 어딘가에서 부스스한 머리를 긁적이며 꿈에서 깨어날지도 모를 일이다. 그렇다면 그냥 이 꿈을 성실히 살아가 보려고 한다.

"예순 다섯, 예순 여섯, 예순 일곱…."

하열아! 니가 언제 끈기 있게 뭘 해본 적이 있기나 하냐? 이번엔 그냥 가보자! 멈추지 말고 계속 가는 거다. 알겠지? 하열아!

"아흔 일곱, 아흔 여덟, 아흔 아홉…."

제발, 그 자리에서 조금만 더 기다려 줘.

"백!"

백설희! 거기서 기다리고 있어. 지금 선생님이 간다!

3

보고 싶은 그대 얼굴
저 붉은 노을을 닮아 더 슬퍼지는 걸

어린 왕자는 자신의 별에서 마흔 세 번이나 해가 지던 날을 회상하면서 말한다. 누구든 깊은 슬픔에 잠기면 노을을

260

사랑하게 된다고….

다 지나간 시간 우리가 함께한 추억 잊진 말아줘요
눈을 감아 소리 없이 날 불러 준다면 언제라도 달려갈게요.

　세상 사람 모두가 슬픔과 노을의 상관을 이해하고 있는지
는 잘 모르겠다. 그러나 적어도 지금의 내게 노을진 풍경은
슬픔의 심상이다. 그것을 하루에 한 번밖에 볼 수 없는, 더디
가는 이 지구에서의 시간들은 더 큰 슬픔이다.

아름다웠던 그대 모습을 이젠 볼 순 없겠지만
후회 없어 그저 바라볼 수 있게 붉게 타주오

　지평선으로 져가는 붉은 노을을 매일같이 바라보며, 그 너
머 어딘가에서 살아가고 있을 그녀를 매일같이 추억하고 있
다. 하늘 끝으로 사라져 가는 수많은 붉은 노을들을 떠나보
낸 후에, 붉은 노을이 되어 사라져 간 그녀가 다시 그 붉은
노을과 함께 나타날 그날을 기다리고 있다.

해가 뜨고 해가 지네 노을빛에 슬퍼지네
달이 뜨고 달이 지네 세월 속에 나 또한 무뎌지네

해가 뜨고 해가 지네 노을빛에 슬퍼지네

달이 뜨고 달이 지네 그대 기억 또한 무뎌지네

오늘도 붉게 물든 하늘을 바라보며, 슬픈 설희의 얼굴이 떠올라, 저 하늘 가득히 설희의 이름을 부르고 있다. 저 타는 노을, 저 붉은 노을처럼,

난 너를 사랑해, 이 세상은 너뿐이야!
소리쳐 부르지만 저 대답 없는 노을만 붉게 타는데

"5, 4, 3, 2, 1. 자! 문 닫는다."

"쌤! 제발 이러지 마세요!"

"모두 아웃!"

"쌤! 그래도 개학 첫날인데, 너무해요!"

"첫날이라서 5분이나 봐준 거야. 모두 축구골대까지 오리
걸음!"

오늘은 3월 2일, 개학날이다. 개학은 학생들에게만 죽겠는
날은 아니다. 방학 동안 밤낮의 사이클이 뒤바뀐, 아침잠 많
은 청춘의 교사에게도 변경된 기상시간에 다시 적응해야 하
는 힘든 날이다. 그렇기에 개학 첫날이라는 지각생들의 변명
을 납득해 줄 용의는 전혀 없다. 나도 졸려워 죽겠다.

내 이름은 하열아, 31세의 3년 차 고등학교 교사. 첫 발령
지인 이 여자고등학교의 학생부에서 3년째 근무 중이다. 막
연하게 지니고 있던 여고시절의 에버그린에 대한 환상은 이

미 산산조각이 나버린 지 오래다. 여류작가의 수필집을 팔에 끼고 다니는 여고생들은 이미 이 시대에 없다.

"쌤! 너무 힘들어요."

"꽥꽥대지 마. 지각 안 하면 될 거 아니야."

내가 매일같이 마주하는 에버그린의 심상은, 오리걸음으로 축구 골대를 돌아오는 지각생들이다.

"내일부터는 에누리 없다. 지각하지 마라!"

1교시 수업시작을 알리는 종소리와 함께 모든 지각생들을 교실로 들여보낸다. 오늘은 1교시 수업이 있는 날이지만, 1학년은 입학식으로, 나머지 학년은 담임과의 시간으로 대체가 되었다. 아싸! 수업 제꼈다. 이제 3년 차 교사인데, 나는 수업하는 게 가장 싫다. 학생 때나 교사가 되어서나, 학교라는 공간은 나와 잘 맞지 않는 것 같다. 이럴 걸 왜 기를 쓰고 공부해서 선생이 되었는지 모르겠다. 그때나 지금이나 학교 다니기 정말 싫다. 학생들은 졸업이라도 하지, 별 다른 재능이 없는 나로선 퇴직의 그날까지 학교를 다닐 수밖에 없다. 젠장!

또 이렇게 한 학기가 시작되었다. 한 가치의 담배로 억지스레 새 학기의 새로운 마음을 다잡아 보고자 교문을 나서려던 순간, 이제서야 교문으로 들어서고 있는 한 학생. 내게 인사를 할까 말까 고민하는 낯선 얼굴, 딱 봐도 신입생이다.

"1학년이니?"

"네."

"입학식 벌써 시작하고 있을 텐데, 왜 이렇게 늦었어?"

"늦잠 자서…."

"어이구! 솔직해서 좋다."

처음 대면한 고등학교 교사가 어려운 듯 말을 얼버무리면서도, 입술을 입안으로 말아 넣으며 수줍게 지어 보이는 옅은 웃음.

"웃긴… 빨리 들어가 봐. 그리고 내일부터는 지각하면 안 돼. 선생님이 교문에서 지키고 있을 거야."

"네."

어색한 인사 뒤로 멀어져가고 있던 신입생을 다시금 불러 세웠다.

"얘! 너 뭐 떨어뜨렸다."

"네?"

신입생은 발밑에 떨어져 있던 자신의 아크릴 명찰을 주워 호주머니 속에 집어넣는다. 요새는 인권침해니 뭐니 해서 교복 위에 오바로크된 명찰을 기피하는 추세이다. 이 학교는 작년부터 목걸이식으로 바꾸었다. 그런데 학생들이 목에 걸지 않고 주머니에 넣고 다니다가 분실을 하는 경우가 많다. 작년부터 학생부에 새로 생긴 업무는 분실된 명찰의 주인을 찾아 주는 것이다. 작년부터 학생들이 자주 물어오는 질문 또한, 잃어버린 자기 명찰이 혹시 학생부에 있지 않은가에 대해서이다.

"그거 주머니에 넣고 다니다간 금방 잃어버린다. 불편하더라도 학교에선 목에 걸고 다녀."

"네."

또 다시 어색한 인사 뒤로 멀어져 가는 신입생의 뒷모습을 물끄러미 바라보고 있다. 녀석! 엄청 귀엽네. 입가에 실없이 번지는 미소를 참아 내느냐 혼이 났다. 떨어진 명찰에 쓰여진 이름이 보이지 않는 거리에서, 하마터면 녀석의 이름을 부를 뻔했다. 아주 오랜만이네. 안녕! 설희야!

　꿈속에서도 지금 눈앞에 펼쳐지고 광경들이 꿈이라는 사실을 깨달을 때가 있다. 뭔가가 이상하다 싶어, 꿈속에서 마주친 누군가에게 오늘의 날짜를 물어보니 나의 학창시절이던 해였다. 여기서부터 꿈이란 사실을 직감했다. 모교를 향해 걸었다. 타임 슬립 영화의 한 장면에서처럼 과거의 나와 마주칠 수 있을까 싶어서…. 그러나 꿈이란 게 그렇지 않던가. 학교로 잘 가지지가 않는다. 계속 엉뚱한 곳을 헤매고 있다.

　그러다 겨우겨우 도착한 어느 학교도, 내 모교의 풍경은 아니다. 그러나 꿈이란 게 그렇지 않던가. 별 다른 해명이 없어도 이 공간이 내 모교임을 납득한다. 교실로 들어가 학창시절의 나를 찾아봤다. 그러나 아무리 둘러봐도 그 시절의 내가 없다. 그 대신 학생들 사이에 앉아 있던 노년의 신사가 눈에 들어온다. 꿈이란 게 그렇지 않던가. 별 다른 설명이 없어도 그냥 안다. 그 노년의 모습이 지금의 나보다 더 먼 미래에서 과거로 찾아온 나라는 사실을….

　그에게 물었다. '나'냐고…. 나를 보며 한 번 싱긋 웃어 보인 뒤 교실 밖으로 나간다. 바로 쫓아 나갔지만, 이미 어디론가 사라져 버린 노년의 나. 더 물어보고 싶은 게 있었는데…. 그를 찾아 교정을 뛰어다니다 꿈에서 깨어났다. 노년의 시점을 살아가고 있는 나는, 나와 같은 꿈을 꾸었을까? 우리가 꿈에서 만난 것일까? 그도 그 시절이 그리워 잠깐 과거를 들른 것일까?

　그 시절이 내겐 화양연화였던 것인지, 아니면 가장 최근의 직업이 고등학교 교사였던 이유에서인지, 나는 지금도 가끔씩 고등학교 시절로 돌아가는 꿈을 꾼다. 전공이 한문이다 보니, 〈구운몽〉과 '남가일몽'의 서사에는 익숙한 터, 때때로 그것을 모티브로 하는 공상에 잠길 때도 있다. 성인이 된 이후의 모든 날들이 긴 꿈이어서, 학창시절의 어느 날로 돌아와 책상 위의 낮잠에서 깨어나지는 않을까 하는….

　그런 이야기를 써보고 싶었는데, 마침 내 기억 안에 놓여 있던 꿈과 시간의 스위치가 〈붉은 노을〉이라는 노래였다. 이문세의 〈붉은 노을〉을 듣고 자란 학생이었고, 빅뱅의 〈붉은 노을〉이 세상에 나올 즈음에는 교사였기에, 그 극간에서 일어난 일들은, 성인이 되기 이전과 이후의 나에 관한 이야기이기도 하다. 아직도 〈그대에게〉와 더불어 대학교 밴드 동아리들의 레퍼토리이기도 하다는 점에서는, 시대와 세대를 막론하는 청춘의 상징일 수도 있겠다 싶었다. 그 이외에도 노을이 지니는 철학적 문학적 상징성을 무난하고도 가벼운 필치로 써내려 보고자 한 기획이다.

이미 5년 전에 써놓은 원고이다. 그리고 그 배경이 되는 해는 10년 전이다. 매번 떨어지는 공모전에 다시 응모를 하고, 소설을 취급하는 출판사에 투고를 하다가, 그도 지쳐 잠시 도전을 보류하고 있던 세월이 이렇게 길어져 버렸다. 개인적으로는 어떤 채무감을 지니고 있는 원고이기도 한데, 조금은 늦은 게 아닌가 싶기도, 어쩌면 이미 많이 늦었는지도 모르겠고…. 그래도 이렇게 세상의 빛을 보게 될 수 있다는 사실만으로 감사하다.

실제로 내 휴대폰의 벨소리는 여전히 빅뱅의 〈붉은 노을〉이다. 빅뱅이 〈붉은 노을〉을 리메이크 했던 해는, 유난히 많은 사건 사고를 겪었던 시기이기도 하다. 학생과 교사 그리고 학부모로 대변되는 인간 사회의 표집, 그 각양각색의 이기심들로부터 확인하게 된, 그들과 별반 다르지 않은 나의 부조리한 모습들까지…. 그해에 실제로 있었던 일들을 중심으로 각색한 경우라, 어떤 페이지는 에세이 장르라고 해야 더 맞을지 모르겠다. 백설공주를 한자화 한 백설희白雪姬라는 인물은 그런 상징성이기도 하다. 내가 겪었던 이런저런 사건들을 하나의 인격에 담아 낸 경우이다. 때문에 종합의 성격일망정 허구는 아니다. 반면에 가장 허구적인 요소는 '하열아'라는 캐릭터이다. 이는 '하여라!'라는 명령형을 염두에 두고 만든 이름이다. 하여 내 자전적 성격이라기보단, 그렇게 하지 못했던 날들에 대한 내 후회를 담고 있는 다른 경우의 수이다.

문체 자체부터가 문단의 결은 아닌 터, 문단이 정의하는 문학의 범주에는 부합하지 않는 성격일 수도 있다. 또한 내가 괜찮은 스토리텔러로서의 역량을 지닌 것인지에 대한 독자들의 평가를 불안한 마음으로 기다리고 있는 중이다. 학창 시절에 선생님들께 '빠따'를 맞기 직전의 심정이랄까? 그래서 하열아의 1인칭 시점이라는 변명을 심어 놓기도 한 것이다. 그의 기억과 언어 습관, 그리고 그의 꿈이라는…. 중간에 설희의 관점으로 엮은 페이지가 있었는데, 독자들의 해석에 맡기는 것이 낫겠다 싶어서 최종 원고에서는 뺐다. 또한 잠시 언급되는 하열아의 학창시절과 연정수의 이야기는 따로 스핀 오프의 원고를 준비하고 있는 터, 때문에 그 부분도 상세히 다루지는 않았다.

오랜 시간 동안 묵혀 둘 수밖에 없었던 원고라, 애착이 많이 가긴 하는데, 막상 출간이 결정되니까 그 애착만큼으로 파고드는 번민이었다. 하루 종일 고치고 또 고치다 보면 어느새 창가로 몰려들고 있던 노을. 고치면 고칠수록 되레 글쓰기를 처음부터 다시 고민해야 하는 건가 싶은 자괴감으로 스며들던 붉은 빛 사이에서, 애타는 심정으로 불러 젖히는 가사이기도 했다는….

소리쳐 부르지만, 저 대답 없는 노을만 붉게 타는데

쓰는 내내 많은 이들에 대한 기억이 스쳐 갔다. 내게 영원히 18살의 얼굴로 남은 제자와 친구, 돌아가셨을 때의 나이로 종종 꿈에 다녀가시는 아버지, 지금도 어느 하늘 아래서 성실한 교사로 살아가고 있을 옛 동료들. 또한 세상 어딘가에서 여전히 불성실한 어른으로 활약하고 있을지 모를 그들. 그리고 故 이영훈과 이문세, 지금은 한창 군복무 중인 빅뱅의 멤버들까지….

이 소설이 내 개인사에서는 이문세와 빅뱅을 잇는 세 번째 〈붉은 노을〉의 의미이기도 하다. 이문세의 〈붉은 노을〉이 거리에 울려 퍼지던 시절로, 빅뱅의 〈붉은 노을〉이 연말 시상식에 울려 퍼지던 시절로 나를 데려가는…. 하열아가 5교시의 식곤증에 허덕이는 학생들에게 허하는 잠깐의 낮잠, 베고 자는 교과서에 침줄기를 쏟아 내고 있던 학생들 중에는 어쩌면 우리들의 학창시절도 섞여 있진 않을까? 어느 누군가에게도 아주 잠깐이나마 그 시절 그 책상에서의 불편한 잠으로부터 깨어나게 하는, 회상의 온도로서의 〈붉은 노을〉이었으면 하는 바람으로….

붉은 노을

난 너를 사랑해, 이 세상은 너뿐이야!

글 민이언
표지 그림 서상익
발행일 2019년 4월 30일 초판 1쇄

발행처 다반
발행인 노승현
출판등록 제2011-08호(2011년 1월 20일)
주소 서울특별시 금천구 가산디지털1로 24 503호
  (가산동, 대륭테크노타운13차)
전화 02) 868-4979 **팩스** 02) 868-4978

이메일 davanbook@naver.com
홈페이지 davanbook.modoo.at
블로그 blog.naver.com/davanbook
페이스북 www.facebook.com/davanbook
인스타그램 www.imstagram.com/davanbook

© 2019, 민이언

ISBN 979-11-85264-33-2 03810

다반─일상의 책